Horizonte

The Soul Seekers
Livro Quatro

Alyson Noël

Horizonte

The Soul Seekers
Livro Quatro

Tradução
Marcia Blasques

LeYa

Título original: *Horizon*

Diretor editorial: Pascoal Soto
Editora executiva: Tainã Bispo
Produtoras editoriais: Pamela J. Oliveira, Renata Alves e Maitê Zickuhr
Assistentes editoriais: Marcelo Nardeli e Maria Luiza Almeida
Gerente de produção gráfica: Fábio Menezes

Preparação de texto: Adriana Ayami Takimoto
Revisão: Cíntia Mayumi Miyahara Yabiku
Diagramação e adaptação de capa: Estúdio Asterisco

Dados Internacionais de Catalogação na Publicação (CIP)
Angélica Ilacqua CRB-8/7057

Noël, Alyson
Horizonte/Alyson Noël; tradução de Marcia Blasques. – São Paulo: LeYa, 2014.
288p. – (The Soul Seekers, 4)

ISBN 978-85-441-0077-6

Título original: *Horizon*

1. Literatura fantástica norte-americana 2. Ficção I. Título II. Blasques, Marcia III. Série

14-0550 CDD-813

Índices para catálogo sistemático:
1. Literatura fantástica norte-americana

Texto Editores Ltda.
[Uma editora do grupo LeYa]
Rua Desembargador Paulo Passaláqua, 86
01248-010 – Pacaembu – São Paulo – SP
www.leya.com.br

Em memória de Matthew Shear: uma alma de coração grande,
com uma gargalhada franca e um sorriso fácil, que me deu uma
chance há oito anos, quando publicou meu primeiro livro.
Conhecê-lo mudou minha vida para sempre.

guia dos espíritos animais

coelho

O Coelho representa a criatividade, a fertilidade e a nova vida. Ele nos ensina a planejar e a colocar os planos em ação. Comumente caçado, o Coelho cria túneis na terra, abertos nas duas extremidades e usados para fuga, lembrando-nos de que nunca devemos nos permitir ser acuados em um canto. Com a habilidade de passar de uma postura imóvel a outra de grande velocidade, de fazer curvas rápidas e de dar meia-volta, o Coelho nos encoraja a tirar vantagem das oportunidades fugazes. Ativo no amanhecer e no entardecer, os Coelhos são guias para o mundo místico, mostrando-nos como reconhecer ensinamentos ocultos, mensagens intuitivas e sinais no universo ao nosso redor.

carneiro

O Carneiro representa novos começos, o equilíbrio e a imaginação. Ele nos ensina a confiar na nossa habilidade de aterrissar em segurança enquanto aproveitamos novas oportunidades e perseguimos novos empreendimentos. Capaz de se manter em pé em um pedaço pequeno de rocha, o espírito do Carneiro garante coragem e equilíbrio durante o tempo em que seguimos pela vida e pelo caminho espiritual. O chifre em espiral é um símbolo de criatividade e imaginação, e o Carneiro nos capacita a ser espontâneos e a buscar grandes aventuras.

Bisão

O Bisão representa a abundância, a gratidão e a vida sagrada. Ele nos ensina a trabalhar em ritmo natural, a seguir o caminho mais fácil e a não forçar nosso percurso pela vida. Sua cabeça imensa e seus ombros corcundas são símbolos de poder armazenado e abundância. O espírito do Bisão nos lembra de que, ao combinar nossos esforços com os do divino, podemos desfrutar da plenitude do universo. Seu tamanho enorme nos adverte que precisamos permanecer ligados à terra e percorrer um caminho sagrado, sempre ser humildes e gratos pelos presentes que aparecem no nosso caminho e honrar a nós mesmos e aos demais.

Tartaruga

A Tartaruga representa a perseverança, a determinação e a longevidade. Ela nos ensina a autoproteção por intermédio da defesa não violenta. Criatura da costa, que vive tanto na terra quanto na água, a Tartaruga nos incentiva a proteger a natureza, para que ela possa continuar a nos nutrir e proporcionar abundância. Um dos répteis mais antigos do planeta, o espírito da Tartaruga nos instrui a permanecer em contato com nossa essência primal, a nos recolher dentro de nós mesmos, a desacelerar e a expressar nossas ideias apenas quando elas estiverem maduras. Com a habilidade aguda de sentir vibrações por meio da pele e da carapaça, a Tartaruga nos encoraja a despertar nossos sentidos, tanto física quanto espiritualmente.

Lince

O Lince representa a paciência, o discernimento e a solidão. Ele nos ensina a estar sozinhos conosco mesmos, sem ficarmos solitários. Caçador realizado, que depende da estratégia, da discrição e da paciência, o Lince nos lembra de que, para alcançarmos nossos desejos, temos de planejar bem, ser ágeis e, acima de tudo, pacientes. Com orelhas peludas sensíveis e visão aguda, o espírito do Lince nos encoraja a explorar o mundo invisível e a buscar os significados ocultos, a fim de entender melhor o caminho espiritual que percorremos. Sua cauda curta, negra na ponta e branca embaixo, é o símbolo do seu poder de convocar ou não as forças criativas da vida conforme necessário.

Nosso temor mais profundo não é sermos inadequados.
Nosso temor mais profundo é termos poder além da medida.
É nossa luz, não nossa escuridão, que mais nos assusta.
– Marianne Williamson

espírito do cavalo

um

Daire

Já faz meses desde a última vez que tive o sonho.

Meses desde que fiquei presa em suas garras inflexíveis.

E embora eu tente resistir, tente forçar meu caminho de volta à segurança da consciência, continuo a escorregar.

Estou ciente, mas não lúcida.

Não consigo controlar o sonho.

Como sempre, começa na floresta. Uma floresta que existe no Mundo Inferior – aquela dimensão invisível que se abre sob este mundo, o Mundo Mediano, com o Mundo Superior espalhando-se acima.

É um lugar que visitei muitas vezes, tanto acordada quanto em sonhos. Um lugar que consiste principalmente em compaixão, amor e luz.

Principalmente.

Mas não inteiramente.

Ou, pelo menos, não esta noite.

O Corvo me guia. Ele voa sobre uma paisagem imutável de ar fresco puro e amplos campos verdejantes, com viçosas folhas elásticas que brotam sob os pés. Seus olhos púrpura brilham, incentivam-me a passar por um bosque de árvores altas, cobertas com folhas tão grossas que só o mais leve traço de luz as atravessa.

O Corvo é impulsionado por um propósito.

Sou impulsionada pela necessidade.

Junto a um desejo irreprimível de me reunir ao garoto que espera por mim.

Um garoto que não é mais um estranho. Não é mais sem rosto nem sem nome.

Agora que assistimos à morte um do outro, agora que somos íntimos, não há segredos entre nós.

No sonho, Dace tem o mesmo cabelo escuro brilhante e a pele castanha reluzente da vida real. Os mesmos olhos surpreendentes, azul-gelo, com a borda dourada, que refletem minha imagem mil vezes.

Olhos caleidoscópicos.

Ele é predestinado a mim, assim como certamente sou predestinada a ele.

E, mesmo assim, com muitas respostas garantidas, a questão permanece: *Neste sonho em particular, qual de nós morrerá?*

O Corvo me leva por um vale de rochas – passando por um riacho que se move rapidamente, repleto de vívidos peixes azuis –, só para desaparecer no momento em que chegamos à clareira. Ele me deixa sozinha, passando a mão ansiosamente pela frente do meu vestido. Um vestido que, antes, parecia inexplicável, mas que, agora, reconheço como aquele que usei no meu retorno do Mundo Superior.

As peças deste quebra-cabeça estranho e surreal finalmente começam a se encaixar.

Embora como isso vá terminar ainda seja uma incógnita.

– Daire.

Ele fala meu nome em algum lugar bem atrás de mim e, por um doce momento, fecho os olhos e inalo seu odor profundo, terroso. Estendo o momento o máximo que posso, sabendo muito bem o quão breves esses instantes serão.

Ele coloca a mão no meu ombro e me vira para que eu possa encará-lo. E, embora eu tenha interpretado este papel inúmeras vezes, não é de surpreender que eu fique sem fôlego quando meu olhar encontra os ângulos e as curvas impecáveis do seu rosto. A sobrancelha forte e macia que pode demonstrar raiva, diversão ou desejo só com a mais leve mudança; as maçãs do rosto altas, elegantes; o queixo quadrado e a mandíbula forte; o nariz reto e confiante; os lábios carnudos e atraentes. Ele fica parado diante de mim, em oferenda, seu torso magro e desnudo. Mostra os ombros largos e fortes e o abdômen bem desenhado que se estreita em quadris finos e elegantes, onde uma calça jeans desbotada está assentada precariamente baixa.

Ele estende o braço na minha direção, coloca a mão no meu rosto. Passa os dedos pelo contorno da minha mandíbula e me dá um olhar que pretende me assegurar de que ele está no clima também. Conhecedores do potencial do perigo adiante, mas determinados a desfrutar desta cena até que outra tome seu lugar, vamos para o outro lado da floresta e entramos nas águas nebulosas e agitadas da Fonte Encantada. Nós dois estamos bem cientes de que é aqui que o sonho tem uma reviravolta; mesmo assim, como peças que somos nesse jogo, nos fundimos um no outro, incapazes de desviar do roteiro.

Os dedos de Dace deslizam pela minha carne, deixando rastros de calor no caminho, enquanto seus lábios são pressionados urgentemente contra os meus. O beijo dele é tão fascinante que me deixa sem fôlego, embriagada com seu toque, ansiando por mais.

Ele pega as alças finas do meu vestido, fazendo o tecido escorregar pelos meus ombros, pela minha cintura, até que fico nua diante dele. Então ele abaixa a cabeça e leva a boca até meus seios. A sensação de sua língua brincando com minha carne faz minhas pernas enfraquecerem, minha coluna se render. Nós dois estamos presos no doce e glorioso prazer de estarmos juntos, até que ele levanta o queixo e diz:

– Chegou a hora. – Seus olhos são ardentes, profundos, e estão fixos nos meus.

Concordando rapidamente, aceno com a cabeça em resposta. Sinto a verdade por trás das suas palavras, embora não tenha ideia do que querem dizer.

– Não há como voltar. Você está destinada a ser minha.

Voltar?

Por que eu iria querer isso?

Eu nasci para encontrá-lo – disso tenho certeza.

Deixo meus pensamentos de lado e o puxo para mais perto de mim. Meus lábios inchados, desejosos, só para descobrir que Dace não está mais diante de mim – alguém tomou seu lugar.

Alguém que tem o mesmo corpo magro e forte – o mesmo rosto esculpido. E, ainda que os olhos tenham a mesma cor, salpicados de faixas brilhantes de ouro, a similaridade termina aí.

Esses olhos são frios.

Cruéis.

E, em vez de refletir, eles absorvem como o vazio que sinto que são.

Cade.

Meu inimigo jurado.

O irmão gêmeo idêntico de Dace.

Aquele que nasci para matar.

Isso se ele não me matar primeiro.

Puxo meu vestido com força, em uma tentativa desesperada de me cobrir, enquanto empurro a mão em seu peito e luto para afastá-lo. Mas ele é incrivelmente forte e permanece onde está.

– Aonde ele foi? O que você fez? – meu olhar dispara ao redor.

Minha questão é respondida com uma inclinação de sua cabeça, a sobrancelha erguida e um absurdamente murmurado:

– Quem?

– Dace! Onde ele está? O que você fez? – As palavras saem agudas e gritadas, embora não sejam páreo para o latejar frenético do sangue que corre em meus ouvidos, para meu coração disparado dentro do peito.

– Eu sou Dace. – Ele sorri. – E Dace é eu. Somos um e o mesmo. Pensei que soubesse disso agora. – Ele sorri, e assisto horrorizada ao momento em que seu rosto se transforma para parecer com o de Dace, antes de voltar ao rosto sinistro de Cade. Transmutando entre um e outro, uma vez e outra, até que acerto o punho em seu ombro, lutando para me libertar.

Não é assim que o sonho acontece.

Não gosto deste novo final.

– A luz e a escuridão. O *yin* e o *yang*. O negativo e o positivo. Estamos conectados, ligados de maneiras místicas. Um não pode existir sem o outro, como você já sabe.

– Vocês podem estar conectados, mas *não* são o mesmo. Dace não tem *nada* a ver com você. Você é um demônio, um trapaceiro, um… – O rosto se transforma novamente em Cade, e eu, por fim, me liberto. Desesperada para alcançar a terra firme, só para descobrir que a paisagem mudou.

A Fonte Encantada se metamorfoseou em um platô estreito no alto de uma montanha que se projeta acima da terra.

Diante de mim há um abismo infinito.

Atrás de mim está Cade.

Prefiro morrer nos meus próprios termos, do meu jeito, e avanço até que os dedos dos meus pés alcançam a beirada.

– Daire, por favor. O jogo acabou. Não dá mais para fugir – ele declara.

Seguro o vestido nas mãos, só para descobrir que ele também mudou. Não é mais o vestido branco que usei no Mundo Superior, mas um vestido vermelho escuro, com uma saia rodada, as costas desnudas e um decote profundo na frente.

Sem hesitação, levanto os braços para o lado e os balanço precariamente. Permito que o vento me pegue, me torne esvoaçante e sem peso enquanto flutuo pelo éter, tão leve quanto uma pena do Corvo.

Uma sensação gloriosa que tento desesperadamente prolongar – embora o efeito seja breve quando Cade segura a parte detrás do meu vestido e me puxa de volta para ele.

Passando um braço ao redor da minha cintura, ele me aperta com força e diz:

– Pare de lutar comigo. Goste ou não, este é seu destino. Chegou o momento de finalmente fazermos isso.

Tento responder, mas minha voz não sai.

Tento me esquivar de seu toque, mas estou paralisada no lugar.

Capturada no abismo infinito do seu olhar, estou impotente, sob seu comando.

Observo quando ele levanta minha mão e coloca um brilhante anel de turmalina azul no meu dedo.

DOIS

DACE

Acordo com o som de gritos.

O som de gritos e alguém batendo com força no meu peito.

Levanto-me, acendo o abajur ao lado da cama, e seguro Daire pelo pulso antes que ela possa me acertar novamente.

– Daire... – Sussurro seu nome, luto para conter seu corpo, sua respiração. Facilito seu caminho pela escuridão do pesadelo até a luz da consciência novamente.

Suas pálpebras se abrem, e quando ela me vê, começa a se contorcer com ferocidade renovada.

– Daire... sou eu! Pare. Pare... você está segura... você está bem.

Ela recua, tira as mãos das minhas e acende a lâmpada. Com a respiração agitada, o pulso acelerado, ela encolhe os joelhos até o queixo e me observa com um profundo olhar cauteloso.

Permaneço onde estou. Tento lhe dar espaço e tempo, para que ela desperte do sonho terrível que a deixou naquele estado assustado.

– Como posso ter certeza de que é você, com o cabelo assim? – Ela me encara, faz uma cara triste, fazendo eu passar, com constrangimento, uma mão pelo meu cabelo recém-cortado. – Como posso ter certeza de que você não é Cade?

– Está falando sério? – Recuo com suas palavras. Digo a mim mesmo para não ficar magoado. É um erro que muita gente comete desde que adotei o novo visual. Mesmo assim, nunca esperei isso dela. Desde o início, ela foi capaz de determinar o que só poucos podiam ver: são os olhos que definem a real diferença entre mim e Cade.

Avanço lentamente até ela, fazendo um grande esforço para não a alarmar. Viro o rosto na direção da luz, para que ela possa ver melhor meu rosto, meus olhos. Permito que alguns segundos se passem antes que ela solte um suspiro profundo e relaxe sua postura.

– Quer falar sobre isso? – Arrisco um olhar de relance para o relógio e abafo um bocejo. Noto o ponteiro pequeno no dois, o grande no cinco. Não é de admirar que ainda esteja escuro lá fora.

– Não. – Ela desliza pelo colchão, apoia a cabeça no travesseiro e estica as pernas nuas diante de si. – Quero dizer, talvez. Sim. – Ela me olha de soslaio. – Tem certeza de que não está cansado demais?

Balanço a cabeça, esfrego a mão no queixo no lugar da mentira bem-intencionada que escolho não verbalizar.

– Bem, em poucas palavras, tive o sonho. – Seus ombros afundam quando ela diz isso, como se libertando de um grande fardo.

Aceno com a cabeça, já tendo imaginado isso. Nem um pouco estranho ao sonho, sei em primeira mão o quão perturbador é assistir ao meu irmão matar Daire enquanto olho impotente. Essa imagem terrível costuma permanecer vívida enquanto estou acordado – assombrando-me durante dias.

Só que, no sonho de Daire, ela me vê morrer pelas mãos de Cade.

Mas, pelo que ela me contou, o efeito é o mesmo.

De qualquer modo, não há como negar a mensagem geral que grita alto e claro:

Daire e eu podemos ser predestinados – mas estamos predestinados a romper.

Mesmo assim, não importa o quão insistente o sonho seja, recuso-me a acreditar nele.

Recuso-me a lhe dar algum peso real.

Se é algum tipo de profecia ou uma das maquinações retorcidas de Cade invadindo nosso sono, não posso dizer com certeza.

O que sei é que as coisas nas quais acreditamos mais plenamente sempre dão um jeito de se tornarem realidade.

Então escolhi acreditar em nós.

Acreditar em um futuro que nós faremos.

Depois de perder minha alma e de quase perder Daire há apenas seis meses, sei o quão vazio é meu mundo sem ela. Nunca mais me permitirei duvidar do correto que é nós dois juntos.

Farei qualquer coisa para ficar com esta garota.

Coloco uma mão em seu ombro, pego uma mecha de seu cabelo suave e sedoso entre dois dedos. Sou rápido em lembrá-la de que já vivemos o sonho na última véspera de Natal, quando vimos tudo aquilo acontecer em tempo real. Cade a matou e, tendo descoberto que meu irmão gêmeo e eu somos conectados – que, se ele se for, eu me vou, se ele viver, eu viverei –, enterrei o athame nas minhas próprias entranhas, numa tentativa de acertar as coisas uma vez por todas.

Só que não aconteceu como planejado...

– Mas este sonho tem um final novo. – Ela desvia o olhar, encolhe os ombros, fazendo minha mão cair de lado enquanto me preparo para o que vem a seguir. – Ele... – Ela faz uma careta, lambe os lábios e recomeça. – O rosto dele alternava entre o seu e o dele, e então, quando parou no rosto dele, ele forçou um anel no meu dedo.

Vacilo, sem saber o que dizer. Então encaro a pintura desgastada e descascada na parede oposta, e opto por ficar em silêncio.

Mas, quando ela bufa baixinho, quando seu olhar se fixa na minha bochecha, sei que está esperando por uma resposta minha. Que eu diga algo reconfortante. Que a convença de que não é tão ruim quanto ela pensa.

Sendo um cara que trabalha melhor com detalhes e fatos, digo a primeira coisa que vem a minha cabeça.

– Está dizendo que ele propôs casamento? Tipo... de joelhos, pedindo sua mão? – Fico imediatamente ciente de que disse a coisa errada quando vejo o olhar que ela me dá.

Com a mandíbula apertada, ela cruza os braços de modo desafiador sobre o peito, levanta o queixo e diz:

– Nada de joelhos. Só o anel. Uma turmalina grande, brilhante e azul que tem praticamente o tamanho de um seixo. – Ela levanta a mão, encara com dureza o dedo anelar, como se meio que esperasse encontrar o anel ali.

– Então ele queria casar com você ou reivindicar sua alma?

– No que diz respeito a Cade, tenho certeza de que dá no mesmo.

Concordo com a cabeça. Permito que alguns segundos se passem antes de dizer:

– Ok, então onde eu me encaixo?

Ela volta o olhar para mim.

– Bem, do jeito que você mostrou sua posição no seu lado da cama, estou imaginando que minha versão no sonho teve algo errado. E, bem, o que quer que seja, peço desculpas. Se eu realmente tivesse estado lá, teria reagido de modo diferente, posso lhe garantir.

Ela balança a cabeça, afasta o cabelo dos olhos.

– É só que… bem, primeiro você e eu estávamos nos beijando, sabe, como o sonho costuma acontecer… mas, então, a próxima coisa que soube é que Cade tinha tomado seu lugar e…

– Parece o roteiro normal para mim – interrompo, mas novamente digo a coisa errada.

– Dificilmente. – Ela murmura algumas palavras ininteligíveis bem baixinho. E ainda que não chegue a revirar os olhos, pelo jeito que suas bochechas estão tensas, sei que quer fazer isso. – De qualquer modo… – Ela suspira, se obriga a seguir em frente. – Quando perguntei o que aconteceu com você… ele disse que vocês eram um e o mesmo. Que não havia distinção, nenhuma diferença, nenhuma divisão. Que estavam ligados… não podiam existir separados um do outro…

Deito no travesseiro e volto a encarar a feia parede oposta. Tento manter o tom da minha voz, mas não sou nem um pouco bem-sucedido.

– E já que ninguém viu Cade desde que a Toca do Coelho explodiu há seis meses, na véspera do Ano Novo, e já que não foi muito depois daquele acontecimento culminante que decidi cortar o cabelo, o qual ainda está muito mais comprido que o dele, mesmo sendo um detalhe menor ao qual não devemos nos prender, você realmente acha que posso ser Cade fingindo ser eu. – Balanço a cabeça, mas, como Daire, não chego a revirar os olhos.

Meu irmão é desprezível.

Maligno.

Meu irmão é o único responsável pela morte da avó dela.

E, mesmo assim, ela está me confundindo com ele?

– Você, honestamente, acha que tenho alguma lente de contato maluca, espelhada, para que meus olhos possam refletir do jeito que você espera que façam? Você, francamente, não consegue ver que, quando eu digo *eu te amo*, estou falando do mais profundo do meu ser? Você, honestamente, não consegue ver, pelo jeito que toco você, olho para você, que você é absolutamente tudo para mim?

– Dace... – Ela rola na minha direção, coloca sua mão sobre a minha e me olha com aqueles olhos verde-esmeralda surpreendentes. – Sinto muito ter dito isso. De verdade. Foi estúpido, paranoico e completamente sem sentido, e basicamente o oposto de como uma Buscadora boa e responsável deveria reagir em momentos de grande estresse. Foi só isso... – Ela engole em seco, levanta os ombros e acrescenta: – Algumas vezes não posso deixar de pensar que estou perdendo alguma coisa. Alguma pista terrivelmente óbvia que está bem diante de mim. E, então, quando tive o sonho e acordei ao seu lado... bem, por um instante pensei...

– Você pensou que eu podia ser a pista. Pensou que estava dormindo com o inimigo. – No momento em que vejo seu rosto, a vontade de brigar desaparece. Ela está com medo. Insegura. Seu fardo é grande. E, desde que Paloma morreu, ela se sente sozinha no mundo. É minha tarefa amá-la e apoiá-la. É minha tarefa lhe dar forças quando ela precisa. Passo os braços em volta dela, encorajando-a a se aproximar enquanto ela fecha os olhos e enterra o rosto em meu peito. – Você não perdeu nada. – Sussurro as palavras em seus suaves cabelos sedosos. Dou vários beijos no alto de sua cabeça.

Ela se afasta de leve e me olha de um jeito que trai as profundezas de sua ansiedade.

– Perdi, sim. – Ela assente com fervor. – Tenho certeza absoluta disso. De jeito nenhum as coisas podem estar tão pacíficas quanto parecem na superfície.

– Não merecemos um pouco de paz? – Eu a puxo de volta para mim, me iludindo em pensar que, se puder abraçá-la o suficiente, amá-la o suficiente, posso vencer seus medos.

– Aqui é Encantamento. – O som que se segue é a coisa mais próxima de uma gargalhada que ouvi dela em um bom tempo. – Desde quando alguém consegue o que merece? – Ela murmura a última parte no meu peito, espiando-me para ver como reajo.

Forço um sorriso, esperando que ela faça o mesmo. Mas o momento se perdeu, e sua respiração está ofegante de novo.

– Já repassei tudo isso inúmeras vezes. – Ela se senta. – E não tenho dúvidas de que Cade matou Paloma com aquela turmalina amaldiçoada que eu involuntariamente dei para ela. Pesquisei um bocado, e não é nem de perto tão doido quanto parece. Cristais e pedras preciosas emitem energia. Tudo, em sua essência, é composto de energia. E, embora a energia nunca morra, ela pode ser alterada, transformada e, em mãos erradas, uma pedra preciosa pode ser amaldiçoada com um anzol que conecta o destinatário ao doador, permitindo tanto o controle da alma do destinatário quanto a reivindicação de sua alma ou o fim dela, dependendo da intenção.

As palavras me deixam tão gelado quanto na primeira vez que as ouvi. Mas não tenho certeza do por que ela acha adequado repeti-las, a menos que esteja em busca de uma reafirmação, o que estou mais do que feliz em proporcionar.

– Não duvido de você, Daire. Oras, Pé Esquerdo, Chepi e Chay já confirmaram isso.

Ela abaixa o olhar para as próprias pernas e flexiona os joelhos, fazendo que os compridos músculos tensos da parte da frente de sua coxa, resultado das corridas diárias de dez quilômetros, se levantem e se contraiam de um jeito tão sedutor que sou obrigado a afastar meu olhar.

– A questão, se os anciãos estão certos, é como todos que estiveram na festa de Ano Novo na Toca do Coelho partiram com uma bolsinha contendo uma turmalina e nenhum deles está mostrando ainda nem mesmo o mais leve sinal de qualquer efeito negativo? – Ela levanta o olhar para mim, puxa o lençol até a cintura. – As pessoas estão vivendo como sempre o fizeram. Dá até para dizer que estão vivendo um pouco melhor. Não sei se você notou, mas Encantamento não parece tão deprimente e cinza como antigamente. Os cidadãos não estão tão para baixo. Eles caminham com mais leveza, riem com mais frequência e mais facilmente...

– Talvez estejam apenas felizes em viver em uma cidade livre dos Richter. Talvez estejam entusiasmados porque, nos últimos seis meses, não tivemos qualquer indício de Cade, Leandro ou Gabe. Não esqueça, você e eu vimos Cade correr para dentro do edifício em chamas. Talvez El Coyote esteja finalmente morto. Talvez Phyre e Suriel, seu pai maluco, domador de serpentes e apocalíptico, tenham nos feito um favor.

Embora eu não esteja inteiramente convencido do que acabo de dizer, Daire é ainda mais rápida em rejeitar aquilo.

– Eles não estão mortos. Nem um pouco. – Ela nega firmemente com a cabeça. – Não se esqueça de que Cade estava na forma humana quando correu para dentro daquele edifício ardente. Ele não conseguia se transformar na forma de demônio. O que quer dizer que, se ele tivesse morrido, você também estaria morto.

– Mas ainda estou aqui e cortei o cabelo, e agora você está desconfiada. – Abaixo o queixo até o peito, incapaz de acreditar que trouxe a conversa de volta ao ponto inicial. Mesmo assim, agora que está dito, podemos acertar as coisas para nunca mais ter de tocar no assunto.

Nunca me ocorreu que um corte de cabelo pudesse causar tanta confusão. Se eu soubesse, se tivesse a mais leve pista do tipo de chateação que isso causaria, teria deixado para lá. A verdade é que nem mesmo tenho certeza do que me levou a isso. Acho que, desde a véspera do Ano Novo, quando me descobri tomado por uma força estranha, que consumia tudo, e que nunca se deu a conhecer bem (mas que definitivamente é responsável por salvar minha vida), me senti mudado.

Alterado na parte mais profunda do meu ser.

Como se estivesse a caminho de me tornar outra pessoa.

Outra coisa.

Desde esse momento, o antigo eu não repousa mais com tanta facilidade na minha pele.

Já que a maior parte das transformações começa com o físico, decidi começar com meu cabelo.

Esperando surpreender Daire, pedi ajuda a Lita. E, pelo jeito que Lita reagiu, pulando enquanto gritava e batia palmas, seria possível pensar que eu tinha lhe dado um bilhete de loteria premiado. Acontece que ela adora uma transformação.

Mal tinha lançado a ideia quando ela me arrastou até seu carro e me levou até o salão.

– Vamos tosar essa coisa feia! – ela anunciou, me puxando para dentro pela manga da camisa e me empurrando diante de sua cabeleireira, mas não sem antes acrescentar: – *Finalmente!*

Logo depois, colocaram um roupão em mim, me enfiaram em uma cadeira para lavar e condicionar o cabelo, e, então, em outra cadeira para cortar. Lita ficou pairando ali perto o tempo todo, exclamando uma relação de instruções detalhadas, como se tivesse planejado aquilo desde o dia em que nos conhecemos.

– Você vai precisar cortar pelo menos uns doze centímetros nas costas – ela disse para a cabeleireira. – Talvez até quinze. – Torceu o nariz para meus olhares ofensivos, estalando a língua contra o interior da bochecha e balançando a cabeça em desgosto. – Depois faça algumas camadas ao redor do rosto. E assegure-se de mantê-los longos, macios e com um ar meio bagunçado, para que pareça que foram feitos para ficarem despenteados e naturais, já que nós duas sabemos que ele provavelmente nem vai penteá-los. – Ela terminou aquela parte final com uma risadinha que amorteceu o golpe, fazendo que eu me perguntasse mais uma vez o que meu ex-guia espiritual, Axel, via naquela garota.

– Ah... mas não tão curto! – Lita gritou no segundo que a cabeleireira levantou a tesoura. – O que quer que faça... *não* o deixe parecido com seu irmão gêmeo!

Imagino que a cabeleireira estava acostumada com as exigências de Lita, porque apenas sorriu, assentiu e começou a cortar meu cabelo. E, quando ela finalmente abaixou a tesoura e eu olhei no espelho, não pude fazer nada além de encarar, enquanto a cabeleireira sorria, e Lita batia palmas e gritava:

– Bem, parabéns, Dace Penabranca. Você acaba de dar o primeiro passo para entrar na moda.

Infelizmente, a reação de Daire não foi tão apreciativa. E, embora ela não tenha me confundido com Cade (ou, pelo menos, não naquele momento), levou algum tempo para se acostumar. Mas, pelo jeito que as coisas estão, acho que ainda não está inteiramente convencida.

– Dace... – Daire se contorce na minha direção e coloca uma mão em cada lado do meu rosto. – Sinto muito. De verdade. Não quis dizer aquilo. Ou talvez sim... não sei. Eu só... me sinto tão fora de forma. Não posso deixar de lado essa sensação de mau agouro. Essa certeza profunda de que as coisas não são bem como parecem. Estou convencida de que El Coyote ainda está lá fora, e Leandro e Cade estão só ganhando tempo, lambendo algumas feridas sem importância e se mantendo discretos, em uma tentativa de me atrair para um estado de complacência...

– Só que eles nunca vão conseguir isso. – Coloco minhas mãos sobre as delas e as seguro entre nós. – Porque você está bem na frente deles, Santos. Está com a guarda levantada, está alerta aos sinais, e, se acontecer de estar certa, quando eles aparecerem por aí, você estará pronta.

– Estarei? – Ela inclina a cabeça, me estudando com olhos vermelhos e brilhantes, enquanto seu lábio inferior mostra um leve tremor.

– É claro que sim. – Eu a puxo para meus braços. Seguro-a com força, até que seu corpo começa a afrouxar e a se render, e minha respiração sobe e desce juntamente com a dela.

Com suas corridas diárias e exercícios punitivos, sua dieta estritamente saudável, que não deixa espaço para a menor indulgência, com o foco incessante em aprender a arte de Paloma e tornar-se a melhor Buscadora possível, eu, algumas vezes, me esqueço do quão vulnerável ela realmente é. Mas aqui, em meus braços, com a pele tão suave e o coração batendo gentilmente perto do meu, sou tomado de vergonha pelo tolo que tenho sido.

Nada disso é sobre mim. Toda essa discussão pode ter sido disparada pelo sonho e pela memória certamente medonha do meu irmão forçando um anel no dedo dela, mas isso nunca foi sobre meu cabelo.

Nunca foi sobre ela me confundir com Cade.

Tudo aquilo era apenas uma cortina de fumaça que esconde o que realmente a incomoda.

Ela sente falta da avó.

Está devastada pela dor imensa que insiste em manter sob controle.

E até que ela seja capaz de confrontá-la de frente, é meu trabalho proporcionar conforto, juntamente com um lugar seguro para estar no meio do caos.

Eu a puxo ainda mais para perto, até que as chaves douradas iguais que usamos nos pescoços como símbolo do nosso amor batem uma na outra, enquanto murmuro palavras suaves no seu ouvido. Eu a recordo de que ela não está sozinha – estamos nisso juntos. Eu jamais a deixarei.

– Se Paloma estivesse aqui, ela poderia me ajudar a ver o que estou perdendo. Ela estava sintonizada com tudo, nunca perdia um sinal. Se minha *abuela* estivesse aqui, ela iria... – Daire engasga com o soluço, fecha os olhos com força para conter o dilúvio de lágrimas que se recusa a derramar.

Levo as palmas das mãos até seu rosto e pressiono meus lábios contra os dela. Sussurro:

– Ei, olhos verdes, vai ficar tudo bem. De verdade, estou aqui. Sempre estarei aqui. Vamos passar por isso juntos. Prometo... – Afastando seus medos com meus beijos, começo a distraí-la da melhor maneira que posso.

Três

Daire

Desta vez, quando acordo, estou aninhada nos braços de Dace, que me envolvem confortavelmente. Sinto sua respiração suave, constante, na lateral do meu rosto.

Viro a cabeça devagar e encho os olhos com a beleza da visão dele adormecido. Meu olhar passa pelos músculos tensos de seu peito, pelo vale de seu abdômen, pela suave trilha de pelos que vai do contorno do umbigo até partes agora escondidas pelo lençol.

Ele é tão amoroso, tão leal, tão decente e bom que mal consigo conceber como pude, ainda que por um momento delirante, atordoada pelo sono, confundi-lo com Cade.

Eles podem ser idênticos na aparência e Dace pode ter um pedaço da alma sombria de Cade dentro de si, mas a semelhança termina aí.

Eles não têm nada a ver um com o outro.

Ele se mexe. Despertado pelo peso do meu olhar, ele me abraça apertado e me puxa para tão perto que não há como negar que a necessidade dele é mais uma vez correspondida pela minha.

Não importa quantas vezes fiquemos juntos, não importa quantas manhãs despertemos dessa maneira, sempre parece que há mais a descobrir.

Algumas vezes sinto como se nunca fosse desvendar todos os seus mistérios.

O pensamento me faz sorrir.

Permito que minha mente projete um futuro distante. Imagino como pareceríamos com os rostos enrugados e os cabelos grisalhos. Ainda amando, ainda rindo, ainda adorando, ainda descobrindo...

Mas nem bem a imagem se forma, eu me obrigo a deixar a ideia para lá.

Sonhar com o futuro é uma indulgência frívola da qual não posso me dar ao luxo. Paloma me avisou desde o início que os Buscadores não são conhecidos por sua longevidade – e seus relacionamentos românticos sempre terminam tragicamente.

A lembrança de suas palavras me causa um estremecimento involuntário que leva Dace a dizer:

– O que foi? – Ele abre as pálpebras lentamente, mostrando os olhos azul-gelo brilhando de sono e desejo.

Balanço a cabeça e pressiono meus lábios nos dele, passando meus dedos pelo comprimento de sua garganta, onde paro ao sentir sua pulsação. Esquivo-me de todos os pensamentos sobre o passado, juntamente com todos os desejos para o futuro, e concentro-me no presente – o único momento que é realmente meu.

Dace recebe meu beijo com lábios quentes e urgentes, enquanto minhas mãos seguram seus ombros e o puxam para tão perto de mim que nossos corpos se transformam em um emaranhado de línguas e membros pressionados ardentemente, em uma tentativa desesperada de nos unirmos. Até que ele me coloca embaixo dele em um movimento contínuo e acha seu caminho para dentro de mim.

Moldamos-nos e nos agarramos, separados por alguns momentos lancinantemente deliciosos, só para nos unirmos novamente, de modo tão completo que não há limites entre nós. Não há como dizer onde Dace termina e eu começo. Nossos corações estão tão ligados quanto nossa carne, e vamos às alturas ao mesmo tempo – parando por um momento delirantemente inebriante, antes de nos largarmos saciados, acabados.

Quando abro os olhos, Dace está apoiado sobre o cotovelo, seu olhar vagando livremente pelo meu rosto.

– Não me canso de olhar para você.

Mordo o lábio e sorrio. Tento não pensar nas manchas de rímel sob meus olhos, no meu rosto amassado, no cabelo caído na testa. Só sorrio como se acreditasse nele, e devolvo seu olhar de adoração com um equivalente meu.

– Sabe, acho que estou realmente começando a gostar da sua nova aparência. – Levo os dedos até sua testa e brinco com a ponta de sua longa franja. – Quem diria que Lita tem tanta visão?

Ele segura minha mão e olha para mim como se estivesse prestes a responder, mas, em vez disso, mantém os lábios fechados, como se tivesse pensado melhor.

– Sei o que está pensando. – Apoio-me sobre o cotovelo, afofo um pouco o travesseiro, e me encosto nele. – Levou um tempo para eu me acostumar, mas realmente gostei desse novo *look*. Ele realmente destaca seu rosto. E você sabe o que acho do seu rosto...

Ele balança a cabeça. Lança-me um olhar que convida a uma explicação melhor.

Então dou alguns beijos em sua testa, no seu queixo, nos seus lábios, para ilustrar bem o que quero dizer. E, simplesmente assim, estou atraída de volta à sua magia.

Mas, com um dia cheio de treinamentos e compromissos adiante, me obrigo a sair da cama e seguir a trilha desordenada de roupas que deixei no chão na noite passada, em minha pressa de estar com ele.

– É isso? – Dace se aproxima da beirada da cama para observar enquanto me visto. – Você simplesmente me ama e me deixa? É assim que funciona?

– Sim. – Pego o *shorts* da pilha amarrotada no chão e enfio uma perna, depois a outra. Faço um charme exagerado enquanto puxo a peça pelos quadris, em um movimento que é feito propositalmente para seu prazer visual.

– Provocadora. – Ele pega meu sutiã embaixo de seu travesseiro e o arremessa para mim, acompanhando a palavra com um sorriso.

– Você é o provocador. – Pego o sutiã no ar e luto para colocar as alças e o fecho devidamente no lugar.

– Como descobriu? – Ele esfrega o queixo e me lança um olhar brincalhão.

– É você que não quer morar comigo.

– Ah, isso. – Em um movimento fluido, ele está fora da cama, procurando um *jeans* limpo na pilha de roupas dobradas na cesta de plástico que faz as vezes de armário. Uma tentativa de escapar da conversa que estou determinada a ter.

– Eu realmente não entendo sua resistência. – Digo, não pela primeira vez. – Quero dizer, estamos juntos praticamente o tempo todo. E se vivêssemos juntos, eu não teria de sair daqui toda manhã, e você não teria que trabalhar tanto para manter esse lugar. Sabe como é: dois pássaros com uma pedra.

Seus dedos paralisam no zíper, enquanto seus olhos se erguem para encontrar os meus.

– Como pode dizer uma coisa dessas?

– O quê?

– Dois pássaros com uma pedra. Que horror, Daire, você é guiada pelo Corvo. Como acha que ele se sentiria se a ouvisse dizer isso?

– Está mudando de assunto?

– Deu certo? – Ele abre um sorriso travesso.

– Nem um pouco. – Franzo o semblante e visto minha regata, então me sento no velho baú de madeira no canto do quarto e escorrego o pé para dentro do tênis.

– Ok, eu admito, sou antiquado. Há crimes piores, você sabe.

– Antiquado? – Faço um som que fica entre um grunhido e uma gargalhada. – Por favor. – Reviro os olhos e apanho os cabelos compridos e emaranhados em um rabo de cavalo. – Não há nada de antiquado no que acabamos de fazer. – Faço um sinal com a cabeça na direção da cama, esperando vislumbrar um sinal de rubor no rosto dele. Não é sempre que consigo uma coisa dessas.

– Sou antiquado com o que conta. Isso significa que não vamos viver juntos porque é conveniente, ou porque vamos economizar dinheiro, ou qualquer outra razão que você queira arranjar. Quando formos viver juntos, e eu quero que isso realmente aconteça, vai ser porque estamos devidamente casados.

– *Devidamente casados?* – Balanço a cabeça. Faço uma cara de desgosto. Começo a arrumar a algibeira de camurça suave que Paloma me deu, aquela que contém a coleção de talismãs mágicos que ganhei durante meu treinamento como Buscadora, juntamente com o belo coração de turquesa que Dace me deu. – Não acha que devemos talvez nos formar no ensino médio primeiro? E, então, não sei, ir para a faculdade, depois cursar uma pós-graduação. Acumular uma enorme quantidade de diplomas impressionantes, conseguir o emprego dos nossos sonhos, conquistar uma tonelada de promoções, e, então, quando não houver mais picos a escalar, nos acomodamos na ficção que é o felizes para sempre após o sagrado matrimônio?

Dace me dá um olhar avaliador e assobia baixinho.

– Uau, alguém tem problemas com casamento.

– Cresci em *sets* de filmagem. – Dou de ombros para a lembrança. – Cercada por celebridades que entravam e saíam de casamentos a cada dez segundos ou traíam os parceiros com qualquer um que estivesse disposto a ir para a cama. Tudo isso pode ter me deixado um pouco cansada.

– Um pouco? – Dace ergue uma sobrancelha, passa uma camiseta gola V gasta, cinzenta, pela cabeça. Aquela que se molda ao seu peito, cai sobre seu abdômen e acentua seus bíceps, sem me deixar outra escolha a não ser afastar o olhar, se é que tenho alguma esperança de começar o dia. – Não é como se eu planejasse propor casamento amanhã, ou mesmo no ano que vem. Apenas... algum dia.

– Tudo bem – digo. – Lidaremos com o seu *algum dia* quando chegarmos lá. *Se* chegarmos lá. Mas estou lhe avisando: nada de demonstrações públicas. Nada de pedidos de casamento no telão do estádio, no intervalo do jogo. Nada de esconder o anel no fundo da minha taça de champanhe. Nada que tenha visto em um filme ou em algum *reality show* malfeito de TV.

– Então, essas são as regras para a proposta de casamento que você não quer?

– Essa é a lista inicial. Há mais. Acredite em mim, muito mais. Mas, até lá, temo que terá de aturar o "amá-lo e deixá-lo" de Santos, porque você não aceitou *minha proposta* de viver comigo, sem pagar aluguel. – Mantenho o tom de voz leve, brincalhão. Recuso-me a trair o medo profundamente enraizado de que nosso futuro é tão incerto que, provavelmente, não devíamos provocá-lo com conversas como essas.

Antes de Paloma morrer, ela me deu uma transmissão de linhagem que me permitiu ver o tipo de coisas que levaria muitos anos para ela me ensinar. Incluindo a trágica história de seu passado – como seu marido, meu avô, Alejandro (um xamã jaguar brasileiro da mais alta ordem), foi morto pelas mãos dos Richter, juntamente com seu único filho, meu pai, Django, quando era apenas um adolescente. Dessa maneira, ela me deu a amplitude de seus conhecimentos e percepções em não mais do que um *flash*.

Também vi a história de cada Buscador que caminhou antes de mim.

Assisti a como todos eles – como cada um deles – caíram pelas mãos do Coyote.

Então por que seria diferente comigo?

Por que mereço o tipo de felicidade negada aos meus ancestrais?

– Não duvide do futuro, Daire.

Volto para Dace. Fico surpresa em encontrá-lo parado diante de mim, mostrando sua habilidade inquietante de ler cada mudança no meu humor. Alivio meu rosto com um sorriso forçado, me virando rapidamente para remexer em minha bolsa, e murmuro:

– Como não vou duvidar?

– Porque eu sei algo de que você não sabe.

Assim como previsto, as palavras me atraem para ele, convencendo-me a encará-lo novamente.

– Ah, sim, e o que é? Importa-se de compartilhar essa grande sabedoria?

Sem o menor sinal de brincadeira, ele coloca as mãos nos meus ombros e fixa o olhar intensamente no meu:

– Só há uma força mais poderosa do que o mal... – Pestanejo algumas vezes, pensando no que poderia ser. Claramente ele não está se referindo a mim. Nenhum Buscador já conseguiu manter o mal à distância; ou, pelo menos, não por muito tempo. – O amor.

Posso sentir a palavra quando ele a diz.

Posso realmente sentir a força da palavra vindo em minha direção enquanto ele a desenrola em sua boca – a força que emana da ponta de seus dedos. Sua ferocidade, sua urgência é uma verdade absoluta, inegável, que me deixa tão espantada a ponto de não conseguir pensar em qualquer resposta.

– O amor, Daire. O amor é mais forte do que o mal. O amor é a resposta. O amor é tudo que existe. O amor conquista. O amor cura. O amor une. Tudo de que você precisa é amor. O amor faz o mundo girar...

A energia continua a rodopiar ao meu redor, fazendo minha cabeça girar, meu coração palpitar – durando apenas enquanto Dace segura meus ombros. No momento em que ele abaixa as mãos e dá um passo para trás, a ilusão se vai. Deixa-me triste, vazia e mais desapontada do que eu gostaria de estar, uma vez que, mesmo que o sentimento soe bonito aparentemente, não pode ser tão fácil assim.

Por mais que eu queira acreditar nele, é um pensamento positivo, na melhor das hipóteses, e não posso me dar ao luxo de cair nessa armadilha. Passei os últimos meses me preparando para vingar a morte de minha *abuela* e livrar o mundo dos Richter de uma vez por todas. Não posso me arriscar a falhar.

– Hummm... tenho quase certeza de que é o dinheiro que faz o mundo girar. Tenho quase certeza de que é o que diz a canção. – Guardo meu coração, desviando das palavras dele com uma resposta sarcástica, mas, assim que elas saem, eu me encolho de vergonha. As palavras soam não naturais e forçadas, ardendo como uma traição depois de tudo o que passamos.

Mordo meu lábio com força e retomo a busca na minha mochila, mas quando Dace segura minha mão, me incentivando a olhar para ele, não posso deixar de atendê-lo.

Seu tom de voz é tão sério quanto seu rosto, e ele diz:

– Não a nossa canção. Não esta canção. Não a canção sobre você e eu.

Ele fala com tanta convicção, que estou prestes a me render, quando me lembro da transmissão de linhagem que Paloma me deu e da verdade inegável que ela revelou.

Não dá para contestar os fatos que se desdobraram diante de mim naquele dia. Mesmo assim, isso não me impede de me derreter um pouquinho quando Dace me puxa em sua direção e pressiona os lábios na ponta do meu nariz.

– Tudo o que você tem que fazer é acreditar. Ter um pouco de fé. Na verdade, isso é tudo de que é preciso. Milagres não são nem de perto tão incomuns quanto as pessoas pensam. Pé Esquerdo diz que são manifestados pelo amor, e nós temos isso de sobra. Não há razão para que não possamos fazer alguns milagres por nossa própria conta.

Relaxo minha postura. Estou disposta a admitir que ele pode estar certo. Que realmente pode ser simples assim. Paloma sempre disse que a intenção é o ingrediente mais importante da magia. Talvez, se eu me permitir acreditar com força suficiente...

Balanço a cabeça e me obrigo a me afastar. Forço-me a dizer:

– Você fica com a crença, enquanto eu vou me exercitar.

– Cética. – Ele sorri.

– Otimista. – Mostro a língua, brincalhona.

– Tem tempo para um café? – Nego com a cabeça. – Quer uma carona? – Ele pega as chaves de cima da cômoda e as sacode diante de mim.

– Não... acho que vou correr. – Ele levanta uma sobrancelha. – Quero fazer um treino antes que a temperatura tenha a chance de ultrapassar os quarenta graus de novo.

– Você sabe que não tem problema fazer uma pausa de vez em quando, não é?

Prefiro ignorar aquilo. Não posso me dar ao luxo de fazer pausas. Não posso me dar ao luxo de baixar a guarda.

– Tudo bem. Então, pelo menos, use isso para afastar o sol do rosto. – Ele me joga um boné com um logo de uma marca de surfe. – E diga oi para Axel. – Ele me acompanha até a porta da frente e desce os degraus instáveis que levam até o estacionamento.

– Pelo menos *ele* concordou em morar comigo. – Olho por sobre o ombro, esperando que Dace me alcance.

– Pelo que lembro, ele não tinha para onde ir. – Ele aperta minha mão e dá um sorriso amável.

– Você não fica nem com um pouco de ciúmes? – Inclino o rosto na direção dele, notando o brilho divertido de seus olhos.

– Está falando sério? – Ele balança a cabeça. – Ciúmes do Axel?

– Sim, do Axel. – Digo, me sentindo inexplicavelmente na defensiva, mas então minhas emoções estão por todo lado. – Um cara solteiro, que, na verdade, é bem bonito para quem gosta de tipos altos, fortes e angelicais, com muitos músculos e olhos cor de lavanda. Ele praticamente se mudou para meu antigo quarto antes mesmo que eu pudesse terminar de fazer o convite.

Dace para ao lado de sua caminhonete.

– Daire, não tenho ciúmes do Axel. Em primeiro lugar: ele foi meu guia espiritual desde que eu era bebê, e ainda sente a necessidade de olhar por mim mesmo depois que perdeu o título oficialmente. Em segundo: confio em você. Confio em nosso amor. Afinal de contas, sou o otimista, lembra?

– E em terceiro? – Coloco uma mão no quadril. – Posso ver em seus olhos que há um terceiro motivo.

– E, terceiro: preciso mesmo mencionar Lita? – Ele dá uma gargalhada, fazendo suas pupilas brilharem de um jeito que é hipnotizante. – Você pode ser a Buscadora, mas tem certeza de que quer ficar entre Lita Winslow e o declarado amor de sua vida?

Abaixo a cabeça e suspiro, dando, em seguida, um gemido, para demonstrar minha opinião. Desde o momento em que as aulas acabaram, Lita devotou todo o verão para ficar com Axel. O que significa que ela tem sido um elemento permanente na minha casa – isso quando eles não estão entocados no quarto dele.

Esse era, no entanto, outro romance malfadado, condenado antes mesmo que pudesse começar propriamente.

Ou, pelo menos segundo Paloma, isso nunca daria nada de bom.

Paloma era pragmática. Uma realista, como eu. E ainda que seja muito agradável estar perto de um crente de verdade, como Dace, não posso me convencer a me juntar a ele nesse lugar eternamente feliz.

– Lita é bastante territorial no que diz respeito a Axel. Não tenho certeza se mesmo alguém tão poderoso quanto um Buscador poderia abrir uma fissura entre eles. – Dace diz, me tirando do meu devaneio e provando, mais uma vez, o quão antenado ele está com meu humor.

– Falando em poderoso... – Deixo a questão no ar, não há necessidade de completá-la. Nós dois sabemos que estou me referindo à última véspera de Ano Novo, quando o mundo desabou e Dace se encontrou no meio de uma incrível mudança que não conseguiu levar em frente, ou não quis levar em frente, como ele diz.

Apesar do otimismo, sei que ele está preocupado que aquilo seja resultado do pedaço sombrio da alma que roubou do irmão e que ainda está dentro dele. E não posso dizer que eu já tenha descartado essa possibilidade também.

– Nenhum sinal da besta. – Ele abre a porta da caminhonete e joga a mochila no banco. – Deve estar adormecida. – Ele se volta para mim e inclina o rosto na direção do sol, protegendo os olhos com a mão. – Tem certeza de que não quer uma carona? Parece que vai ser outro dia muito quente.

Nego com a cabeça, sacudo meus membros. Tento soltá-los para a longa corrida adiante.

– Ok, então. – Ele sobe na caminhonete. – Vejo você à noite?

Confirmo com a cabeça.

– Na minha casa, na sua casa ou na Fonte Encantada? – Ele fecha a porta entre nós e apoia o corpo para fora da janela do condutor.

– Na minha casa. – Faço uma careta quando digo isso. Ainda é estranho se referir ao lugar como meu, e não de Paloma, mas sou rápida em deixar o pensamento de lado. – Xotichl e Auden vão passar por lá. E, é claro, Lita e Axel também estarão.

Dace me dá um rápido beijo de despedida e manobra a caminhonete, enquanto eu suspiro profundamente, ajusto o boné e começo a correr.

quatro

Lita

Abro a porta do forno e franzo o semblante. Embora eu tenha seguido a receita de Paloma ao pé da letra, meus bolinhos de milho-azul não cheiram como os de Paloma, não se parecem com os dela. E por que estão todos afundados no meio, em vez de gorduchos e fofinhos como os dela sempre ficavam?

– Há quanto tempo está acordada?

Axel entra na cozinha, passando a mão pelos cachos louro-platinados, emaranhados pelo sono, enquanto fecho a porta do forno e espero que, nos próximos cinco minutos, quando o *timer* soar, alguma mágica de Paloma na cozinha comece a funcionar.

Mas, bem lá no fundo, eu sei a verdade: Paloma é o ingrediente que falta. Não há como substituí-la. O mais provável é que teremos pães amanhecidos no desjejum novamente.

Jogo a luva térmica no balcão e suspiro.

– Não conseguia dormir. E não queria acordar você, então pensei em preparar o café da manhã para nós. Mas, pelo andar das coisas, vamos precisar de um milagre, portanto não fique muito esperançoso. – Permito que meu olhar vague pela extensão do seu peito suave e musculoso, desço pelo comprimento de seu abdômen finamente cinzelado até o cós elástico de seu novo moletom cinza.

– Como Místico, fiz vários milagres. – Ele cruza a cozinha até parar diante de mim, abaixando a cabeça e dando um beijo nos meus lábios. – Quão ruim está? – Ele olha para o fogão. – Devo realizar uma cura? – Ele passa os braços ao meu redor, me abraça com força pela cintura e centraliza o seu profundo olhar púrpura no meu.

– Tenho quase certeza de que está fora de alcance. Mas você poderia consertar seu moletom. – Puxo a etiqueta em sua cintura. – Está ao contrário.

Ele lança um olhar envergonhado por todo o comprimento da calça e ri.

– Achei que parecia um pouco estranha. Solta em alguns lugares, apertada em outros. Acho que ainda não me acostumei com essas coisas.

– Quer dizer, calças? – Abafo uma risadinha. Desfruto o espetáculo de vê-lo tirar a calça e desvirá-la sem um pingo de vergonha, enquanto disfarço um olhar ansioso na direção da porta. A última coisa de que preciso é que Daire entre e pegue Axel parado nu na cozinha. – Acho que leva um tempo para se acostumar. – Inclino minha cabeça de lado, fingindo uma expressão de reflexão profunda. – Afinal, os buracos separados das pernas exigem habilidades totalmente diferentes de usar um vestido.

– Túnica. – Axel sorri e me segura pela cintura novamente. – No Mundo Superior, eu usava uma túnica. As mulheres usavam vestidos.

– Uma diferença importante. – Meu olhar faz um banquete insaciável em seu rosto, e me pergunto se algum dia me cansarei de olhar para ele.

– Fico feliz em esclarecer isso. – Ele sorri. – Mas o que não entendo é por que sou obrigado a usar alguma coisa quando você prefere me ver no meu estado mais natural.

– Axel! – Pressiono uma mão em meus lábios e engulo uma risadinha constrangida. Estou bem ciente da minha bochecha adquirindo todos os tons de vermelho. Normalmente, eu não ficaria envergonhada com uma declaração daquelas. Normalmente eu devolveria algo igualmente sedutor. Mas do jeito com que Axel fala, com tanta sinceridade, com uma honestidade tão completa, o melhor que posso fazer é corar em resposta.

Embora ele certamente seja viril em todas as maneiras que importam, algumas vezes ele parece quase infantil, no jeito como é tão não corrompido pelo mundo. Ao contrário da maioria das pessoas, ele não é guiado pelas coisas usuais – vaidade, orgulho e ego não têm importância para ele. Ele é franco, sempre impecável em sua palavra. E sua crença em mim é tão absoluta que, algumas vezes, me pego encolhida sob o peso disso, me perguntando até mesmo se mereço algo assim.

Acho que é porque é tão diferente de como era com Cade, em que tudo era uma manipulação, um jogo. E embora eu não sinta falta daquela época, para dizer o mínimo, e o meu maior desejo seja poder banir aquilo das minhas lembranças, a verdade é que nem sempre sei como lidar com o tipo de amor escancarado e sincero de Axel.

Ainda que esteja claro que ele não é em nada parecido com Cade, nem sempre tenho certeza do que ele é. Sem ser mais um Místico – depois de quebrar um de seus votos mais sagrados, quando decidiu poupar a vida de Daire na véspera de Natal –, ele tem a entrada negada no Mundo Superior, lugar que chamava de lar.

Mas não é sequer inteiramente humano.

O que quer dizer que nossos costumes ainda são novos para ele.

E, uma vez, quando ele acidentalmente cortou um dedo ao tentar picar um tomate, eu o vi sangrar ouro.

– O que tem o Ser Radiante? – Ele sorri, provando, mais uma vez, sua estranha (e altamente irritante) capacidade de ler minha mente. Ao ver minha cara feia, ele se afasta e diz: – Desculpe, eu estava bisbilhotando seus pensamentos?

– Claramente. – Volto para o fogão, só para confirmar que cometi outro caso de assassinato de bolinhos. Que sejam pães amanhecidos. Desligo o fogo, coloco a forma no fogão, para esfriar, e vou até a geladeira em busca de requeijão e geleia.

– Lita, eu chateei você? – Ele para ao meu lado, com uma expressão de cachorro arrependido estragando seu belo rosto. Errou em alguma coisa que não entende; sua intenção é sempre agradar. – Sinto muito – ele diz. – Estou tentando aprender seus costumes, juro que estou. Estar apaixonado é algo novo para mim. Eu pensei que o ponto central era partilhar tudo. Não é?

Ele inclina a cabeça, fazendo que vários cachos louro-claros caiam sedutoramente sobre aqueles fascinantes olhos cor de lavanda.

– Sou nova em amar também. – Franzo o cenho para o pote de geleia vazio, guardo o recipiente na pia e coloco o vidro de requeijão no balcão. – E, embora as pessoas digam que querem partilhar tudo, na verdade elas não pretendem fazer isso. – Cruzo os braços sobre o peito e o encaro. – Pensamentos devem ser particulares, ok? Não é correto ouvi-los.

Ele assente com intensidade, como se gravasse minhas palavras na memória, e eu não posso deixar de sorrir em resposta. Não me lembro de outra pessoa que já tenha me levado tão a sério.

– Se lhe agrada saber, essa habilidade está desaparecendo no que diz respeito aos outros. Mas, por algum motivo, com você permanece tão intensa quanto antes.

– Que sorte a minha.

Ele se aproxima de mim, pega minhas mãos e as coloca sobre seus ombros.

– Considero isso uma prova da conexão profunda que temos. Prova de que vir para cá foi a coisa certa a fazer.

As palavras me arrebatam, e levo um momento para absorvê-las, enquanto estudo a expressão dele. Os últimos seis meses que passamos juntos têm sido como um vendaval, como uma euforia emocionante, e acho que nunca parei para pensar em tudo de que ele abriu mão para entrar no meu mundo.

– Axel... alguma vez você... se arrependeu de estar aqui?

Quando a resposta dele não vem rapidamente, meus ombros afundam de alívio. Fico feliz em ver que ele leva um tempo considerando, sabendo que, quando responder, o fará com sinceridade. Ser impecável com suas palavras significa que ele nem sempre é rápido em assegurar algo.

– Algumas vezes sinto saudades de casa. – Seu rosto assume uma expressão pensativa. – Mas, então, olho para você, e de repente começo a experimentar todas as emoções maravilhosas que me foram negadas até agora. Antes de você, tudo o que eu sabia sobre estar apaixonado estava restrito à teoria. E ainda que, em algum momento, eu vá me acostumar a viver sem mágica ou sem túnicas, agora que nos encontramos não consigo considerar uma vida sem você.

Engasgo com um soluço e começo a desviar o olhar. Mas, então, ele me segura pelo queixo, inclina meu rosto na direção do dele e diz:

– Eu gostaria de deixar o desjejum para lá, e você?

Tudo o que posso fazer é acenar com a cabeça em resposta.

E a próxima coisa que sei é que ele me levanta em seus braços com facilidade, como se eu não pesasse nada, e ele me leva pelo corredor até seu quarto.

cinco

Dace

Já que me resta algum tempo antes de ter que aparecer para trabalhar no posto de gasolina, dirijo até a cidade e estaciono a lata-velha branca do lado de fora da loja do Gifford, a fim de desfrutar de uma xícara do café recém-passado anunciado na janela e, talvez, ler um pouco da pilha de livros que venho carregando por aí.

Aceno para o velho Gifford e me dirijo para uma das mesas nos fundos, para, então, ouvir meu nome sendo chamado do outro lado da sala, enquanto Pé Esquerdo e Chay gesticulam impacientemente na direção da xícara de café que já está esperando por mim.

Como eles sabiam que eu apareceria, quando só decidi fazer isso há alguns minutos, está além da minha compreensão.

Então, mais uma vez, os anciãos estão bem sintonizados com tudo. Provavelmente, eles me quiseram aqui sem que eu nem mesmo percebesse.

Sento na cadeira perto de Chay e coloco os livros diante de mim. Levo a xícara até a boca, enquanto observo Pé Esquerdo pegar um livro da pilha, olhar a capa e a contracapa, dar um grunhido desaprovador e colocá-lo de volta no lugar.

– Onde conseguiu isso? – Chay olha para as lombadas dos livros e para mim. – No quarto dos fundos do Lúcio?

– Em Santa Fé.

Ele estreita os olhos, dá um gole no café.

– Quando começou a fazer contrabando? Esse tipo de livro está banido de Encantamento há anos.

Ele fala as palavras suavemente, mas seu rosto permanece resignado como sempre.

– O que pode aprender com um livro sobre artes místicas que não pode aprender conosco? – Pé Esquerdo entra na conversa, parecendo irritado e ofendido.

Dou de ombros, abaixo minha xícara e decido responder honestamente.

– Até agora, nada.

Pé Esquerdo grunhe mais uma vez, mas agora é uma variedade satisfeita.

Depois de toda a conversa fiada usual – o calor sufocante do verão, o ano mais quente já registrado, a saúde e o bem-estar geral de Chepi e sua contínua desconfiança de Daire (que parece ter se suavizado após a morte de Paloma) –, chegamos ao ponto central, pelo qual me atraíram até aqui. E, é claro, tem a ver com os Richter. Três deles em particular: Gabe, Leandro e Cade. Também conhecidos como meu primo, meu pai e meu irmão gêmeo, respectivamente. Embora eu prefira não pensar neles dessa maneira.

Gabe é um canalha.

Leandro é um feiticeiro sombrio e estuprador, que usou minha mãe para exercer sua magia negra e conjurar um filho ainda mais sombrio do que ele.

Quanto a Cade, bem, da próxima vez que eu o encontrar, pretendo matá-lo.

Acho que se pode dizer que não há sentimento verdadeiro no que se refere ao lado Richter da minha família.

E ainda que esteja claro que ninguém tenha visto nenhum deles, Pé Esquerdo e Chay, assim como Daire, não estão convencidos de que isso seja necessariamente uma coisa boa.

– O trabalho continua na Toca do Coelho. O que significa que alguém deve estar a cargo da reconstrução e, se não for Leandro, então quem é? – Chay olha para Pé Esquerdo e, depois, para mim.

– É uma família grande. – Abaixo a cabeça para tomar outro gole de café. – Não faltam primos. Algum deles pode ter tomado a frente.

– Você realmente acredita nisso? – Os olhos apertados de Pé Esquerdo encontram os meus, praticamente me desafiando a desapontá-lo e insistir naquilo.

Nego com a cabeça. Eu devia saber que não dá para ser tão simplista. Como um estudante de longa data de Pé Esquerdo, sei melhor do que ninguém que ele exige seriedade absoluta em questões como essas.

– Não – respondo. – Não acredito nem por um segundo. Acho que estou só tentando aproveitar a folga enquanto ela dura.

– De verdade? – Pé Esquerdo se inclina na minha direção, enquanto Chay se entretém com seu ovo cozido e seu prato de frutas.

Já se foram os dias dos doces. Agora que Paloma não está mais por perto para fazer sermões sobre os malefícios do açúcar, parece que Chay finalmente decidiu dar ouvidos a ela. Só mais uma das maneiras que ele escolheu para honrar a memória dela. A outra é a pulseira de couro entrelaçado que ele usa no pulso, com a cabeça do Lobo esculpida em prata.

Paloma era guiada pelo Lobo. Não consigo imaginar como Chay passa cada dia sem ela. Se eu estivesse no lugar dele...

Balanço a cabeça para me livrar deste pensamento e me volto para Pé Esquerdo, que ainda espera minha resposta.

– É assim que desfruta sua folga? Lendo livros sobre metamorfose? – Ele bate na pilha de livros com o indicador e o polegar.

– Parece que você já escolheu a resposta. – Encaro seu olhar. Mesmo que tecnicamente ele seja meu tio, Pé Esquerdo sempre foi como um pai para mim. Embora tivesse que lutar para criar o filho, Lúcio, por conta própria, ele nunca hesitou em cuidar de mim. E nunca pensei nele como nada menos do que um pai. Por causa disso, discutimos tanto quanto qualquer pai e filho.

Ele me lança um olhar que consegue transmitir sua extrema irritação, ao mesmo tempo em que é solidário e paternal. Jogando um maço de notas na mesa, ele se levanta impacientemente e faz um sinal para que eu o siga.

– Aonde vamos? – Olho para ele e para Chay, mas Chay simplesmente se levanta e dá de ombros, embora eu esteja convencido de que ele está bem informado. Os dois são unha e carne. Sempre tramando. Não há como dividi-los.

– Sua lua de mel acabou. – Pé Esquerdo passa um braço ao redor dos meus ombros e me leva para a luz do dia. – Temos trabalho a fazer. Trabalho sério. Não se engane, o pior está por vir.

seis

Daire

Tendo passado os primeiros dezesseis anos da minha vida evitando cuidadosamente qualquer tipo de atividade física que não envolvesse descansar ou ler, estou surpresa com o quanto me apaixonei pela corrida. Pelo quão rápido me liguei nisso. Pela rapidez com que progredi.

Acontece que não há nada como uma boa corrida acelerada para limpar as teias de aranha e aliviar um pouco a tensão que acomete minha mente. Sem mencionar que é um jeito útil de ir para casa depois de passar a noite com Dace. Ou, pelo menos, até eu dar um jeito de conseguir minha carteira de motorista. E, embora existam caminhos mais rápidos do que aquele que escolhi, nenhum deles me permite dar uma boa bisbilhotada na Toca do Coelho.

Diminuo a velocidade quando chego ao extremo oposto, olho rapidamente para cada um dos lados e, então, disparo pela rua, seguindo na direção do beco. Lá faço um desvio ligeiro e me dirijo para a cerca de alambrado em que prendi o cadeado como símbolo do amor entre mim e Dace, só para me assegurar de que ele ainda está lá. Com tantas forças atuando contra nós, não há garantias. Assim, sigo na direção do barulho de martelos e operários gritando do outro lado da cerca. Nuvens de pó e ruídos dão amplas provas de que a reconstrução continua. Embora a barreira de tapumes na frente seja tão sólida, alta e imponente, sendo impossível dar uma espiada, uma coisa é certa: El Coyote está vivo e bem, e planeja ter um belo retorno.

E não tenho dúvidas de que Dace também sabe disso.

Não há como ele acreditar realmente que os Richter estão mortos.

Dace é esperto demais para crer numa coisa dessas.

Como eu, ele está se preparando para o que vem a seguir – o que quer que seja.

Eu já o peguei fazendo abdominais, flexões e dando estocadas quando achava que eu não estava olhando. Até o vi simulando uma luta, mas apenas deitei na cama sem dizer uma palavra. Se ele quisesse que eu soubesse, teria me contado. Além disso, tenho certeza de que a discrição dele é menos para manter as coisas afastadas de mim, e mais para sufocar meus temores. E, embora não tenha dúvida de que o objetivo dele é bem intencionado e doce, a verdade é que não está funcionando.

Grandes nuvens de pó saem de trás dos tapumes da obra, enquanto um coro de golpes de martelo e brocas continua sem cessar. Quase dois meses após a explosão, a construção começou. E agora, depois de quatro meses de trabalho para valer, tenho que pensar que logo estará pronto.

E então, o que acontecerá?

As portas se abrem e os negócios seguem como sempre?

Com grandes multidões de pessoas fazendo fila para consumir bebidas a preços exorbitantes, música alta e comida medíocre?

Abaixo a cabeça e apoio uma mão em cada joelho, forçando uma respiração exageradamente ofegante, como se precisasse fazer uma pausa na corrida, mas, na verdade, aproveito o momento para dar uma boa olhada nas redondezas. Busco por um rosto familiar ao menos – algo que me dê uma pista do que está acontecendo exatamente.

Meu desejo parece se realizar quando uma grande caminhonete negra estaciona, e, à primeira vista, a confundo com a de Cade. Só quando vejo as chamas vermelhas e laranjas que se espalham pela lateral do veículo e Marliz atrás do volante que percebo que o carro pertence ao noivo dela, Gabe.

Apesar de ela não ser exatamente a pessoa que esperava ver, não posso deixar de me perguntar por que ainda está aqui, dirigindo o caminhão de Gabe, se ele supostamente está morto.

Enterro o boné na cabeça, enfio o queixo no peito e me agacho sobre um joelho. Mexo em meus cadarços, como se tentasse amarrar os sapatos, e monitoro Marliz enquanto ela desce da caminhonete, dá uma espiada rápida e nervosa ao redor, e se encaminha para os tapumes, deixando-me apenas com alguns segundos para decidir o que fazer.

Nosso relacionamento, se é que pode ser chamado assim, sempre foi conturbado. Ela foi a primeira pessoa que conheci em Encantamento (sem contar Paloma e Chay) e, a seu favor, tentou me avisar para ir embora. Mas, fora isso – e do breve período que consegui libertá-la da maldição dos Richter, quando ela fugiu para Los Angeles com uma ajudinha da minha mãe –, Marliz basicamente vem trabalhando contra mim. Da última vez em que nos falamos, ela cumpriu a ameaça de frustrar meus planos. E com os Richter mantendo-a sob encantamento novamente, não há motivo para acreditar que ela esteja disponível para uma conversa.

Mesmo assim, grito o nome dela o mais alto que posso, num esforço para ser ouvida além do barulho. Observo quando ela para e se vira: o cabelo louro-platinado agita-se por sobre os ombros magros e bronzeados, enquanto os olhos pesadamente maquiados se arregalam quando ela me encontra acenando a poucos metros de distância.

Marliz fica paralisada diante de mim, o braço tatuado, com a serpente deslizando em torno do bíceps, agarra a bolsa com força, ao mesmo tempo que suas pernas compridas e magras se equilibram em cima de um par de sapatos com saltos incrivelmente altos.

Com as duas mãos levantadas em um gesto de rendição, quero que ela saiba que não pretendo causar nenhum dano, e me aproximo lentamente. Estou bem ciente de que o menor deslize só servirá para espantá-la.

– Marliz... sou eu. Por favor, não fuja. Precisamos conversar...

Seus olhos disparam loucamente para todos os lados. Ela levanta uma mão até o cabelo. Então, a próxima coisa que vejo é que ela gira nos calcanhares e corre até os tapumes, para onde, com a mão erguida diante de si, ela aponta o brilhante anel de turmalina, causando um clarão de luz resplandecente e um véu cintilante de poeira que parece engoli-la inteira. Em um momento ela está lá, no momento seguinte estou encarando o espaço vazio onde ela estava. Pergunto-me se, de algum modo, imaginei aquilo, até que vejo o monte pisoteado de pó cintilante que ela deixa em seu rastro.

Depois de olhar rapidamente ao redor, para ter certeza de que ninguém está vendo, me agacho e salto, roçando a mão de modo hesitante por sobre o tapume. Meus dedos ficam cobertos com uma substância estranha, escura e brilhante, com bordas afiadas, que não se parece em nada com pó de construção normal.

Rapidamente encho a mão com o material, tiro o boné da cabeça e jogo o pó lá dentro. Embora eu não saiba o que é isso, uma coisa é certa: essa não é uma reconstrução habitual.

A Toca do Coelho está passando por uma transformação mística.

O edifício está encantado – protegido por algum tipo de feitiço –, e os Richter estão por trás de tudo isso.

Assim como eu suspeitava, eles não estão mortos – não foram a lugar algum. Podem ser discretos por enquanto, mas estão ali – em algum lugar. Posso sentir em meus ossos.

Estão tramando.

Planejando.

Ganhando tempo.

Assim como estou aproveitando o meu.

sete

Dace

– Quanto tempo isso vai levar? Tenho que estar no trabalho em uma hora. – Lanço um olhar agitado para Pé Esquerdo, mas ele me ignora de propósito e me leva até minha caminhonete.

Acomodando-se ao meu lado, aponta um dedo impaciente na direção da janela e diz:

– Vire à esquerda na próxima esquina.

– Se importa em dizer aonde estamos indo? – Viro a chave na ignição uma vez, duas, até que o motor ruge para a vida.

– Você sempre precisa saber seu destino? – Ele me encara; a pergunta é tão irônica quanto seu olhar.

– Como motorista, acho que vem a calhar, sim. – Aperto a mandíbula e ignoro o sinal de pare na esquina, sem me preocupar em reduzir a velocidade enquanto faço a curva.

– Quem o ensinou a dirigir? – Pé Esquerdo me olha de soslaio. Seus olhos são tão encobertos que é impossível dizer se ele está brincando ou falando sério.

– Você. – Dou de ombros. Ciente da tensão saindo de meus ombros, da minha coluna, quando sua risada divertida ressoa entre nós. – Mas estou falando sério sobre precisar ir para o trabalho. – Digo, pensando que talvez desta vez ele escute. – Não posso chegar atrasado. Esse tipo de coisa não termina bem.

– Isto é mais importante do que o trabalho. – Pé Esquerdo balança a cabeça enquanto encara uma série de casas de adobe arruinadas que se alinha na rua.

– É fácil para você dizer. – Balanço a cabeça, esfrego a mão no queixo.

– Quer trabalhar no posto de gasolina para sempre? – Seu olhar se volta para mim.

– Para sempre? – Volto o rosto para ele. – Não, obrigado. Durante o verão? Bem, sim, é o que estou esperando. Preciso de dinheiro para viver, Pé Esquerdo. Vivo no mundo real, sabe disso.

– Você vive no Mundo Mediano. – Pé Esquerdo sorri, batendo no joelho enquanto dá uma gargalhada alta por causa da piada.

– E você, não?

Ele balança a cabeça, os olhos brilhando com o rumo que a conversa está tomando.

– Como curandeiro, tenho um pé neste mundo e um pé nos mundos espirituais. E, hoje, se parar de resistir aos meus esforços, vou ensiná-lo a abrir caminho para esses mundos também.

– De verdade? – Ergo uma sobrancelha. – E podemos conseguir tudo isso no intervalo de uma hora? Porque é tudo o que tenho, como já mencionei.

– Não se iluda. – O sorriso dele desaparece. Sua voz ganha um tom afiado. – Este dia não deveria ser uma surpresa. Estou te guiando para este momento desde que era criança. Você, finalmente, pode ser considerado pronto.

– Finalmente posso ser considerado pronto? Ou a situação com El Coyote ficou tão terrível que minha data de validade expirou mais cedo?

– Faz alguma diferença o que motivou isso?

– Você está no comando, você me diz.

Ele dá outra gargalhada, embora eu esteja totalmente sério e não esteja tentando fazer graça. Ele segura a barriga e uiva, como o louco que suspeito que seja. Enfim se acalma o bastante para me guiar por uma série de curvas que nos levam direto à reserva onde nasci e fui criado.

– Por que não me disse simplesmente que estávamos vindo para cá? – Não tento esconder minha irritação.

– Porque você teria feito o caminho da sua escolha, que provavelmente teria envolvido um ou dois atalhos.

– A fim de economizar tempo e combustível. Sim, você está certo, eu teria feito isso.

– E para que propósito isso teria servido, quando preciso que se acostume a seguir instruções? – Ele olha para mim como se quisesse que eu respondesse, mas, antes que eu possa fazer isso, ele prossegue. – Não se engane, desde o momento em que respirou pela primeira vez, sua vida tem sido um teste no qual está sempre prestes a falhar. Se quer passar, e é ambicioso no grau de que tenho certeza que é, então precisa ouvir. Precisa prestar atenção. Precisa deixar de lado o apego às coisas que não têm importância real. E precisa aprender a aceitar a importância de dar os passos necessários para fazer uma tarefa adequadamente.

– O que importa se no fim o resultado é o mesmo? Ou, no meu caso, ainda melhor?

– Acha isso porque vai economizar dez minutos do seu tempo ou alguns litros de gasolina? Acha que teria sido melhor?

Olho para ele estupefato, certo de que a questão deve ser retórica.

– Então temo que isso vá demorar mais do que eu pensava. – Ele balança a cabeça tristemente e faz sinal para que eu continue a dirigir.

Em vez de me conduzir até sua casa, como eu pensei, Pé Esquerdo me leva para a casa de Chay, onde ele e o aprendiz de Pé Esquerdo, Cree, estão selando e aprontando quatro dos vários cavalos que Chay mantém no estábulo.

– Tudo pronto? – Pé Esquerdo olha para os dois homens.

Chay assente, Cree grunhe, enquanto resisto à tentação de olhar para meu relógio. A coisa é que, por mais que eu esteja nervoso porque vou chegar tarde ao trabalho – ou, provavelmente, porque vou perder meu emprego –, sei que é melhor não hesitar com Pé Esquerdo durante muito tempo. Por essas partes, ele é honrado, reverenciado. E, embora tenha me colocado sob sua asa desde o dia que nasci, tento não considerar seus ensinamentos como fato consumado. Precisei de anos de trabalho duro e mais de uma década para conquistar sua confiança e respeito, até chegar a este ponto.

Pelo que vi ao longo dos últimos dezesseis anos, muitos bateram em sua porta, mas só alguns tiveram permissão para entrar.

O que quer que ele insista em me revelar hoje deve ser importante – possivelmente sagrado. Ele sabe que o dinheiro sempre foi uma luta para Chepi e para mim. Ele nunca arriscaria um trabalho de que eu tanto preciso se não estivesse convencido de que aquilo era de maior importância.

Pé Esquerdo se vira para mim, com olhar compreensivo, fazendo que eu suspeite que passou os últimos minutos espionando meus pensamentos mais íntimos. Então, ele acena com a cabeça na direção do menor cavalo do grupo – aquele que é pouco maior do que um pônei – e faz sinal para que eu monte naquele.

Paro diante do cavalo, me recusando a fazer o que ele pede. Tenho certeza de que é apenas outro dos seus testes, ao qual estou destinado a falhar, mas não há como cavalgar naquela coisa. Vou ficar ridículo. Ele é menor do que o pônei no qual aprendi a montar.

Pé Esquerdo balança a cabeça, remexendo a mandíbula enquanto diz:

– Faça um favor para você mesmo e se livre das vaidades e suposições tolas que o levam a tomar certas atitudes. Você nunca cavalgou em Trovão. Garanto que ele vai surpreendê-lo.

– Trovão? – Balanço a cabeça. Remexo o pé, inseguro. Mas, depois de um longo momento, sob o olhar impaciente dos anciãos, subo no cavalo. E, assim como suspeitei, eles não perdem tempo em se entregar a longas e ruidosas gargalhadas às minhas custas.

Chay e Cree vão na frente, conversando a maior parte do tempo entre si, enquanto Pé Esquerdo convoca ocasionalmente vários animais e aves. Muitos deles são considerados perigosos e predatórios – mas, dominados pela calma e pela energia pacífica de Pé Esquerdo, simplesmente nos seguem um pouco, antes de partirem. Já eu, na maior parte do tempo, luto para manter o ritmo e ficar sobre minha montaria, cujo poder e força desafiam a pequena estatura. Faço questão de observar cuidadosamente tudo o que posso, lembrando do que Pé Esquerdo disse sobre minha vida ser um teste e sabendo que esta lição em particular começou no momento em que nos encontramos na loja de Gifford. Não tenho dúvidas de que ele vai me pedir para acessar essas observações mais tarde.

A cavalgada se arrasta por muito mais do que esperado, consumindo a maior parte do dia. Finalmente acaba quando Pé Esquerdo desmonta do cavalo ao lado de um pequeno bosque de árvores, onde amarramos nossas montarias sob a sombra e continuamos a pé por uma longa trilha íngreme que termina na entrada de uma caverna.

A mesma caverna que visitei quando minha busca da visão colidiu com a de Daire. Ela estava assustada. Com fome, com sede, cansada e desesperada para acabar com aquilo.

Presa em um tipo de submundo entre a ilusão e a realidade, ela estava prestes a ultrapassar a fronteira e acenar com uma bandeira branca, em rendição, quando apareci diante dela e a incentivei a ficar. A levar a iniciação até o fim.

Eu lhe disse que éramos diferentes. Que não éramos como os outros. Que nossos caminhos haviam sido escolhidos para nós, e que era nosso trabalho segui-los e viver segundo a tarefa que nos era dada. Algo do que me convenço mais a cada instante.

Então lhe dei um vislumbre de seu futuro.

Mostrei o ser radiante, magnífico, que ela poderia ser algum dia se simplesmente permanecesse no caminho.

Felizmente, funcionou.

Mesmo assim, de alguma maneira, estar aqui parece errado. Essa caverna pertence aos Santos. Sem Daire, não tenho o direito de entrar.

Os anciãos ficam ao meu redor, como se eu fosse algum obstáculo irritante que eles são forçados a tolerar. Chay espalha uma camada nova de sal ao longo da entrada da frente, para manter afastados predadores e intrusos – incluindo, possivelmente, nós? Então Pé Esquerdo olha para mim e pergunta:

– Você reconhece este lugar? – Lendo acuradamente minha expressão.

Assinto.

– É o solo sagrado dos Buscadores. – Encaro-o. – Não tenho certeza se temos o direito de invadir. Temos nossos próprios lugares sagrados... por que forçar nossa presença no deles?

– Desde quando já forcei minha presença em algum lugar? – Pé Esquerdo faz uma expressão exasperada e passa por mim para se juntar a Cree e Chay dentro da caverna, enquanto permaneço, teimosamente, parado do lado de fora. Tento não me encolher sob o peso do olhar avaliador de Pé Esquerdo, quando ele me diz: – Está me questionando?

Passo o peso do corpo de um pé para o outro, sabendo que não devia questioná-lo, que não tenho motivos para duvidar de sua sabedoria, mesmo assim não há como negar a verdade.

Esfrego a mão no queixo e lhe dou um olhar de desculpas.

Só para vê-lo sorrir enquanto diz:

– Bom. Você passou. Nunca avance em terra sagrada sem um convite adequado. Mas agora que foi convocado, você tem alguns segundos para se juntar a nós antes que a oferta se encerre e você seja excluído para sempre.

oito

Daire

Entro na casa ao som de gritinhos e risadinhas que vêm por sob a porta do meu antigo quarto. Isso só pode significar uma coisa: Lita e Axel estão fazendo aquilo *de novo*.

Vou até a pia, coloco o boné no balcão, abro a torneira e enfio a cabeça embaixo do jato de água. Tento me refrescar depois da longa corrida sob calor escaldante e, com sorte, abafar os ruídos do festival amoroso que vêm pelo corredor.

Com o rabo de cavalo grudado no pescoço e água escorrendo pelas costas da minha regata, me sirvo um copo de chá de gengibre gelado e me posiciono diante do ventilador que ligo no balcão. Observo a pilha de tigelas sujas na pia, a batedeira salpicada de massa crua, a forma deixada para esfriar no fogão – todos os remanescentes habituais de outro experimento malsucedido de café da manhã.

Fico irritada com a bagunça.

Irritada de voltar para casa e sempre encontrar isso.

Mas, principalmente, estou irritada por tamanha felicidade deles – e pela minha incapacidade de avisá-los sobre seu futuro malfadado.

Estamos condenados.

Cada um de nós.

Isso faz que me sinta como um vírus – infectando todos ao meu redor. Os únicos que ainda têm alguma chance são Auden e Xotichl.

Mesmo assim, não há como negar que as coisas entre eles não estão mais tão intensas quanto costumavam ser. Desde que deixou o Epitáfio para tentar carreira solo, Auden está fora, fazendo *shows* em cidades distantes. E, embora eu saiba que tem sido difícil para Xotichl, ela está muito orgulhosa dele. Sabe o quão duro Auden trabalhou por isso e quanto significa para ele.

Volto para a pia e abro a torneira de novo. Dessa vez, encho a bacia com água morna e sabão, me preparando para limpar a bagunça de Lita, quando ela entra na cozinha com os olhos castanhos brilhando, as bochechas coradas e os cabelos escuros caindo bagunçados por cima dos ombros, as pontas recém-clareadas quase chegando à cintura.

– Não ouvi você chegar em casa. – Ela sorri, feliz, enquanto Axel para ao seu lado com uma calça *jeans* escura e uma camiseta com gola V branca que ela mesma escolheu para ele. E, embora ele pareça inegavelmente bem, ainda é estranho vê-lo em outras roupas que não a túnica branca utilizada no Mundo Superior.

– Vocês estavam ocupados. – As palavras saem mais rudes do que eu pretendia, ou talvez não. Meu humor está instável, meus nervos estão em frangalhos, e ainda que eu seja tentada a culpar o calor, sei que não é isso. É o sonho. Não importa o quanto eu tenha me esforçado para deixar aquilo de lado durante a corrida, simplesmente não o consegui.

– Desculpe-me. – O tom de voz de Lita é tão tímido quanto o olhar em seu rosto. – Desculpe pelo barulho, pela bagunça e pela invasão total em sua vida. – Ela olha de soslaio para Axel, fazendo sinal para que ele pegue o pano de prato enquanto ela me leva novamente para o ventilador e assume a tarefa de lavar a louça. – Para ser honesta, Daire, não tenho mais muita certeza de como me comportar perto de você.

Apoio-me no balcão, incerta de como interpretar aquilo. Noto o olhar de advertência de Axel para ela, enquanto ele sussurra:

– Lita...

Mas Lita não é alguém para ser calada, então ela lhe entrega uma tigela para secar, enquanto olha para mim e continua:

– A verdade é que, quando você não está completamente irritada, está tão ausente e introvertida que faz que eu sinta falta dos suspiros irritados e das caras feias que você costuma fazer.

Meu olhar cai sobre meus pés. Suas palavras cortam até o osso, mesmo assim não há como negar a verdade delas.

– E, embora todo mundo me diga para deixar para lá e lhe dar o espaço de que você precisa, a coisa é que já faz seis meses e...

– Seis meses e *o quê*? O que isso deveria significar? É esse o tempo que você estabeleceu para o meu luto? – Estou fervendo, pronta para explodir, mas, para crédito dela, ela continua lavando e enxaguando a louça e mantendo a calma.

– Isso não é justo, e você sabe. Sinto falta de Paloma também. Não passa um dia sem que eu pense nela. O que quero dizer é que já faz seis meses que você está nos excluindo, agindo como se estivéssemos atrapalhando. E, apesar de eu estar ciente de que, tecnicamente falando, provavelmente estamos, não somos o inimigo, ok? Somos seus amigos. E estamos aqui para ajudar. Estamos *morrendo* de vontade de ajudar. Estamos *implorando* para ajudar. E nos sentimos como se tivéssemos sido deixados de lado, só passando o tempo. Procuramos meios de aliviar um pouco do seu fardo, só que você não deixa.

Meus ombros caem, em sinal de rendição. E, embora não seja possível negar que eu precisava ouvir aquilo, isso não significa que não doa.

– Mas essa é a questão... vocês não podem ajudar. – Meus olhos encontram os dela.

– Como sabe que não podemos ajudar se nem nos deixa tentar? – Ela passa a última tigela para Axel, seca as mãos nos *shorts*, e vai até o fogão, onde pega a forma e, sem cerimônia nenhuma, joga os bolinhos remanescentes no lixo.

– Vocês não podem ajudar porque me recuso a colocá-los mais em perigo do que já fiz.

Ela coloca a forma na pia, deixando-a de molho, enquanto olha para mim.

– Bem, odeio dizer isso a você, Daire, mas o simples fato de viver nesta cidade esquecida por Deus já nos coloca em perigo. Pelo menos, com você, estamos lutando ao lado do bem. Pelo menos, com você, estamos protegidos pelo conhecimento e pela consciência. Vamos lá, Daire, nos deixe participar. Deixe-nos ajudar. Você não tem que fazer isso sozinha.

Olho para Axel, em busca de apoio. Ele, mais do que ninguém, deveria saber como as coisas funcionam para pessoas como eu. Mas ele continua concentrado em guardar as tigelas no armário, as colheres na gaveta, enquanto fico parada diante das pás zumbindo do ventilador. Então digo:

– Mas essa é a questão... eu *tenho* que fazer isso sozinha. Isso é basicamente a natureza de ser uma Buscadora. Treinamos com um mentor, talvez desfrutamos de um breve caso de amor malfadado que, em geral, resulta em um filho, só para terminarmos sozinhos e condenarmos a pobre criança ao mesmo destino solitário. Foi o que aconteceu com Paloma e com todos os que vieram antes dela. É um fato bem documentado. Posso provar, se quiser.

– Não precisa, acredito em você. – Ela balança a cabeça, franze a testa. – Mas não posso deixar de pensar que você já conseguiu ir contra todas as probabilidades vezes demais para se render com tanta facilidade.

Afasto-me do balcão e volto meu olhar para a janela, na direção do jardim de Paloma, para a coleção de estranhas plantas híbridas que tenho me esforçado para cuidar. Mesmo que continuem a crescer e florescer, não é mais com a mesma intensidade de quando estavam sob os cuidados da minha avó. Ela é difícil de ser imitada. E, ainda que eu esteja fazendo o melhor possível, não posso deixar de sentir que estou falhando surpreendentemente rápido.

Embora não tenha dúvidas de que os sentimentos de Lita são os mesmos do restante dos meus amigos e ela esteja simplesmente atuando como porta-voz, não é nem de perto tão fácil quanto eles pensam. E a ironia é que todo aquele amor irrestrito dela por Axel está tão condenado quanto meu amor por Dace.

É só o jeito como as coisas são. E a história tem um jeito estranho de se repetir.

– A intenção é o ingrediente mais importante da magia. – Axel diz, atrás de mim. – E a crença é a coluna vertebral da intenção.

Viro-me para encará-lo, tendo quase me esquecido do talento dele para espionar pensamentos.

– Pensei que isso estava desaparecendo.

– Vem e vai. – Ele dá de ombros. – A questão é que não vou desistir sem lutar. Então, por que você desistiu tanto tempo antes de a luta até mesmo começar? – A voz dele é uniforme, e sua expressão, determinada. Seus olhos lavanda escuro mudam do mais profundo tom violeta até o lilás mais suave.

– Então você sabe. – Meu tom de voz é resignado, meu olhar avaliador. Ele devolve meu olhar com um idêntico.

– Você não acredita no silêncio deles. Sabe que vão voltar.

Lita olha para ele e para mim, esperando que alguém lhe dê alguma pista sobre a verdade por trás da nossa conversa velada.

– Tenho certeza de que esta é a calmaria que precede a tempestade. E estou determinado a desfrutar de um refúgio tranquilo o tempo que durar. – Axel estende um braço na direção de Lita, e ela é rápida em correr para o lado dele. – Estou me preparando, Daire, assim como você. Mas também me permito uma chance de descansar, reabastecer e, sim, até mesmo me divertir. – Ele abraça Lita com força, beija o alto da cabeça dela. – Talvez devesse experimentar fazer isso algum dia. Pode lhe fazer bem.

Olho para os dois. Tão corados e satisfeitos, tão presos nas garras de seu inebriante redemoinho de felicidade – quem sou eu para negar isso a eles? Além disso, tenho certeza de que Axel já sabe da pequena possibilidade de as coisas realmente darem certo entre eles. Depois de tudo o que ele perdeu – primeiro para me salvar, depois para estar aqui com Lita –, eles merecem toda gota de alegria que conseguirem. Não vai demorar muito para que essas coisas sejam muito mais difíceis de se encontrar.

Aceno com o polegar na direção do quarto deles e digo:

– Você chama aquilo de refúgio *tranquilo*? – Divirto-me ao ver o rosto pálido de Axel ficar vermelho enquanto Lita me dá um olhar preocupado que desaparece no momento em que sorrio. – Vão. – Despeço-me deles e me dirijo para o meu quarto. – Divirtam-se. Sejam livres. Nos vemos à noite. Por enquanto, preciso me trocar. Meu primeiro cliente deve chegar a qualquer minuto.

nove

dace

Cree faz uma pequena fogueira, enquanto Pé Esquerdo gesticula para que eu me sente ao seu lado.

Passo a mão pela testa e lhe dou um olhar cético.

– Isso é realmente necessário? – Aponto para as chamas. – Está mais de quarenta graus lá fora. Eu estava gostando do alívio.

– Sente-se. – Pé Esquerdo faz cara feia. Chay franze o cenho. E eu sou rápido em obedecer. – Seu prazer não importa – ele diz.

– É claro. – Sinalizo um sorriso rápido, mas Pé Esquerdo não me acompanha.

– Diga-me o que vê. – Ele se ajoelha ao meu lado, acena com a cabeça na direção das chamas.

– Vejo fogo, toras queimando, colunas de fumaça. – Dou de ombros, sabendo que é melhor não fingir ver mais do que consigo.

– Olhe mais profundamente. Medite sobre as chamas pelo tempo que for necessário.

– Pelo tempo que for necessário para *que*, exatamente?

– Você saberá quando vir.

Ele se acomoda ao meu lado, cantarolando uma melodia infantil familiar, enquanto Chay permanece atrás e Cree se apoia na parede oposta.

Encaro as chamas. Obrigo minha respiração a diminuir o ritmo e meu olhar a relaxar, enquanto me esforço para me livrar de todas as expectativas. Apesar dos constantes lembretes de Pé Esquerdo de que não há imagens certas ou erradas quando se trata de vidência, é difícil superar minha necessidade inata de agradá-lo.

Passei os últimos seis meses me preparando tanto mental quanto fisicamente. Levando meu corpo ao limite da exaustão com treinos punitivos – empurrando minha mágica até superar as habilidades normais –, empurrando minha mente para enxergar mais, intuir mais, para abraçar a unidade absoluta de tudo no universo. E, embora eu tenha estado à procura de sinais de transformação, de uma agitação da besta que se fez conhecer na véspera de Ano Novo, não há sinal dela.

Até agora.

A madeira estala e chia.

As chamas rodopiam e dançam.

Grandes baforadas de fumaça sobem e descem, se encolhem e expandem.

Transformam-se em uma réplica da besta que habita no mais profundo do meu ser.

Eu a reconheço no instante em que a vejo.

Ela é gloriosa.

De tirar o fôlego.

Feroz e forte.

Uma criatura de estatura e graça, com compridas garras afiadas e uma coroa de penas brancas em volta da cabeça – capaz de muito mais do que eu jamais conseguiria sozinho.

– Fale comigo. – Pé Esquerdo diz, sentindo a mudança no meu humor.

Depois que lhe dou uma descrição detalhada da besta, Pé Esquerdo assente, em aprovação, e faz sinal para que Chay me traga o grande saco de algodão que carregou por todo o caminho até aqui. O conteúdo chocalha enquanto ele deposita o saco ao meu lado, levo um momento para agradecer em silêncio à mágica que vem, então arranco o cordão e enfio a mão até o fundo. Meus dedos batem contra a superfície lisa de algo comprido com buracos idênticos dos dois lados, então eu passo o objeto pela abertura e o ergo diante de mim.

Embora eu saiba que não devia estar surpreso com o que vejo – afinal, Chay é veterinário, o que lhe dá acesso total a coisas como essa –, isso não me impede de olhar para aquilo espantado. Até agora, eu nunca tinha visto um crânio de cavalo de verdade.

Giro o crânio na mão, enquanto Pé Esquerdo diz:

– Você é guiado pelo Cavalo: um símbolo de liberdade, poder e iluminação. A presença dele é dominante. Um poderoso espírito animal. Ensina-nos os benefícios da paciência, da bondade e da cooperação. O espírito do Cavalo nos encoraja a despertar nosso poder para resistir e alcançar nosso potencial pleno. Chegou a hora de você alcançar o seu.

Levanto meu olhar para as chamas, observando enquanto a imagem da besta continua a ondular diante de mim. O som da voz de Pé Esquerdo enche a caverna.

– Coloque o crânio diante de você, depois coloque a palma da mão por sobre o saco e use sua mágica para convocar os outros ossos até você.

Sou rápido em obedecer, primeiro pegando um osso de costela, então o que parece ser uma vértebra cervical.

– Depois de organizar os ossos do menor até o maior, coloque as mãos sobre os joelhos, com as palmas viradas para cima, e projete os ossos para dentro do fogo, usando apenas sua vontade. E o que quer que faça, o que quer que ocorra, não hesite. Não resista. Permaneça firme, forte e inabalável em seu foco. Não tente controlar a cerimônia. Deixe que ela se desenrole como deve.

Concentro-me nos ossos, fazendo-os flutuar até as chamas, onde, um a um, eles explodem ao contato com o fogo. A ressonância resultante é tão áspera, tão ensurdecedora, que preciso de toda minha vontade para não tapar os ouvidos e dar meia-volta até a saída.

Os ossos lascam e racham. Dissolvem-se em centenas de pedaços irregulares que rodopiam sobre nossas cabeças em três nuvens distintas de partículas diferentes, que, depois de um tempo, encontram seu caminho até o chão, onde caem em formação perfeita, enquanto um pesado silêncio se instala entre nós.

Olho para Pé Esquerdo em busca de orientação. Não sei como interpretar o acontecimento. Observo enquanto o velho curandeiro continua a encarar as chamas.

– Naquele dia na tenda de meditação, você afirmou ter feito sua escolha baseado no que viu durante o salto de alma. Caso esteja se perguntando, eu lhe mostrei aquela mensagem por um motivo.

Faço um gesto de assentimento com a cabeça, sabendo exatamente a que mensagem ele se refere. Embora Pé Esquerdo tenha me mostrado várias coisas naquele dia, me convidado para um passeio irrestrito pelo âmago de sua alma, havia uma mensagem que se destacou entre todas as outras.

Uma que eu tive que mergulhar fundo para ver.

Uma que mudou tudo.

E, embora eu saiba que a revelação não foi por acaso (nada do que Pé Esquerdo faz é), mais tarde, quando o plano se virou contra mim – quando a escuridão se alojou profundamente dentro de mim, resistindo a todas as tentativas de expeli-la – quando meus olhos se tornaram como os de Cade – quando Daire primeiro ficou preocupada, depois assustada –, eu não pude deixar de me perguntar *por quê*.

Por que ele me mostrou aquilo quando sabia o tempo todo o que eu iria escolher?

– Algumas vezes você deve se aventurar na escuridão para trazer a luz à tona. – Repeti a mensagem que ele partilhou comigo. Tendo adotado aquilo como meu mantra desde o momento em que ela me foi revelada, as palavras saíram com facilidade.

– Embora a declaração seja verdadeira, você usou a frase como prova de que deveria fazer a escolha que estava determinado a fazer o tempo todo. – O tom de voz dele é afiado, embora não tenha a intenção de me provocar. Pé Esquerdo está simplesmente afirmando a verdade.

– E cada ação gera uma reação. – Franzo o cenho, as palavras vindas de um lugar que permite a recordação exata daquele dia.

– No momento em que aquelas espirais de fumaça se ergueram diante de você, sua escolha foi feita. Talvez até antes. – O rosto de Pé Esquerdo fica sombrio, encoberto, enquanto ele volta sua atenção para mim. A verdade absoluta de suas palavras me deixa sem outra opção que não seja abaixar a cabeça de vergonha.

Decidi muito antes de entrar naquela tenda de meditação qual caminho eu escolheria, e usei os acontecimentos como uma desculpa para ir adiante. Tinha certeza de que escolher a escuridão em vez da luz me fortaleceria – me permitiria a vantagem necessária para derrotar os Richter e proteger Daire.

Agora sei que não era assim.

Depois de um longo silêncio, levanto o queixo e encaro Pé Esquerdo com os olhos ardendo pela fumaça e com um profundo sentimento de inquietude.

– Fiz a escolha errada... ou estava simplesmente seguindo meu destino?

– O destino é inevitável. – O olhar de Pé Esquerdo se foca no meu, embora seus pensamentos fiquem distantes, vagando para um lugar longe dali. – No fim, todos os caminhos levam ao final.

– Você disse, certa vez, que o pedaço de escuridão que ingeri é exatamente a coisa que me torna humano, talvez até normal.

– A escuridão dentro de você permite uma experiência mais humana. Dá a você algo que não tinha antes: um conhecimento interno das duas faces do homem; a luta constante entre escuridão e luz. Mas, não se engane: você não é inteiramente humano, Dace. Sua natureza intrínseca é algo muito maior.

Fecho os olhos e suspiro.

Meu nascimento. É claro. O que mais poderia ser?

Sou produto da violência.

De magia negra.

Da interferência das trevas.

Feitiçaria do pior tipo.

Forjada pela mais pura, mais negra forma do mal, minha criação foi ajudada por demônios, bestas, mortos-vivos inquietos e outras coisas escuras e fétidas dragadas pelas profundezas.

– Há uma razão para você ter sobrevivido. Uma razão pela qual Leandro não pôde extinguir sua luz, não importa o quanto ele tenha tentado. E não é a razão que você imagina. Parece que você tem um papel importante a desempenhar.

Levanto meu olhar para encontrar com o dele, esperando que ele decida falar mais sobre o que pode ser esse papel. Mas ele apenas faz sinal para que eu me levante e fique ao lado dele.

– Hora de ler os ossos. – Ele aponta com o dedo na direção dos pedaços de esqueleto agora espalhados pela terra, em padrões que, à primeira vista, não fazem sentido algum.

– Descreva o que vê.

Meu olhar se move sobre eles até que três formas muito distintas começam a aparecer.

Arquejo. Balanço a cabeça entre a matriz surpreendente de ossos e o velho curandeiro ao meu lado.

Não pode ser.

Não há como.

Depois de tudo o que aconteceu, como poderia chegar a isso?

Pé Esquerdo se move na direção daquela espiral de fumaça que antes representava a besta gloriosa dentro de mim, agora transformada no monstro terrível que estou a meio caminho de me tornar.

– Os ossos nunca mentem. – A voz dele combina com o remorso que sinto. – Essa é uma das mais antigas formas de adivinhação. E, no seu caso, é apropriado dizer que veio direto da boca do Cavalo. – Ele força um sorriso, oferecendo um pouco de leveza, bem-vinda em um aposento pesado de temor.

Mas minha expressão é desprovida de qualquer leveza quando digo:

– Agora que sei, o que faço?

– Essa é sempre a questão, não é? – O olhar dele fica tão encoberto, tão nas sombras, que é impossível de se ler. – Temo que minha orientação acabe aqui. O próximo passo é seu.

Reluto. É claro que ele não pode estar falando sério. Apesar da seriedade total de sua expressão e de suas palavras.

– Está me abandonando? Agora? Bem quando mais preciso de você?

– Ensinei você o melhor que pude. Incuti dentro de você a necessidade de se enraizar com firmeza à sua própria verdade.

Eu o encaro com incredulidade.

– E que tipo de verdade é essa? – Faço um sinal na direção dos ossos. – Nunca quis isso! Tudo o que você me ensinou me trouxe para mais perto da luz. E agora… – Passo a mão pelo cabelo, pressiono os punhos sobre os olhos. Não sou capaz de acreditar na virada horrível que meu destino resolveu dar.

– Saiba de uma coisa. – Pé Esquerdo coloca uma mão confortadora em meu ombro. – Nunca é o bastante simplesmente acumular conhecimento e habilidades. É o que a pessoa faz com o que sabe que define quem ela é.

– Todo homem deve decidir o tipo de caminho que vai trilhar. – Volto minha atenção para os ossos, recitando outra das muitas lições de Pé Esquerdo. – Acontece que isso não é totalmente verdade. Nunca quis esse caminho. Nunca pedi nada disso.

– Não pediu? – Pé Esquerdo se afasta, enquanto continua a me observar intensamente. Mas não consigo encará-lo. Não posso suportar a verdade de seu olhar. – Você fez sua escolha naquele dia, na tenda de meditação. E agora parece que ganhou vida própria.

Levo as mãos ao estômago, me sentindo doente, bêbado, ou como se quisesse vomitar. Inclino-me em direção à terra. Abaixo a cabeça até que a chave que uso no pescoço caia pra frente, batendo em meu queixo, servindo como um lembrete de que não importa o quão horrível seja a profecia, não posso me permitir desistir.

Daire.

Tudo o que fiz foi por ela – por nós – e, agora, olhe só.

– Só há uma maneira de vencer a escuridão...

Balanço a cabeça, luto para ficar em pé. Meus olhos encontram os dele quando digo:

– Acendendo a luz?

– A questão é: você fará isso? Pode fazer isso? Ou é tarde demais?

Viro-me para ver Chay e Cree observando intensamente, os rostos marcados com profundas linhas de preocupação. Então volto minha atenção para os fragmentos de ossos diante de mim. Transfiro minha atenção entre uma imagem e outra, até que a mensagem seja gravada em meu cérebro, embutida em minha alma. E, quando acabo, parece que sei exatamente o que fazer.

Ergo as duas mãos, como um maestro conduzindo uma sinfonia, e mando os ossos rodopiando de volta ao fogo. Só que, agora, em vez de explodir, eles apagam as chamas.

A caverna fica escura.

A temperatura cai.

E sem mais nenhuma palavra, reunimos nossos pertences e pegamos o caminho de volta. Os anciãos mantem um amplo espaço ao meu redor, agora que minha verdade foi revelada.

Eles têm medo de mim.

Não há dúvidas de que devem me temer.

Mesmo assim, isso não é nada se comparado ao temor que sinto de mim mesmo.

Dez

Daire

Depois de um dia atribulado fazendo curas e determinando os espíritos animais dos recém-nascidos (minha atividade favorita sempre), vou até o estábulo de Kachina em busca de um pouco de ar fresco e da clareza que, com frequência, vem depois de uma boa cavalgada. Preciso escapulir um pouco, antes que a casa fique lotada com meus amigos e eu seja forçada a acatar o pedido de Lita para começar a aceitar as ofertas de ajuda deles.

Kachina balança a cabeça para cima e para baixo e relincha em saudação, enquanto o Gato se agacha e me encara do canto do estábulo. Mas não grita no instante em que me vê, como normalmente faz, e considero isso um progresso.

Jogo uma rédea em Kachina e levo-a para fora do pátio. Permito que meu cavalo vague sem rumo, enquanto minha mente faz o mesmo.

Em geral, me esforço para guiar minha mente, ficar focada, na trilha. Mas hoje meu cansaço me governa, e não demora muito até que fique imersa na lembrança do dia em que enterramos o corpo de minha *abuela*. O aroma maduro do solo recém-remexido, o chamado melancólico do corvo solitário que voava sobre nossas cabeças são tão imediatos, tão acessíveis que é como se eu tivesse sido transportada no tempo.

Já faz seis meses que ela morreu.

Seis meses desde que Cade Richter cometeu seu último ato hediondo. Mesmo assim, a dor de tê-la perdido é tão crua, tão real, que é como uma ferida purulenta que se recusa a curar.

Não consigo me imaginar não me sentindo desse jeito.

Não consigo imaginar como vou aprender a viver com o grande vazio escancarado que permanece no lugar dela.

Como sempre, Kachina demonstra uma habilidade incrível de entrar em sintonia com meu estado de espírito, se não com minhas necessidades, e me leva direto até o pequeno e humilde cemitério que repousa ao lado da estrada.

Na primeira vez em que estive aqui, eu imediatamente considerei o lugar pobre, desorganizado e tragicamente decadente. Mas uma vez que tive tempo para me acomodar e apreciar a abundância de cruzes e placas feitas à mão – os ramalhetes generosos de flores amorosamente reunidas em honra dos entes queridos; os balões de hélio presos às rochas celebrando a pessoa que faleceu –, fui rápida em mudar minha opinião.

É um lugar de amor, honra e reverência.

É um lugar que passei a considerar sagrado.

E já faz tempo demais desde minha última visita.

Desço das costas de Kachina e lhe dou um tapinha em suas ancas.

Incentivo-a a vagar e pastar, enquanto meus pés instintivamente me levam até as placas simples e retangulares que marcam o lugar em que os corpos de meu pai e de minha avó descansam.

Certa vez, Paloma me advertiu a nunca confundir o túmulo como o lugar de descanso da alma. Assegurou-me que essa comunhão é possível em qualquer lugar. Mesmo assim, neste momento em particular, este é o lugar no qual mais preciso estar. E estou grata por meu cavalo ter percebido a verdade que me escapava.

A grama desigual e ressecada pinica meus joelhos quando caio no chão e dou uma boa olhada ao redor. Fico aliviada em confirmar que a mágica forjada pelos anciãos está firme, e que qualquer tentativa dos Richter de profanar o lugar foi devidamente frustrada. O solo permanece tão intocado quanto no dia em que Paloma me trouxe aqui para revelar a trágica verdade sobre a breve vida do meu pai.

Filho de uma poderosa Buscadora e de um reverenciado xamã jaguar, Django estava destinado a exercer um poder formidável. Mas ele virou as costas para seu destino e fugiu para Los Angeles aos dezesseis anos, só para se apaixonar por minha mãe e morrer alguns meses mais tarde em um acidente de moto que Paloma afirmava não ter sido acidente.

Foi trabalho dos Richter.

Só que eles agiram com alguns dias de atraso.

A semente já estava plantada.

Jennika estava grávida de mim.

Mesmo assim, apesar do meu juramento de não repetir os erros de Django – de viver meu legado e aceitar o destino para o qual nasci –, algumas vezes temo estar falhando.

Perdendo os sinais.

Falhando em um tempo incrivelmente curto.

Mas não estou aqui para implorar a orientação e ajuda dos mortos. Estou por conta própria agora. Alguma coisa tornou tudo muito claro no dia em que o corvo solitário circundou o túmulo de Paloma. Estou simplesmente à procura de um encorajamento calmo que só eles podem me proporcionar.

Preciso de um abraço protetor de pai.

Preciso da sabedoria de uma avó.

Preciso da garantia de que realmente estou equipada para lidar com os Richter, agora que tenho certeza de que eles estão se preparando para voltar.

E embora Jennika estivesse aqui em um segundo – tudo o que tenho de fazer é ligar e ela virá correndo –, estou relutante em fazer isso quando já foi difícil o bastante convencê-la a partir.

Além disso, Jennika está finalmente se acertando em uma vida que é boa para ela. Enfim tem a chance de construir um relacionamento duradouro e real com Harlan. Um relacionamento de que ela não precisa se levantar e sair correndo no segundo em que as coisas começam a progredir. Preciso deixá-la em paz. Dar o espaço de que ela precisa para fazer isso dar certo sem minha interferência.

Como eu, Jennika está fugindo há muito tempo.

Já é hora de pararmos e estabelecermos raízes.

Acomodo-me entre os túmulos e relaxo as costas. Deleito-me com o frescor da terra, com os tufos de nuvens se desvanecendo sobre minha cabeça, apoio os braços em cada um dos montes ao meu lado e tento pensar no que fazer em seguida.

Como Paloma me ensinou certa vez, tudo é feito de energia, o que significa que tudo está vivo. Segundo ela, tão fácil quanto a vidência no fogo e nas folhas de chá é receber mensagens da face de uma pedra. Tudo de que é preciso é disposição para acreditar, um ouvido sintonizado com a própria voz interior e um pouco de concentração.

Só que, desta vez, apesar da minha intenção, apesar do meu desejo de *ver*, as nuvens permanecem um ilegível e viscoso borrão branco. Até que uma súbita rajada de vento passa por mim, levantando mechas do meu cabelo e remexendo a bainha desfiada do meu *jeans* desbotado – e tomo isso como um sinal.

Como filha do vento, isso não é um acidente.

Pelo contrário: é um lembrete de que não estou tão sozinha quanto temia.

Nunca estive.

Como Paloma disse certa vez: *Se tornar poderoso é permitir que um grande poder aja através de você. Ninguém caminha sozinho.*

Embora eu saiba que ela estava se referindo ao poder máximo, naquele momento, fico bem consolada em saber que ela e Django estão incluídos.

O sol continua a se pôr. O vento rodopia e dá cambalhotas. E eu me levanto e abano minhas roupas.

Logo será hora de voltar e confrontar a noite que ainda está por vir, mas, bem antes disso, tenho algo importante a fazer.

Embora eu não tenha percebido até agora, esta é a razão pela qual estou aqui.

Suspiro profundamente e encaro os gloriosos picos das Montanhas Sangre de Cristo, sombreados pelo sol. Finalmente estou disposta a admitir que até confrontar minha dor não serei capaz de confrontar mais nada.

Nos últimos seis meses, enterrei minha tristeza em um regime punitivo de treinos exaustivos e corridas diárias de dez quilômetros. Então, depois de atender a fila sem fim de antigos clientes de Paloma que assumi, chego ao apartamento de Dace em um total estado de exaustão e tudo o que quero é adormecer nos braços dele.

Mesmo assim, nas primeiras horas da manhã, quando as ruas estão silenciosas e Dace está dormindo ao meu lado, não há onde me esconder. E é quando o desfile de *coisas que eu deveria ter feito de modo diferente* atravessa minha mente. A mais gritante entre elas: permitir que Cade levasse o melhor de mim – o melhor de nós – quando dei aquela turmalina amaldiçoada para Paloma.

Mesmo assim, não importa quantas vezes eu reveja isso, não há como mudar o que aconteceu. O resultado é final.

O que está feito está realmente feito.

No fim, a vida equivale a pouco mais do que a uma série de escolhas. Algumas grandes, algumas pequenas, mas toda ação causa uma reação – e não há dúvidas de que minhas próprias ações me trouxeram até aqui.

Assim como as ações de Paloma e de Django os levaram a sete palmos abaixo da terra.

Apesar dos avisos de Paloma, Django escolheu fugir de seu destino e terminou de modo trágico.

Embora tenha suspeitado que a turmalina fosse amaldiçoada no momento em que colocou os olhos nela, Paloma optou por mantê-la.

Atormentar-me não vai mudar o que está feito. O único propósito disso é me punir por coisas que nunca estiveram sob meu controle.

Além disso, e se houver uma chance de Dace estar certo?

E se o amor realmente puder vencer o mal?

E se for tão simples assim?

Meus pensamentos sobre mim mesma são basicamente o oposto de amorosos. Tenho sido governada pelo ódio por mim mesma e pelo temor, e talvez seja hora de melhorar isso.

Afinal, Paloma confiava em mim, acreditava em mim.

Talvez seja hora de eu acreditar e confiar em mim mesma.

Com o sol se pondo rapidamente, iluminando as montanhas com um brilho glorioso de tons púrpuras e vermelhos, inspiro profundamente, junto as mãos no peito e faço uma promessa verdadeira e solene: de me sair melhor do que tenho me saído.

De parar de negar minha dor.

De parar de me torturar ao reviver um passado que não posso mudar.

De deixar meus amigos participarem.

Lita estava certa. Estamos nisso juntos. Por algum tempo eu soube disso, mas desde a morte da Paloma tenho sido guiada pelo medo, então eu os afastei em uma tentativa equivocada de poupá-los do tipo de coisa que não está sob meu controle.

Mas não farei mais isso.

Com Kachina pastando por aí – com o Vento brincando em minha pele –, com o grito grave gutural de um corvo voando em círculos sobre minha cabeça, me inclino em reverência na direção da montanha e me consagro ao meu legado.

Ao destino que nasci para reivindicar.

Não importa o que possa acontecer comigo – não vou ser derrotada com facilidade. Os Richter pagarão pelos atos hediondos que cometeram nesta cidade – com meus seres amados –, nos mundos Inferior, Superior e Mediano, que devo manter equilibrados.

Então levanto o rosto para os céus, caio de joelhos e cedo à minha dor. Deixo livre o dilúvio de lágrimas que tenho segurado por tanto tempo – permitindo a mim mesma a experiência total da dor profunda pela perda da minha avó, minha mentora, minha amiga, uma mulher que eu realmente amava e admirava intensamente.

Choro até que minha vista fica borrada e é impossível ver mais do que um palmo diante de mim.

Choro até que meu corpo fica exausto e vazio.

Choro até que silencio repentinamente, subitamente fortalecida por uma infusão inesperada do mais puro e mais dinâmico fluxo de alegria, beleza e amor passando por mim.

Meus ancestrais estão aqui.

Não estou sozinha.

Nunca estive.

Ainda que eles não se materializem diante de mim, sua presença é notada pelo coro glorioso que enche o céu.

Instintivamente, balanço de um lado para o outro, tomada pela melodia celestial que, tenho certeza, só eu posso ouvir. Mas quando Kachina bufa e relincha, quando ela ergue o focinho e inclina as orelhas, sei que ela escuta tão claramente quanto eu.

É uma sinfonia de folhas harmonizadas pelo Vento, acompanhadas pela doce canção do Corvo. E, se não estou enganada, posso até mesmo detectar o vibrato grave do estimado tambor de Paloma.

Um instrumento sagrado ao qual ela se referia como o Espírito do Cavalo. Sua música é semelhante à batida do coração, e dizem que seu ritmo abre os portais que levam para os outros mundos.

Não há nada a temer, ela me disse certa vez, assim como estou dizendo a mim mesma agora.

Esta sinfonia da natureza é uma mensagem da minha *abuela*. Disso tenho certeza. Uma espécie de obra do mundo natural me dizendo que é hora de me livrar da dúvida. Hora de acreditar na sabedoria da minha linhagem ancestral. E não estou nem um pouco surpresa que Paloma tenha escolhido se comunicar desta forma.

Com o coro glorioso rodopiando dentro de mim, monto em Kachina e corro para casa. Só para encontrar uma grande caixa branca amarrada com uma fita tão viva e carmesim quanto sangue fresco, esperando por mim na varanda.

Dace! Ele deve ter me deixado um presente para me distrair do sonho.

Corro na direção do pacote, fico de joelhos e começo a tirar a fita e a abrir a caixa. Só para liberar uma avalanche de confetes vermelhos que se derrama sobre meus pés.

Enfio as mãos lá dentro, os dedos mergulhando fundo. Até que batem em algo sedoso e frio, inflexível e duro, que tiro da caixa e seguro diante de mim.

Um corvo.

Um corvo morto, para ser exata.

Os olhos cegos precisamente marcados com gotas de tinta púrpura que pretendem imitar os do corvo que me guia.

O pescoço claramente partido ao meio.

A cabeça cruelmente torcida, de modo que aponte para o lado errado.

Com um papel quadrado branco cremoso preso ao bico.

Dou uma olhada superficial ao meu redor, procurando sinais da presença de Cade, mas além dos rastros de coiote deixados no cascalho moído fino que reveste o caminho, parece que ele se foi há muito tempo.

Seguro o papel com as pontas dos dedos, olho para o coiote mascarado com olhos vermelhos e brilhantes estampados na parte da frente e abro o envelope para encontrar um convite para o Baile de Máscaras da Toca do Coelho.

sombra da lua

Um único acontecimento pode despertar dentro de nós um estranho totalmente desconhecido. Viver é nascer lentamente.

– Antoine de Saint-Exupéry

onze

Daire

– Bem, Cade nunca foi conhecido por sua sutileza, isso é verdade. – Lita se recosta nas almofadas do sofá e faz cara feia. – Ou por sua originalidade, diga-se de passagem. Um baile de máscaras preto e branco? Faça-me o favor.

– Achei que dar o nome de Baile da Ressurreição foi inteligente – Xotichl diz. – Sabe como é, o edifício ressuscitando, eles ressuscitando...

– Como pode ter certeza de que foi Cade? – Axel interrompe, o olhar indo de um para outro. – Ninguém o vê há meses.

– Bem, se não foi Cade, então definitivamente veio de um dos outros Richter. – Olho para o convite apoiado na mesa diante de mim e dobro os pés por baixo das pernas. – Não importa quem entregou, o Coiote esteve aqui e deixou um desafio direto para mim, para Dace, para todos nós. Mas a parte pior é... – Concentro-me nos meus dedos se retorcendo no meu colo. Luto para encontrar o jeito certo de contar aos meus amigos que a casa não é mais um santuário, não é mais um lugar seguro para nos escondermos, de modo que não os deixe apavorados.

– Há uma parte pior? – Lita ergue o cabelo do pescoço e se abana com a mão. – Bem, continue, vamos ouvir.

Decido dizer exatamente o que é:

– Encontrar aquele corvo morto na varanda significa que o feitiço de proteção não está mais funcionando.

Os olhos de Lita se arregalam. Axel me olha intensamente. Auden puxa Xotichl mais para perto, enquanto a expressão de Xotichl demonstra medo.

– Não muito depois que cheguei a Encantamento, Paloma me assegurou de que a propriedade era protegida. Afirmou que eu não tinha nada a temer enquanto estivesse cercada por essas paredes. Mas, agora, depois disso... – Aponto com o polegar na direção do convite – Está claro que não está mais funcionando.

– Mas temos nos comportado tão bem! – Lita exclama. – Mantivemos a borda de sal colocando uma camada nova a cada dia. E, na semana passada, Axel consertou um ponto fraco na cerca de coiote quando viu que um dos suportes estava ficando solto, fazendo que a cerca caísse contra o muro de adobe.

Axel assente confirmando, enquanto Xotichl acrescenta:

– E toda vez que venho aqui, o que é basicamente todo dia, eu reforço o feitiço de proteção do jeito que Paloma me mostrou.

– Mesmo assim, apesar dos nossos esforços, o Coiote conseguiu invadir. – Dou de ombros. Estou determinada a expor os fatos com o menor drama possível. – Não é mais seguro para vocês aqui. O que quiserem fazer a esse respeito é escolha de vocês.

– O que isso quer dizer? – Lita solta o cabelo, deixando que caia sobre os ombros em belas ondas de pontas claras.

– Quer dizer que a coisa vai ficar séria. Está prestes a esquentar. E, apesar de eu fazer o melhor possível para protegê-los, acho que os Richter deram apenas o primeiro passo na direção de me mostrar a extensão das minhas limitações.

Volto minha atenção para meus amigos. Observo enquanto Xotichl mantém um olhar cuidadoso sobre a caixa, ao mesmo tempo em que busca conforto na proximidade de Auden. Uma pena que, depois de tanto tempo que estiveram separados, ele volte para Encantamento bem na hora de outro *round* de Coiote *versus* Corvo.

– Todo mundo tem limites – Xotichl diz. – Só temos que descobrir os deles. – Ela ajeita os óculos novos no alto do nariz delicado. E, quando seu olhar encontra o meu, não posso deixar de sorrir. Apesar das circunstâncias terríveis em que nos encontramos, estou feliz que a visão dela tenha voltado. Dá uma sensação positiva na qual podemos nos agarrar em meio a um monte de coisas horríveis.

Olho para Dace ao meu lado, me perguntando no que ele está pensando com aquela mandíbula travada e olhar estreito. Mas ele permanece como está, silencioso e sombrio, introspectivo, perdido em pensamentos que não consigo imaginar quais sejam.

– Ok, então eis o que sabemos com certeza. – Lita se levanta do sofá e vai até o ventilador, buscando alívio para o calor insuportável. – Os Richter voltaram aos negócios, tanto literal quanto figurativamente. A pergunta é: o que vamos fazer a esse respeito?

– Vamos enfrentar o desafio. – Encaro meu pequeno grupo de amigos, minha voz é tão determinada quanto meu olhar.

– E o que isso quer dizer? – Axel olha para mim; ele é o único na sala que não está derretendo de calor, e não posso deixar de sentir inveja dele.

– É como Xotichl disse, todo mundo tem limites, ninguém é invencível. Diabos, até o *Superman* tem a kriptonita. Só temos que descobrir a fraqueza dos Richter.

Todos olham para mim. Bem, todos exceto Dace, que continua com a cabeça em um lugar distante.

– Precisamos ficar em alerta máximo. Não podemos nos dar ao luxo de baixar a guarda ou ter preguiça. No mínimo, este convite é um aviso claro de que a lua de mel está oficialmente encerrada. É um desafio direto, se é que já vi um desses.

– Então o que faremos a respeito? Além de ficar alerta e coisa e tal?

– Você pode começar não bloqueando o ventilador. – Auden se remexe, impaciente. – Vamos lá, Lita. Compartilhe a brisa. Minha flor e eu estamos morrendo de calor aqui.

Lita se esgueira para o lado de Axel, enquanto eu digo:

– Para começar, vamos ao baile de máscaras. – Levanto o copo de chá de gengibre gelado e o pressiono contra a minha testa e bochechas, fazendo o suor do copo se misturar com o suor da minha pele.

– É isso? Simplesmente arrumamos o cabelo, mudamos de roupas, colocamos uma máscara e vamos para lá… ou temos algum tipo de plano? – A voz de Lita é menos sarcástica do que suas palavras poderiam sugerir.

– Não tenho um plano. Ou, pelo menos, não ainda. – Afundo-me nas almofadas, envergonhada em admitir que estou tão sem ideias quanto eles. Mesmo assim, mentir não fará bem algum.

– Ok, então vamos colocar nossa cabeça para funcionar e criar um plano. – Lita diz. – Você não tem de fazer isso sozinha, sabe. Podemos não ser Buscadores, mas tenho certeza de que podemos ajudar. – Ela ecoa o sermão feito mais cedo. – Para começar, quem é a atração? Auden, você vai tocar no evento?

Auden levanta o olhar do celular com o rosto sombrio de vergonha por ter sido pego mandando mensagens de texto novamente.

– Desculpem – ele diz. – Só estou tentando marcar um encontro com Luther para assinar alguns contratos.

– Bem, já que está com ele, pergunte a ele se pode colocá-lo entre as atrações. – Lita diz.

Auden parece inseguro.

– Acho que o Epitáfio está agendado para tocar.

– Então se junte a eles – Lita faz uma expressão impaciente.

– Eles ficaram bem chateados quando eu saí. Duvido que queiram me ver... – Auden vira o telefone na mão.

– Não tenha tanta certeza. – Xotichl se esgueira para mais perto dele e sussurra em seu ouvido. Ele é incapaz de resistir a ela; no momento seguinte, Auden começa a digitar outra mensagem.

Alguns instantes depois, ele diz:

– Bem, Luther não ficou feliz, mas disse que fará o que puder.

– Que bom. – Lita assente. – Então, com sorte, teremos alguém para cobrir o palco. Dace... que tal conseguir seu velho emprego de volta? Alguma chance de isso acontecer?

Viro-me para Dace, me perguntando o que está acontecendo. Ele chegou muito mais tarde do que esperado e mal disse uma palavra desde então.

– Leandro me ofereceu. – Ele dá de ombros, esfrega uma mão sobre o queixo. – Mas isso foi antes que Phyre explodisse o lugar. Pelo que sei, ele me culpa por isso.

– Duvido. Vocês não colocaram Cade em segurança? Tenho certeza de que Leandro está ciente disso.

– Não fizemos isso para salvar Cade. – Sou rápida em defender nossas ações, mesmo que não haja necessidade. Meus amigos estão bem cientes da conexão mística que une a vida dos gêmeos.

– A razão não importa. O fato é que Cade está vivo por causa de vocês.

– Sim, e ele deixou um corvo morto como agradecimento. – Balanço a cabeça.

– Assim como quando um gato deixa um rato morto de presente para seu dono – Xotichl diz, fazendo-nos rir, embora o momento seja curto.

– Mesmo assim, vale a pena tentar. – Auden diz. – Talvez você pudesse dar um pulo lá. Bajular um pouco. Apelar para o ego dele. Seria bom ter alguém lá dentro.

Estudo a expressão de Dace, mas ele a mantém tão cuidadosamente impassível que é impossível de ler.

– Que inferno. – O olhar de Dace encontra o meu por um breve instante. – O posto de gasolina não é mais uma opção. Não depois de hoje. – Inclino-me para mais perto, querendo que ele fale mais sobre o assunto, mas ele presta pouca atenção em mim. – E não há dúvidas de que eu poderia usar o dinheiro. Talvez ele até me dê um adiantamento para que eu possa cobrir meu aluguel. Quer dizer, se eu o bajular bastante. – Ele troca um olhar rápido com Auden. – Então, sim. Tudo bem. Vale a pena tentar, certo?

– Ok. – Xotichl diz. – Então, agora que temos dois possíveis infiltrados, e quanto ao restante de nós? Faremos pose de convidados normais, inocentes? Ou vamos arquitetar um plano? Ou as duas coisas?

– Pena que Axel não é mais invisível – Auden diz. – Isso teria ajudado.

– Duvido – comento. – Por algum motivo inexplicável, Cade foi capaz de ver Axel naquela noite bem depois que ele me esfaqueou, e Axel apareceu para me levar para o Mundo Superior.

– Essa foi uma falha que ainda não consigo explicar. – Axel parece realmente perplexo. – Eu costumava ser muito afeito à reflexão da luz. – Respondendo ao olhar interrogativo de Auden, ele explica. – Se eu quisesse, podia ficar invisível até para aqueles que deveriam me ver. Eu era um dos poucos que podia fazer uma coisa dessas. Embora fosse altamente desaprovado.

– Rebelde. – Lita sorri, cutuca a lateral do corpo dele. Axel sorri em resposta.

– Como seja. – Digo, esperando trazer a conversa de volta ao tema. – Apesar de não termos os detalhes ainda, acho que precisamos estar prontos para qualquer coisa, já que, claramente, eles estão tramando algo mais do que apenas uma reinauguração. – Sigo contando que vi Marliz desaparecer lá dentro e uma pilha de pó brilhante que ela deixou em seu rastro.

– Pó brilhante? – Axel olha para mim, o semblante profundamente franzido.

Aceno com a cabeça na direção do boné que deixei no balcão. Tanta coisa aconteceu que me esqueci completamente disso até agora. Em questão de segundos, Axel desliza com facilidade do sofá até a cozinha, e de volta para o lado de Lita, onde espia dentro do boné, enfia um dedo lá dentro, olha para mim e diz:

– Ônix. Ônix negro, para ser mais exato.

– Ok... Alguém pode me explicar isso? Estou um pouco perdida aqui. – Lita olha para mim e para ele.

– Eles devem estar usando isso para melhorar o edifício. É impossível conseguir dar uma boa olhada com todas aquelas barreiras que colocaram ao redor. Mas isso... – Aceno na direção do boné, agora posicionado no colo de Axel. – Definitivamente isso não é material de construção normal, o que significa que estão construindo uma Toca do Coelho maior, melhor, mais poderosa.

– Ao usar ônix negro, eles estão acrescentando poder e força imensos. – Axel diz. – O ônix não só proporciona apoio e poder de permanência, mas também aumenta a vibração energética, assim como retém a memória de tudo o que aconteceu antes.

– Então... o que estão realmente dizendo é que estamos condenados a comer comida ruim e beber refrigerante aguado para sempre? – Lita sorri, tentando acrescentar um pouco de leveza a um ambiente que se tornou repentinamente sombrio. Mas um instante depois seu sorriso desaparece, e ela se dá conta da terrível realidade que nos aguarda.

– Eles estão garantindo que a memória e a força da ancestralidade Richter, juntamente com o legado da mágica e do poder deles, permaneçam retidos para sempre entre aquelas paredes – Axel diz e, quando nossos olhos se encontram, parece tão preocupado quanto eu.

Os Richter encontraram um jeito de aproveitar o poder da sua ancestralidade e dos incontáveis atos de maldade que cometeram.

Em outras palavras: estamos em grande desvantagem.

Mas pode ser ainda pior. Eles podem ter encontrado um jeito de virar a cidade toda contra nós.

Olho para meus amigos e digo:

– E não vamos nos esquecer das turmalinas que eles incluíram nas sacolas de lembranças da véspera de Ano Novo. Tenho certeza de que é apenas questão de tempo até que entrem no jogo. De jeito algum os Richter iriam desperdiçar um recurso tão valioso.

– Mas por que acha que esperaram tanto tempo para usá-las? – Lita olha para mim. – Quero dizer, nada de extraordinário acontece há meses.

– Essa é a questão de um milhão de dólares – Xotichl diz, ajeitando os óculos que não está acostumada a usar. – E, por mais que eu tente, não consigo uma leitura da energia das pedras.

Apesar do calor, sinto um calafrio por causa das palavras dela. Ela vem dizendo coisas assim com muita frequência. Pergunto-me se ela tem alguma ideia de quantas vezes diz que suas habilidades estão falhando, mas, provavelmente, estou exagerando. Talvez ela esteja tão excitada com a novidade de ver que se distraiu de seus dons mais místicos.

Volto minha atenção para meus amigos.

– Ok, então o resultado final é que, a partir de agora, até termos um plano de verdade, precisamos estar em alerta total para os sinais de qualquer coisa fora do comum.

– E eu tenho que comprar um vestido de festa novo. – Lita diz. – O que definitivamente pede uma viagem para Albuquerque, já que provavelmente não vou encontrar qualquer coisa nessa cidade fora de moda. Xotichl... topa?

Xotichl assente ansiosamente, e Auden diz:

– Não sei quanto a vocês, mas parece que terminamos por aqui. Alguém está a fim de uma pizza?

– Eu estava pensando que talvez pudéssemos dar um pulo no Mundo Inferior, em vez disso. – Lita comenta. – Deve estar mais fresco lá do que aqui.

– Talvez, mas da última vez que chequei, não tinha pizza por aqueles lados.

– É verdade... – Lita morde o lábio, tentando decidir qual é a opção mais atraente.

– Tinha pizza no Mundo Superior? – Xotichl olha para Axel, mas ele apenas ri e nega com a cabeça.

– Coitadinho. – Lita se inclina, bagunça o cabelo dele. – Você tem muito o que fazer para recuperar o tempo perdido. O que quer dizer que não podemos desperdiçar uma única pizza... temos que aproveitar a oportunidade. – Ela pega o celular da bolsa e percorre sua lista de discagem rápida, enquanto Auden pega suas chaves.

– Você precisa pedir algumas bebidas também. – Vou até a cozinha e espio dentro da geladeira, só para confirmar que, além de um pote de requeijão quase vazio e um pacote velho de biscoitos, ela está praticamente vazia. – Estou meio atrasada com as compras de mercado.

– Não se preocupe, damos um jeito. – Lita segura a bolsa em uma mão e Axel na outra. – Cuidaremos do mercado. Xotichl e Auden, vocês são responsáveis por buscar a pizza, e Daire e Dace… – Ela olha por sobre o ombro e foca o olhar em mim. – Acertem tudo o que quer que esteja fermentando entre vocês antes de voltarmos. Essa pode ser nossa última sexta-feira divertida por um bom tempo. Então, eu preferiria não desperdiçar o tempo discutindo a relação.

doze

Daire

– Desde quando Lita se tornou tão perspicaz? – Fico na ponta dos pés para alcançar o armário suspenso. Olho por sobre o ombro, esperando que Dace reaja, mas ele continua frustrantemente em silêncio. – Oi? Tem alguém em casa? – Apoio-me novamente nos calcanhares e coloco uma braçada de copos no balcão. Cutucando seu ombro, digo – Dace. Ei, você está aí?

Ele aperta os olhos. Balança a cabeça. Precisa de vários segundos para retornar de seu mundo privado de pensamentos distantes até a pequena cozinha em Encantamento, Novo México, onde nós dois estamos.

– Desculpe, acho que estou um pouco preocupado. – Ele passa a mão pelo cabelo, afasta a franja dos olhos.

– Um pouco? – Ergo uma sobrancelha, faço careta. Mas, como ele não reage, digo: – Algo sobre o que queira falar?

Ele recebe minha pergunta com um olhar conflitante.

– Aconteceu alguma coisa no trabalho?

Ele esfrega a mão no queixo, evitando propositalmente meu olhar.

– Não fui trabalhar hoje. Em vez disso, passei o dia com Pé Esquerdo.

Ele volta sua atenção para mim, mas o movimento vem tarde demais. Suas palavras foram claramente veladas, e não consigo sequer imaginar que tipo de segredo ele está tão determinado a guardar.

Estudo seu rosto, aliviada por encontrar minha imagem refletida em seus olhos.

Da última vez em que ele agiu assim, esse não era o caso.

– Por que passar o dia com Pé Esquerdo o deixou assim?

– Assim como?

– Frio, distante, remoto. Geograficamente perto, mas emocionalmente indisponível.

Ele olha para mim como se tivesse acabado de despertar de um sono muito longo.

– Deus, sinto muito. Era o que eu estava fazendo?

Mordo o lábio e assinto.

– Venha aqui. – Ele estende a mão, me segurando pela cintura, e me puxa até seus braços. – Não estou tentando afastá-la, juro. – Mas, quando sua boca inclina de lado, não tenho certeza se acredito nele. A incapacidade de Dace de mentir sem se entregar é só uma das muitas coisas que amo nele.

– Dace… o que está acontecendo? O que aconteceu hoje?

Ele balança a cabeça, volta sua atenção para mim, como se estivesse disposto a se esforçar mais. O fato de ele ter que *querer* uma coisa dessas só aumenta minha preocupação. O que aconteceu com meu *amor-vence-o-mal* otimista desta manhã?

– Foi um dia longo. Um dia longo e cansativo. Sabe como Pé Esquerdo é…

Sua atitude jovial se choca com as linhas finas que se formam ao redor de seus olhos, com o sorriso triste em seus lábios. Recuso-me a participar dessa farsa e me desvencilho de seus braços. Para minha surpresa, ele deixa.

Vou até a cozinha, me ocupando em pegar a quantidade correta de pratos, guardanapos e copos. Coloco tudo em uma bandeja que levo até a sala, onde vamos devorar a pizza, assistir a um monte de filmes e também onde Lita vai me interrogar de maneira implacável sobre os atores que conheci (e quais atores beijei) em minha antiga vida de filha de maquiadora de Hollywood. O plano normal quando não vamos para o Mundo Inferior.

Coloco a bandeja na mesa, começo a fazer a arrumação das coisas quando percebo que me esqueci de pegar os flocos de pimenta vermelha que Xotichl adora, então me viro tão rapidamente que trombo com Dace.

– Pela última vez, o que está acontecendo com você? – Exclamo, frustrada em vê-lo se afastar bem quando mais preciso dele.

– Daire... quando foi a última vez que você olhou a profecia? – Os olhos dele têm um brilho tão estranho que um calafrio percorre minha pele.

Faço uma pausa. Luto para lembrar. Finalmente admito que faz um tempo.

– Talvez um mês... talvez um pouco mais. – Dou de ombros. – Por quê? Por que isso é relevante? O que descobriu?

Sem uma palavra, ele segura minha mão entre as suas e me leva para fora da sala, através da cozinha, e pela rampa do escritório onde guardamos o Códice.

Treze

Dace

Quando o pior é confirmado, quando esgotamos o assunto entre nós, tudo o que podemos fazer é nos sentar sem falar nada e esperar que nossos amigos voltem.

Estamos com os corpos rígidos, os pensamentos atolados no fundo do nosso inferno particular, quando um retumbar de conversas e gargalhadas irrompe pela porta, só para parar no instante seguinte, quando nossos amigos nos encontram sentados em silêncio e aflitos, com o Códice aberto diante de nós.

Lita é a primeira a reagir. Posicionando o livro diante de si, ela lê as palavras que estão gravadas em meu cérebro, não importa o quanto eu tente negá-las.

Quando o ar seca e a água desaparece
Quando ventos de tempestade assolam planícies chamuscadas pelo fogo
Quando a Sombra eclipsa o Sol – o Vidente cairá
Fazendo que três mundos despenquem na escuridão eterna.

– Ok, então o que temos aqui é outro quarteto. – Lita dá de ombros, afasta o livro como se não fosse para ser levado a sério. Por mais que tente parecer inalterada, sua expressão assustada a trai. Mas isso não a impede de acrescentar – Revertemos a última profecia, então por que com essa seria diferente? – Seu olhar vai ao encontro do de Axel, em busca de confirmação.

– A última profecia foi frustrada, em parte, por minha causa. – A expressão de Axel é defensiva, e seus olhos ganham um tom violeta escuro. – Quebrei um dos meus votos mais sagrados: interferi no que é considerado estritamente proibido.

Um silêncio solene recai sobre a sala enquanto todos levam alguns instantes para pensar nas palavras dele. Eu, porém, me concentro no que ele não disse.

Ele é um de nós agora.

Seu passe celestial, juntamente com seus poderes celestiais, foram revogados.

Isso significa que não há alguém para me guiar.

Ninguém para intervir e nos salvar.

E, pelo que tenho visto, não há alguém nem mesmo para tentar me poupar.

O Códice repete a mesma história que li nos ossos.

A besta gloriosa coroada de penas que habita dentro de mim está se metamorfoseando em algo totalmente diferente.

Em algo perverso e abominável.

Algo capaz de feitos sombrios e malévolos.

Tudo o que professei acreditar há doze horas virou de cabeça para baixo.

Acontece que não sou o homem que pensava estar destinado a ser.

Em vez de uma criatura de luz, do salvador que imaginei, estou a caminho de me tornar o pior inimigo que a humanidade já viu.

Quando a Sombra eclipsa o Sol – o Vidente cairá

É a frase que diz tudo.

Em algum lugar dentro de mim desperta a escuridão que os homens temem. E é a mesma escuridão que vai eclipsar a luz do mundo e fará Daire cair.

A garota que jurei proteger – a garota por quem daria minha própria vida – é quem estou agora destinado a destruir.

A contagem regressiva começou.

É só questão de tempo antes que minha escuridão seja libertada sobre o mundo.

Engraçado que, da última vez que vi Cade, ele era incapaz de se transformar, e agora estou destinado a me transformar em algo tão hediondo que fará sua besta de duas cabeças e língua de serpente se tornar algo parecido a uma piada sem graça.

É possível que a besta que antigamente vivia dentro dele tenha encontrado um novo lar em mim?

Um lar no qual possa prosperar, crescer e virar minha própria luz contra mim – contra todos nós?

– Então, o que fazemos agora? – Auden pergunta. Aquelas cinco palavras simples anunciam o momento que tentei tanto evitar. Esperava poder atrasar mais alguns minutos.

É a razão pela qual tenho agido de modo tão superficial e distante. Sei exatamente o que vem a seguir e não posso suportar o fato de ter que encarar isso.

Pode ser inevitável, incontornável, mas está rasgando minhas entranhas – pulverizando meu coração. E, pior, me transformou no pior tipo de mentiroso.

Ainda nesta manhã, jurei para Daire que sempre estaria com ela, que nunca a deixaria, que passaríamos por isso juntos – e agora estou prestes a quebrar cada um desses votos.

Daire merece algo melhor.

Algo melhor do que eu.

Acontece que somos predestinados – ela estava certa o tempo todo.

Só que, em vez de estar predestinado a amá-la – a construir uma vida junto com ela –, estou predestinado a matá-la.

Embora uma parte de mim ainda consiga prosperar, devo a Daire me recompor e lidar melhor com isso. Desde o momento em que cheguei, tenho a afastado de mim. Imerso em um tumulto interno para tentar imaginar o melhor jeito de dizer adeus a única pessoa que não consigo imaginar viver sem.

Em vez de encarar de frente, de encontrar as palavras certas para dizer pessoalmente a ela, deixo que a profecia faça o trabalho por mim, que encare o que eu não consigo. Um ato covarde do qual preciso me redimir.

Levo um instante para reunir coragem e meus pensamentos, então me levanto e me dirijo primeiro aos meus amigos.

– Só para ficar claro, a Sombra da qual a profecia fala sou eu. Testemunhei a mesma previsão em um ritual de leitura de ossos hoje, mais cedo. Apesar da minha aparência normal, não vai demorar muito até que a besta a assuma completamente. E, pelo que tenho visto, não há como detê-la, muito menos controlá-la. Então, para a segurança e bem-estar de vocês, estou partindo agora e não voltarei.

Lita engasga, cobre a boca com a mão.

Xotichl busca consolo em Auden.

Só Axel assente em consentimento. Só Axel entende de verdade.

Enquanto Daire se parece muito com aquela que vem até mim nos sonhos – uma bela garota que acredita que farei a coisa certa –, tento dizer algo mais – quero dizer algo mais –, mas as palavras não vêm. Então, como condenado que sou, me dirijo para a porta, ciente de que Daire está correndo atrás de mim.

Pego a maçaneta, sigo até a varanda. Quero tanto puxá-la para meus braços, pressionar meus lábios contra os seus, mas não tenho mais certeza se devo fazer isso.

– Quando você descobriu que roubei um pedaço da escuridão de Cade, você questionou se talvez isso não fosse um erro… que talvez a escuridão dentro de mim fosse parte do meu destino. Parece que você estava certa. – Meu olhar percorre as belas feições dela, agora atenuadas pela dor. – Gostaria que as coisas fossem diferentes. Gostaria de nunca ter… – Antes que eu possa terminar, ela pressiona um dedo em meus lábios, interrompendo as palavras.

– Não desperdice seus desejos com um passado que não podemos mudar. – Seus olhos verdes encontram os meus. – O que importa agora é o que faremos a seguir.

A esperança na voz dela é como uma flecha no meu peito, perfurando meu coração. Não há espaço para esperança – não para alguém como eu. A besta dentro de mim nega todo o bem que possuí certa vez, e preciso convencê-la disso nem que seja a última coisa que eu faça.

– Daire… você não sabe o que eu vi. É pior do que você pensa. Pior do que pode imaginar.

– Ah, não tenha tanta certeza. Tive os sonhos também. E também tive meu coração quase cortado pela metade pelo seu irmão. E o que não vivenciei em primeira mão, bem, minha imaginação mórbida pode preencher o resto. – Ela dá um sorriso corajoso, e eu mantenho a imagem em minha mente muito tempo depois que o sorriso desaparece. Quero que aquela seja a imagem que vou carregar para sempre. Depois de tudo o que ela passou, com tudo o que ela tem de encarar daqui para frente, é incrível o jeito com que seu espírito radiante ainda consegue brilhar.

Farei o que for preciso para manter essa garota em segurança.

Mesmo que isso signifique mantê-la a salvo de mim.

– Apesar de todas as evidências ao contrário... apesar dos ossos e da afirmação do Códice... eles não terão sucesso. Planejo vencer e planejo vencer com louvor. Não vou cair facilmente e certamente não vou cair sozinha. Arrastarei Cade Richter comigo se isso acontecer. – O queixo dela é determinado, seu olhar, resoluto. Mas sua voz treme, ainda que de leve, traindo a incerteza profundamente enraizada que se esconde por trás de cada palavra.

Ainda que eu saiba que não deva fazer isso – embora eu saiba que precise partir rápido e em silêncio –, não consigo resistir e me aproximo dela pela última vez. Meus dedos vibram de calor no momento em que encontram sua doce pele, seguro seu rosto entre as mãos.

Ainda nesta manhã eu me alegrava com a certeza de ser sortudo o bastante para amá-la para sempre. E, agora, o futuro com o qual sonhei se foi, assim do nada.

Mais uma vez, o destino ri por último.

– Eu falei sério hoje de manhã.

Ela inclina a cabeça, assume uma expressão curiosa. O peso de seu olhar encontrando o meu provoca uma pequena centelha no abismo onde minha alma costumava brilhar.

Não demora muito para que a besta apague aquilo também.

– Você disse muitas coisas esta manhã – ela diz. – Coisas nas quais parece não acreditar mais. – O rosto dela fica sombrio, como se já pudesse ver a transformação ocorrendo dentro de mim.

E não posso deixá-la desse jeito. Não posso acabar conosco desse jeito. Então acrescento:

– Quando eu disse que algum dia moraríamos juntos, sobre construir um futuro juntos, viver uma vida normal juntos... eu falei sério. Ainda quero isso.

Ela coloca a mão sobre a minha, entrelaçando nossos dedos até que eles estejam bem apertados.

– Não tenho certeza se fui feita para uma vida normal. – Ela pestaneja. Esfrega os lábios. Os sinais normais da minha garota se recusando a chorar. – Mas isso não me impede de sonhar com algo assim com você. Só nós dois envelhecendo juntos, desfrutando o tipo de momento rotineiro que as pessoas normais têm a sorte de presumir como garantido. Podemos ter isso, Dace. *Teremos* isso. Não vou desistir de nós. Não vou deixar você partir.

– Daire... – Fico engasgado com as palavras. Pensei que tinha sido claro. Pensei que ela tinha entendido. Comigo, ela está em perigo. Sem mim, ela... bem, ela não está exatamente em segurança, mas tem uma chance muito maior de sobreviver.

– Sim, eu li a profecia. – A voz dela é apressada, seu rosto, tenso. – E, sim, eu ouvi tudo o que você relatou ter lido nos ossos. Mas eu também sei de uma coisa... você estava certo esta manhã quando disse que o mal não é páreo para o amor. Eu pude literalmente sentir a verdade nas suas palavras. Admito que, naquela hora, fiz o possível para ignorá-las, mas só porque eu pensava que precisava me manter determinada para vencer. Eu tinha certeza de que meu arsenal de truques não tinha espaço para tais sentimentos suaves, fofos. Mas, assim que tive oportunidade de parar e refletir, percebi que não há um Buscador na família Santos que não tenha agido com o coração. E, embora eles tenham falhado em manter os Richter contidos de modo permanente, isso não significa que eu não posso ter êxito onde eles não tiveram. Isso não quer dizer que eu não possa honrar meu coração, manter você ao meu lado e acabar com os Richter de uma vez por todas, porque é exatamente o que eu planejo fazer. Tenho toda a intenção de vencer e planejo fazer isso com você. Não há motivo para que, com nós dois trabalhando juntos, não possamos lutar contra essa coisa. Talvez você até possa usar a besta para me ajudar a derrotá-los.

Seus brilhantes olhos verdes ardem com tal convicção que, claramente, ela acredita em cada palavra. O sarcasmo e o cinismo da manhã foram eclipsados pelo amor que ela sente por mim.

Pressiono meus polegares nas maçãs do seu rosto, acariciando sua pele macia e suave. Senti-la me causa uma dor insuportável que atravessa meu corpo, enquanto a besta arranha e pulsa dentro de mim. Seu zunido constante é um lembrete amargo de como, depois desta noite, nunca mais estarei perto de Daire novamente.

– Acontece que eu estava errado – digo, minha voz apertada, engasgada, prestes a romper. – Há algo mais forte do que o amor, algo que está pronto, capaz e mais do que disposto a conquistar nós dois... e isso vive dentro de mim. Por mais que eu tente, não posso controlar, Daire. A besta tem sua própria força de vida, seu próprio plano, e não vai demorar até que me domine totalmente. Preciso que acredite quando digo que você estará melhor sem mim.

Apesar dos meus avisos, ela permanece irredutível.

– Tudo bem. Eu ouvi você – Ela diz. – Mas isso não significa que eu tenho de seguir seu plano. Você pode dizer adeus para nossos amigos, mas não pode dizer adeus para mim. Não vou desistir de nós, Dace. Não agora, nem nunca.

Seus olhos encontram os meus, e olhamos um para o outro o máximo que podemos. Relutamos em abandonar as provisões dos sonhos que, por culpa do destino, jamais teremos a chance de viver.

Ela fez seu voto, e eu fiz o meu – nós dois guiados por nossos corações. Quando jurei que faria o que fosse necessário para salvá-la, fui sincero em cada palavra. Por mais duro que seja esse momento, a salvação começa agora. Quanto mais tempo eu ficar, mais me arrisco a colocá-la em perigo.

Seguro suas mãos entre as minhas, apertando-as por um doce e breve momento antes de soltá-las de uma vez, e meus braços caem frios e alheios de lado.

– Deixei uma sacola no meu lugar no sofá. Deixei ali de propósito, porque quero que fique com o que está lá dentro. Também quero que mostre a Axel, Lita, Auden e Xotichl como usar aquilo. Quero que os treine até ficarem proficientes. E, quando o momento chegar, quero que você dê instruções firmes para que usem em mim. – Ela começa a protestar, mas, desta vez, é minha vez de calá-la. – Sem hesitação. Sem rodeios. Pelo que tenho visto, esse momento *virá* e quero que todos vocês estejam prontos quando isso acontecer.

Chegamos a um impasse, comigo determinado a partir e com ela determinada a me salvar. E, por mais duro que seja, meu dever é acabar com isso.

Sem outra palavra, abaixo a cabeça e pressiono os lábios gentilmente nos dela. Espero que o beijo transmita o que as palavras não podem – meu amor imortal, meus arrependimentos mais profundos. Então, me afasto rapidamente e corro até o portão, resistindo ao desejo de olhar para trás.

quatorze

Daire

Pressiono as costas contra a porta, confiando nela para me apoiar enquanto vejo Dace cruzar o caminho de pedra e cascalho, atravessar o portão e desaparecer da minha vida. E, apesar da casa repleta de amigos, a verdade é que nunca me senti tão só.

Primeiro, minha *abuela*. Agora Dace.

Não tenho certeza do quanto ainda posso aguentar.

Isso são perdas – não importa quantas vezes alguém passe por isso, nunca se torna mais fácil.

Mesmo assim, isso não é como perder minha *abuela*. Minha avó deixou o mundo físico, mas Dace ainda está firmemente enraizado nele. Assim, enquanto ele permanecer entre os vivos, não vou abandonar o sonho de um futuro juntos.

Onde há vida, há esperança. E, apesar do que Dace diz, estou determinada a superar isso.

É como eu disse para ele: os Buscadores sempre atuaram baseados em seus corações – e não vejo motivo para mudar isso.

Levo um momento para me recompor, passo a mão pelo cabelo, seco as lágrimas com as costas da mão. Então entro em casa e encaro meus amigos, e, esperando esconder a dor que acabo de enfrentar, me mantenho indiferente quando digo:

– Embora eu ainda tope uma pizza, acho que os filmes terão de esperar.

Eles me encaram coletivamente, até que Axel é o primeiro a falar.

– Daire, Dace está bem?

Assinto. Finjo um olhar mais animado do que pensei ser capaz.

– E você? Está bem também? – Xotichl se inclina para frente, me estudando intensamente.

Levo um momento para olhar para cada um deles, garantindo que tenho atenção total.

– Estou. Estou mais do que bem. E sabem por quê?

Lita geme alto, caminha até ficar em frente da rocha gigante que se sobressai corajosamente no meio da parede.

– Daire... você não precisa fingir ser forte por nossa causa. – Ela me dá um olhar compreensivo. – Sabemos perfeitamente bem o que acaba de acontecer lá fora. Depois de dizer adeus para nós, Dace se despediu de você e partiu seu coração. Você deve estar morrendo por dentro; tudo bem demonstrar isso. Somos seus amigos, e você não precisa esconder seus sentimentos de nós.

Balanço a cabeça e desprezo a ideia com um aceno impaciente de mão. Não há sentido em ceder ao meu coração partido. Não quando tenho toda intenção de conseguir Dace de volta.

– Não culpem Dace. – Digo. – Ele fez o que pensou ser certo. Só está tentando nos proteger.

– Nos proteger dele mesmo? – Auden interrompe, claramente lutando para se acostumar com a ideia de Dace ser perigoso. – Porque, bem lá no fundo, ele não é o que aparenta ser?

Desvio o olhar e estendo a mão para pegar o copo de chá gelado que me serviram. Espero que não notem o jeito como minha mão treme enquanto levo o copo aos lábios.

– Daire, o que está acontecendo aqui? – Lita se apoia contra a rocha, com os braços cruzados de modo desafiador. – Você está encarando isso com muita calma. Há algo que não nos contou? Porque, pela minha experiência admitidamente limitada, profecias raramente estão erradas, e esta em particular é quase tão má quanto parece.

Coloco o copo na mesa, me permitindo um momento antes de dizer:

– Você está certa, profecias raramente erram. – Lita assente, parecendo satisfeita em ver que estamos de acordo. – Mas isso não significa que sejam infalíveis. – Seus olhos se estreitam, seus lábios se apertam. – O destino realmente pode ser moldado pelo livre-arbítrio, e é exatamente o que pretendo fazer.

– E o que isso significa? – Xotichl me dá um olhar preocupado.

– Significa que a ausência de Dace é temporária. – Um silêncio desconfortável cai na sala enquanto meu olhar se move entre eles. Lita é a primeira a reagir.

Ela aponta com o polegar para o Códice, nem um pouco convencida.

– Você não leu o que eu li? Vocês estão condenados. E, por causa disso, o resto de nós está condenado também. Sim, eu tentei fazer cara de feliz mais cedo, tentei fingir que não era verdade, mas fatos são fatos, Daire. E o fato é que Dace está destinado a destruir todos nós, começando por você. Por mais que eu tenha acabado gostando dele, agora que sei o que sei, realmente não estou a fim de partilhar uma pizza com ele. E, se você insiste em mantê-lo por perto, então...

Ela se mexe, desconfortável, sem querer terminar o pensamento, mas isso não é necessário. O silêncio que se segue, quando ninguém se dispõe a defender Dace, me diz que estão todos de acordo.

Mesmo que Dace tenha conseguido assustá-los, ele não me assustou. Sei que posso ajudá-lo a exorcizar a besta. Ou, pelo menos, tenho que tentar.

– Então é isso? Vamos simplesmente dar as costas para ele? Vamos fugir no momento em que ele mais precisa de nós?

– Daire... isso está além da nossa ajuda! Ele é... – Mas, antes que Lita possa continuar, Axel vai até o lado dela, e a presença dele é o bastante para calá-la. Mesmo assim, não posso deixar de notar que ele não sai em defesa de Dace, parecendo satisfeito em não aumentar a dissidência.

– Escutem – digo, fazendo um grande esforço para permanecer calma naquele ponto. Ficar chateada só vai lhes dar mais motivos para duvidarem de mim e, do jeito que as coisas vão, não posso correr o risco. – Entendo como se sentem. De verdade, entendo. Mas, aqui está a coisa, aqui está o que vocês não sabem: nós podemos e vamos vencer. Mas não se continuarmos a discutir, a tomar partido, e a aceitar a derrota antes de termos a chance de começar. O único jeito de vencer isso é *pretendendo* vencer. – *E possivelmente com outra ideia que não tenho certeza se estou pronta para partilhar...*

– É realmente fácil assim? – Auden se esforça para manter o tom de voz animado, mas sua expressão cética o trai. – Sinto dizer isso, Daire, mas estou com Lita. Dace é perigoso, e o que você está oferecendo parece um pouco otimista demais para ir efetivamente contra a besta que ele descreveu.

– Não espero que nada disso seja fácil, mas quando isso já nos impediu de tentar?

Eles se entreolham, mesmo assim não posso deixar de notar que evitam me encarar.

– Daire, precisa entender que é quase impossível acreditar que você se importa com nossa segurança quando insiste que Dace pode ser reabilitado. Ele nos disse à queima-roupa que era tarde demais. Que estava fora do seu controle. E, já que está acontecendo com ele, acho que ele pode ser autoridade no assunto.

Olho de Xotichl para Axel, desejando que ele interfira. Posso entender a inquietude dos meus amigos, mas tinha certeza de que Axel ficaria do meu lado.

– Você também, Axel? – Fixo meu olhar nele. – Ainda esta manhã você disse que a intenção era o ingrediente mais importante da mágica... que a crença era a coluna vertebral da intenção. Você acredita no que disse ou estava apenas brincando comigo? – Seus olhos encontram os meus, mas é impossível ler seu estado de espírito. – Está disposto a manter sua palavra ou mudou de ideia? E, Lita... – Volto minha atenção para ela. – E quando você me disse que eu não precisava passar por isso sozinha? Que todos vocês estavam dispostos a ajudar? Não é mais verdade? Porque estou realmente começando a crer que vocês estão todos em pé nas arquibancadas gritando por morte, quando sou a única na arena... sou a única na luta... o que significa que eu posso ter uma perspectiva melhor que a de vocês.

Lita recua, olha para os pés, enquanto Axel se afasta da parede e passa a mão pelos cachos. Olha para Lita, depois para Xotichl, para Auden e, finalmente, para mim e diz:

– Estou com você, Daire. Mas acho que há limites. Se for necessário, não vou hesitar em salvar você em vez de Dace, e acho que estamos todos esperando que você nos dê a mesma certeza.

Eles assentem todos ao mesmo tempo, e levo um momento antes de responder:

– Asseguro que, se for necessário fazer essa escolha, a segurança de vocês será minha prioridade número um. Mas isso é algo discutível, já que nunca chegaremos a isso.

– Não é exatamente a garantia que eu esperava. – Lita faz cara feia.

– Bem, é o melhor que posso dar. O que indica que teremos de dar uma trégua nesse ponto e concordar em discordar, porque não vou mentir para vocês. Dito isso, eu espero que possamos deixar isso para trás e seguir em frente. Temos uma batalha adiante e precisamos nos preparar. – Volto minha atenção para Axel, fazendo sinal para que ele me siga, e falo – Preciso da sua ajuda no quarto.

– Ei... preciso me preocupar? – Lita finge uma expressão de preocupação zombeteira que logo se transforma em curiosidade quando voltamos com o baú de madeira lindamente esculpido e pintado a mão equilibrado entre nós. – O que é isso? – Ela se inclina para ver melhor.

– Pense nisso como minha caixa de ferramentas. – Abro um sorriso. – Paloma me deu, juntamente com todas as ferramentas que guardo aí dentro.

– Ferramentas de atuação de um Trabalhador da Luz? – Auden pergunta. Ele é o menos iniciado entre nós, mas isso está prestes a mudar.

– Algo assim. – Giro a combinação do cadeado que coloquei ali logo depois que Paloma morreu. Como essa atitude parece estúpida à luz de tudo o que acaba de acontecer. Como se esse simples cadeado de metal pudesse manter um Richter afastado.

Mas é claro que um Richter jamais teria o menor interesse nas ferramentas que escondi ali.

E isso pode se tornar uma das minhas maiores vantagens.

Em todos os encontros com Cade, cada vez ele parecia ser superior, e sempre fez questão de zombar da sabedoria dos meus ancestrais – da minha coleção de talismãs mágicos. A algibeira que uso no pescoço, a pequena faca de dois gumes imbuída da essência de Valentina são tudo uma grande piada para ele.

Cade se baseia unicamente em sua mente tortuosa, em sua alma abismal e no monstro com língua de cobra que reside dentro dele. Embora, da última vez que eu o vi, a besta o tenha abandonado, ao contrário das minhas ferramentas, que nunca falharam comigo.

No que diz respeito a falhas, sou a única que falhei comigo mesma.

Mas isso não acontecerá de novo.

Ajoelho-me diante do baú e levanto a tampa. Estou ciente dos meus amigos se juntando ao meu redor, enquanto removo a manta suave, tecida a mão que coloquei em cima, e tiro a coleção de ferramentas, uma a uma.

– Ah – Lita murmura, e sua voz, como seu rosto, traem seu desapontamento. – Pensei que seriam coisas legais. Achei que escondesse um arsenal aí.

– Não se engane. Nas mãos certas, isso é um arsenal. – Jogo a sacola que Dace deixou para longe. Não preciso olhar para saber o que tem lá dentro. São sua zarabatana e dardos, mas nem pensar que vou usar aquilo. E com todos os meus amigos muito a fim de se voltarem contra ele, ninguém precisa saber que aquilo existe. Então, depois de arrumar as peças de modo que o chocalho de couro cru com cabo de madeira comprido fique ao lado do grande tambor que tem o desenho da cabeça de um corvo com olhos púrpura, coloco as três penas que vieram de um cisne, de um corvo e de uma águia em fila, e termino acrescentando o pêndulo com o pequeno pedaço de ametista preso na ponta.

– Sirvam-se de pizza. – Digo. – Peguem mais bebidas e fiquem à vontade. Vou ensiná-los a usar tudo o que está aqui. E isso, provavelmente, vai levar boa parte da noite.

quinze

Lita

– Sinto-me tão culpada. – Mordo o lábio e franzo o cenho para a arara lotada de vestidos diante de mim.

– Por quê? O que você fez agora?

Volto meu olhar para Xotichl.

– O que quer dizer com *o que você fez agora*?

– Bem, como está se sentindo culpada, imaginei que devesse haver um motivo.

– Jesus. – Reviro os olhos, balanço a cabeça, mas é mais para um efeito dramático; meu coração não está naquilo. – Nunca deixarei para trás meu passado de diva?

– Provavelmente não. – Xotichl empurra os óculos púrpura por sobre o nariz com a ponta do dedo.

– De qualquer modo, eu não *fiz* nada. A razão pela qual me sinto culpada é porque tudo ao nosso redor ou está desmoronando ou prestes a desmoronar ou, segundo o Códice, destinado a desmoronar. E, mesmo assim, apesar da previsão de melancolia e desgraça, com noventa e nove por cento de chance de aniquilação completa do mundo, bem lá no fundo estou explodindo com a euforia completa de uma felicidade sem limites, e sei que isso não está certo.

– É isso o que o amor faz. – Xotichl inclina a cabeça de lado, como se escutasse uma canção que só ela pode ouvir. Escolhendo um vestido da arara, ela o examina por alguns segundos, só para trocá-lo por outro, e então rejeitá-lo também. – O amor é irracional. Sem sentido. Faz você sentir coisas que parecem loucamente inapropriadas quando se consideram as circunstâncias ao redor. E, mesmo assim, você não deve nunca questionar, nunca duvidar disso. Deve apenas aceitar pelo presente que é. – Ela se afasta da arara e analisa o restante da loja.

– Acho que sim... – Suspiro, sem querer dar o braço a torcer com tanta facilidade. – Mesmo assim, parece tão errado me sentir tão bem quando tudo ao meu redor está indo para o inferno. É como se rolhas de champanhe estourassem aqui. – Bato a mão contra o peito. – E a fúria do rio de Hades lá fora. – Aceno com o polegar na direção do letreiro verde que indica a saída. – Sem mencionar que tenho quase certeza de que estamos começando a irritar Daire.

– Começando? – Xotichl joga a cabeça para trás e dá uma gargalhada como se aquela fosse a piada mais engraçada que contei em todo o ano. – Tenho quase certeza de que ela está irritada desde a primeira noite em que você e Axel colocaram os olhos um no outro.

– Eu sabia! – Sentindo-me repentinamente justificada ao confirmar o que suspeitava o tempo todo, me inclino na direção dela, seguro seu braço e digo: – Você também sentiu? – Nunca tínhamos tido essa conversa, e estou ansiosa para saber tudo, até os mínimos detalhes.

– Sentir? Eu *vi*. – Ela escolhe outro vestido e segura diante do corpo. Mas é muito tecido e cor para sua estrutura pequena, e ela o rejeita bem antes que eu possa abrir a boca para dissuadi-la.

– Mas por quê? Por que acha que ela é tão contra? – Posso estar pressionando, mas estou determinada a continuar o assunto até esgotá-lo. – Depois de tudo o que Axel fez por ela... levando-a para o Mundo Superior e salvando sua vida... depois de tudo o que passei... traumatizada por ter minha percepção alterada pelos Richter durante a maior parte da minha vida... por que ela não pode simplesmente ficar feliz por nós? Por que ela não pode nos apoiar como a apoiamos com Dace?

– Porque é antinatural.

A voz vem de trás. Nos viramos para encontrar Cade Richter parecendo tão presunçoso, manhoso e autoconfiante como sempre. Vestido com *jeans* desbotado, uma camiseta branca com gola em V que marca seus ombros, peito e abdômen definido, mostrando-os com o máximo impacto, e chinelos de couro nos pés. Não parecia que tinha entrado correndo em um edifício em chamas, com um grande ferimento de faca no braço e na lateral do corpo há apenas seis meses.

Não importa quantas vezes eu tenha ensaiado este momento em minha mente, sempre me vendo fria enquanto Cade se encolhe sob o meu olhar de completa e total autoridade, o que acontece na vida real é exatamente o oposto. Engasgo e estremeço tão espasmodicamente que quase derrubo Xotichl.

– Sem mencionar que está destinado a fracassar. – Os olhos azul-gelo de Cade penetram profundos nos meus e, por mais que eu tente, não consigo afastar o olhar. – Caras como Axel não têm lugar aqui. Ele não pertence ao nosso mundo. Sinto ser a pessoa a decepcionar você, Lita, mas parece que Santos não tem coragem de contar o que ambos sabemos ser verdade. Seu relacionamento estava acabado muito antes de começar.

Fico parada ali, feito estúpida, incapaz de me mover, incapaz de falar. E, embora espere que Xotichl interfira e fale por mim, acontece que ela está tão paralisada quanto eu.

– Isso é para ser uma ameaça? – Finalmente consigo falar. Infelizmente, é o melhor que consigo. Mesmo assim, seguro o braço de Xotichl e dou um passo para trás, puxando-a comigo.

– Não. – Cade ergue os ombros, passa a mão pelo cabelo. Segura-o por um momento antes de soltá-lo, deixando que a franja caia sobre os olhos. Um de seus movimentos típicos. – Não é uma ameaça. Nem mesmo um aviso. Apenas um fato, simples e verdadeiro.

Reviro os olhos. Bufo baixinho. Mas o efeito é forçado, e ele sabe disso tão bem quanto eu.

– E imagino que agora vai se oferecer para me consolar quando esse tal beco sem saída chegar? – Cruzo os braços diante do peito, em uma tentativa de barrar o estranho pulso da energia dele. Fico desgostosa ao descobrir que, depois de tudo o que ele me fez passar, depois de tudo o que sei sobre ele, ainda me sinto atraída por ele.

– Errada de novo. – Ele abre um sorriso, enfia a mão no bolso e acende um cigarro, apesar da política estritamente reforçada de não fumar. – Você pode ficar surpresa ao ouvir isso, mas segui em frente. Muita coisa mudou nos últimos seis meses. E, por mais irresistível que pense ser, acontece que não estou mais a fim de você.

Estreito meu olhar, tentando ler nas entrelinhas. Digo a mim mesma que devia estar aliviada, feliz de me ver livre do fardo do interesse dele. Mas, ainda que parte de mim esteja realmente feliz, outra parte sente exatamente o oposto. Meio vazia, abandonada.

– Sobre seu homenzinho brilhante, você precisa saber...

– Axel. O nome dele é Axel. E ele não brilha. – Faço cara feia. Mais para mim do que pare ele. E não tenho ideia do por que continuo a dar atenção para ele. Devíamos ter ido embora no instante em que o vimos. E, mesmo assim, aqui estou eu, balbuciando como uma tola, enquanto Xotichl fica parada, pasma, ao meu lado.

– Ele perdeu o brilho? – Cade ergue a sobrancelha, dá uma profunda tragada em seu cigarro. Então vira a cabeça de lado e nos dá uma visão melhor de seu perfil perfeito, enquanto sopra uma série de anéis de fumaça. – Isso é muito ruim. A única coisa que ele tinha a seu favor, pelo que eu podia ver.

– Que seja. Acabamos aqui. – Começo a me afastar, mas ele estende a mão na minha direção e prende meu braço em seu punho.

– Apenas se lembre disso, Lita... quando você e Axel acabarem em chamas... e, não se engane, isso vai acontecer... não se esqueça de que ouviu isso aqui. É um aviso que precisa levar a sério. Considere como meu último presente para você.

– E por que me daria um presente se não está mais a fim de mim, como afirma?

– O que posso dizer? Sou um cara sentimental. – Ele ergue os ombros, joga o cigarro no chão, e a bituca faz um buraco no carpete. – Partilhamos um bom pedaço de história. E alguns momentos divertidos. Imagino que é o mínimo que posso fazer.

– O que você está realmente fazendo aqui? O que quer? – Xotichl fala pela primeira vez desde que ele chegou.

– A mesma coisa que vocês. – As palavras são murmuradas, enquanto ele divide a atenção entre nós e o celular que toca. – Alguma coisa para vestir na festa da Toca do Coelho. Imagino que tenham recebido o convite? – Ele se volta para o telefone com um sorriso sarcástico.

– Ah, sim, recebemos. – Xotichl faz cara feia. – O corvo morto foi realmente um belo toque. – Ela coloca a mão no quadril e olha de modo penetrante, mas o efeito é desperdiçado nele. – Então, eu sei que é um baile, mas você está realmente planejando usar um vestido?

Ele ergue o queixo e dá um olhar vazio para ela.

– Caso não tenha notado, está no departamento feminino. O dos homens fica no térreo. Ou talvez nem mesmo tenha vindo comprar? Talvez esteja apenas fazendo um trabalho muito ruim em nos perseguir?

Ele faz uma careta para o telefone, então volta a atenção para nós.

– Não se iluda, flor. Não tenho interesse nas suas atividades simplórias. Se quer saber, estou fazendo compras para minha acompanhante. Mas acontece que esse lugar nem de longe tem classe o bastante. Uma garota especial merece um vestido especial, não é mesmo?

– Quão especial ela pode ser se está saindo com você? – Xotichl diz, esquecendo-se momentaneamente de que namorei Cade desde o primário. Mas sou rápida em perdoá-la pelo insulto.

Cade sorri.

– Muito mais especial do que pode imaginar.

– Quem é ela? – Pergunto, finalmente encontrando minha voz. – Alguém que conhecemos? – Luto para manter o rosto impassível, a expressão neutra, ainda que não seja capaz de fazer algo a respeito do meu coração palpitando no peito.

– Acredito que a conheça. Afinal, Encantamento é uma cidade pequena. – Ele me faz um exame completo, permitindo que alguns segundos se passem antes de dizer: – Uma cidade pequena com uma grande memória, como se vê... ou talvez apenas eu seja assim?

Sua sobrancelha se levanta, e não tenho ideia de como responder. Ele está se referindo ao ônix negro que estão usando para fortificar o novo edifício? Isso realmente vai reter as memórias fantasmagóricas dos feitos sombrios dos Richter do passado?

– Importa-se de explicar? – Xotichl diz, com palavras em um tom surpreendentemente afiado.

– Na verdade, não. – O sorriso que ele dá para ela é cruel. – Vamos dizer que essa não será uma festa qualquer.

– Na última festa que vocês deram, o clube explodiu e Phyre e Suriel Sanguejovem morreram... como planeja superar isso?

– Acontece que a pequena amostra pirotécnica de Phyre foi meramente o pré-*show*. É como dizem: cada passo leva ao passo seguinte.

O celular dele toca novamente, chamando sua atenção.

– De qualquer modo, foi bom revê-las. – Ele gira nos calcanhares e acena com as costas da mão.

– Para você, talvez. – Xotichl cruza os braços desafiantes sobre o peito, enrijecendo o corpo quando ele para, olha por sobre o ombro e se concentra nela.

– Cuidado, pequenina. Está se aventurando em um território que não é para gente da sua laia.

O rosto dele fica sombrio, fazendo que eu dê um passo adiante, me colocando com firmeza entre eles. Tenho toda a intenção de defender Xotichl se for preciso, mas me ver parada diante dele só faz Cade dar uma gargalhada.

– Pare com isso, Lita. Xotichl não precisa de guarda-costas. A garota tem a visão de volta. Pode cuidar de si mesma. Ou, pelo menos, é o que ela pensa. Acontece que há muita coisa que vocês duas não sabem, mas já fiz minha boa ação do dia. Não terão mais nada de mim.

Xotichl ajeita os óculos, luta para se manter firme, mas é claro que está abalada.

Nós duas estamos.

Ambas somos incapazes de fazer qualquer outra coisa além de permanecer enraizadas no mesmo lugar, ainda muito tempo depois de Cade se afastar.

Dezesseis

Xotichl

– Tem certeza de que devemos fazer isso? – Meus dedos seguram a beirada do assento com força, enquanto Lita faz uma curva com tanta rapidez que posso jurar que o carro se inclinou sobre duas rodas.

– Como *não* fazer isso? Devemos isso a Daire, certo? – Seus olhos encontram os meus, me encarando tempo demais para meu gosto. Nesta velocidade, prefiro que ela se concentre na estrada e não em mim.

– Tenho certeza de que ele nos notou – digo, com as palavras saindo em um tom agudo gritado que me espanta tanto quanto espanta Lita.

Isso não é do meu feitio. Em geral, sou a aventureira. A primeira da fila a ultrapassar os limites.

Mas, desde que minha visão retornou, não sou mais a mesma. É como se eu tivesse sido arremessada em um mundo desequilibrado, de cabeça para baixo. Deixada à deriva em um mar turbulento sem esperança alguma de alcançar a costa.

– Tenho certeza absoluta de que ele nos notou. – Lita segura o volante com tanta força que os nós de seus dedos embranquecem. – Caso não tenha percebido, ele está usando o pisca-pisca e diminui a velocidade quando se afasta demais. Definitivamente está nos levando para algum lugar.

Sem mencionar que esperou quase dez minutos até que nos recompuséssemos e fôssemos atrás dele.

– Falando nisso... que raios aconteceu lá?

– O que quer dizer? Ficamos assustadas, foi só isso. – Ela assente, como se quisesse acreditar naquilo, mas seu tom de voz diz o contrário.

– Sim, estávamos assustadas, não há dúvida. O último lugar no qual esperava ver Cade Richter era no departamento de vestidos. Mesmo assim, não dá para negar que lidamos muito mal com aquela situação.

Os ombros de Lita afundam em derrota.

– Estou envergonhada em admitir, mas foi meio que um desastre. Não tenho ideia do que aconteceu comigo. É como se eu tivesse que lembrar a mim mesma de todas as razões pelas quais eu o odeio e, mesmo assim, ainda me sentia atraída por ele. – Ela esfrega a mão sobre o braço, estremecendo com a lembrança.

– E eu mal consegui falar. – Reviro os olhos ao recordar. – É como se todo o meu corpo estivesse paralisado, e só minha mente ainda funcionasse. Dentro da minha cabeça, eu estava furiosa com todas as coisas que queria dizer. Tinha várias declarações zombeteiras e sarcásticas para fazer... e, mesmo assim, tudo o que consegui foi ficar parada ali embasbacada. É como se tivessem roubado minha vontade. Como se eu estivesse presa em um corpo que se recusava a obedecer.

Lita me dá um olhar preocupado, então volta a atenção para a estrada, acelerando tanto que meus ombros são pressionados contra o assento.

– Ele acaba de... acenar? – Olho para Lita, ao meu lado, e para a quatro por quatro negra de Cade, na nossa frente.

– Sim, ele acenou. – Seus lábios se esgueiram em um sorriso, enquanto ela se endireita no assento, como se isso fosse simplesmente engraçado.

– Então, não estamos simplesmente caindo na armadilha dele?

– Não é uma armadilha. – O aceno de cabeça que se segue é insistente, mas novamente sua voz não consegue convencer. – Ok, talvez seja uma armadilha. – Ela cede. – Quero dizer, não há dúvida de que ele está nos atraindo de propósito para algum lugar. Mas não é uma armadilha como você pensa.

– Isso não é nem um pouco consolador. – Olho para fora da janela e franzo o cenho. Considero o que seria pior: abrir a porta do carro e me jogar para fora ou seguir com o plano de Lita. É uma dúvida cruel.

– Há uma questão crucial que você parece ter ignorado: Cade Richter é um mestre da manipulação. Ele adora seus joguinhos. Praticamente vive para eles.

– Humm, sim. É exatamente aonde eu queria chegar. Daí o receio de sermos atraídas para uma armadilha. Seus *joguinhos* tendem a ser violentos. Pergunte para Daire.

Lita balança a cabeça e se inclina para frente, espiando pelo para-brisas coberto de pó.

– Confie em mim, Xotichl, conheço esse cara como a *planta* da minha mão. Ele não vai nos fazer mal. Só quer que vejamos o que quer que ele queira que vejamos para que possamos contar para Daire.

– Palma. – Espio pelo espelho retrovisor, vendo as nuvens de poeira se levantando com a nossa passagem.

– Como é? – Lita estreita os olhos, me encarando por tanto tempo que aponto o para-brisas com o dedo, pedindo insistentemente que ela preste atenção na estrada, e não em mim.

– A expressão é "conheço como a *palma* da minha mão". Por favor, olhe aonde estamos indo!

– E o que eu disse?

– Você disse *planta*.

– Sério, Xotichl? – Ela franze o cenho e se concentra na estrada, o que me dá um instante de alívio antes que ela se volte para mim. – É isso o que chama sua atenção em tudo o que eu disse? O que deu em você? Está agindo de um jeito arisco e estranho. Nunca vi você tão medrosa. É você quem sempre me incentiva. Lembra-se de quando me fez espionar Suriel Sanguejovem?

Estremeço com a lembrança. Espionar o pregador apocalíptico, encantador de serpentes, foi uma das minhas piores ideias. Talvez as mudanças que estou vivenciando sejam uma coisa boa. Agora que posso ver o mundo ao meu redor, talvez eu esteja, pela primeira vez, entendendo o quão perigoso isso pode ser. Talvez essa nova e temerosa Xotichl seja uma melhoria da antiga e impulsiva Xotichl que eu costumava ser.

– Acredite em mim, Suriel Sanguejovem não é alguém que vou esquecer com facilidade. E, só para que saiba, lamentei aquela decisão quase no mesmo instante em que chegamos.

– Bem, você não vai lamentar esta. – Lita endurece a mandíbula, ergue os dedos por um momento, só para abaixá-los sobre o volante, segurando-o com duas vezes mais força. – E, se terminarmos lamentando, bem, pelo menos teremos algo sobre o que falar, certo?

– Sim. Pelo menos teremos isso. Estou sempre à procura de um bom tema para quebrar o gelo. – Seguro com força na beira do meu assento, enquanto o carro sacode e pula sobre a estrada de terra esburacada, me perguntando se deveria fechar os olhos até que tudo estivesse terminado.

– Não vamos morrer, Xotichl. Ou, pelo menos, não hoje. Não pelas mãos de Cade.

– Como pode ter tanta certeza? – Abro uma pálpebra para vê-la melhor. – Afinal, foi ele quem matou Paloma.

– Ele tinha um plano distinto para Paloma. Era uma coisa de Coiote *versus* Buscadora. Era principalmente para machucar Daire. Para fazê-la se sentir sem poder e sozinha no mundo. E, ainda que não haja dúvidas de que ele tenha conseguido, é diferente comigo. Ele não vai tentar me machucar. E temo que você só possa confiar na minha palavra.

– Você não acha, de verdade, que ele ainda é loucamente apaixonado por você, acha? Porque essa é a única coisa sobre a qual estou certa de que ele não estava blefando.

Lita dá uma gargalhada, leva uma mão até o cabelo e ajeita as pontas.

– Por favor! Não sou estúpida. Não acho que Cade Richter alguma vez esteve loucamente apaixonado por mim. Nem mesmo levemente, para que conste. Não acho nem que ele saiba o que é amor. Sei que eu não sabia... não até conhecer Axel, de qualquer modo. O que eu sei é que o orgulho e o ego de Cade estão profundamente ofendidos com o quão rápido segui em frente. E, por causa disso, tenho quase certeza de que ele gostaria de me manter por perto tempo o bastante para me fazer lamentar minha decisão de deixá-lo, o que, é claro, eu nunca farei. Como eu poderia? Com Axel, tenho tudo. Finalmente sei o que é o amor de verdade, e não trocaria isso por nada. – Ela me olha de soslaio, os olhos se estreitando quando percebe a expressão cética em meu rosto. – Não percebeu o jeito com que Cade fez questão de mencionar seu encontro? *Estou comprando um vestido para minha acompanhante. Este lugar não tem classe o bastante para ela.* – Ela revira os olhos. – Pode apostar que seja lá o que Cade esteja aprontando, está bem planejado. Ele não deixa nada ao acaso. Sempre tem um objetivo, que descobriremos em breve. A questão real é: por que está tão assustada? O que está acontecendo com você? Por que não sintoniza a energia da situação como faz normalmente? Certamente isso vai convencê-la de que vai dar tudo certo.

Franzo o cenho, insegura em como contar para ela o quão deslocada me sinto. Que minha nova visão recém-restaurada parece ser a única coisa tangível com a qual posso contar. Então, acabo deixando escapar a verdade.

– Na verdade, não consigo ler energia do jeito que costumava fazer.

Ela olha para mim. Faz o melhor possível para esconder seu alarme.

– Provavelmente, você ainda está se acostumando a usar sua visão, certo? Sabe, como se estivesse aprendendo a ver com os olhos, em vez de com seu sexto sentido. Tenho certeza de que logo voltará ao normal.

– E se não voltar? – Aperto as mãos no colo. Aí está. Eu disse. Revelei meu pior medo: que todo o progresso que fiz com a tutela de Paloma tenha tirado uma licença permanente.

– Vai voltar. – Ela assente, como se já estivesse decidido, mas não tenho tanta convicção.

Eu costumava saber quando alguém estava mentindo simplesmente pela cor das palavras.

Eu costumava saber quando energias sombrias estavam à espreita por causa da mudança sutil na atmosfera.

Mas, agora, parece que estou tão sem pistas quanto todo mundo.

Questionando meus instintos.

Tentando adivinhar minhas intuições.

– Não sei... acho que só... – Começo a dizer que tenho um mau pressentimento sobre tudo isso, mas a verdade é que não tenho muito de coisa alguma. Há um grande vazio no lugar em que minha intuição vivia. – A verdade é que realmente não sei. – Finalmente digo, sem querer mentir. – Mas parece... errado. Seguir Cade... ir ao baile de máscaras... nada disso, no fundo, me parece bem .

Viro-me para Lita, só para descobrir que ela já está em outra. Já voltou sua atenção para perseguir a caminhonete de Cade.

Dobro as mãos no colo e tento manter a calma. Tento encontrar o lugar de tranquila quietude, como Paloma me ensinou certa vez.

Ela sempre dizia que o silêncio é onde está minha força. Que, quando estou ansiosa, insegura ou me sentindo instável, devo fazer minha respiração se acalmar e meus pensamentos silenciarem, então um espaço pode se abrir para que as respostas sejam reveladas. E, embora isso nunca tenha falhado no passado, não há como negar que isso está acontecendo agora.

O silêncio tem o efeito oposto. Deixa-me tão confusa e nervosa que me viro para a janela e pressiono as pontas dos dedos com força no vidro, numa tentativa de me controlar.

Normalmente, eu seria capaz de ler a energia emitida por cada adobe decadente que passamos, mas não sou mais.

Mesmo assim, aperto os dentes e tento mais uma vez, me recusando a desistir com tanta facilidade. Só para ser jogada na direção do painel quando Lita pisa com força no freio e exclama:

– Essa é a última coisa que eu esperava ver.

Dezessete

Dace

Cade para a caminhonete no meio da rua e abaixa o vidro da janela do motorista para me ver melhor.

– Quando você mandou a mensagem, eu tinha certeza de que era uma piada. – Ele mantém uma mão no volante, o motor em marcha lenta.

– Não é piada, eu asseguro. – Apoio-me na porta do Mustang cinza, clássico, que estou restaurando lentamente. Os braços soltos ao lado do corpo, as pernas cruzadas casualmente nos tornozelos, em uma tentativa de parecer aberto, descontraído e inofensivo. Em outras palavras, o oposto do que estou me tornando.

– Bem, esse foi seu erro. – Ele me espia através de um par de óculos de sol. Não tem ideia de que, apesar das lentes escuras, ainda posso ver seus olhos. Posso ver tudo. Ele é parte de mim, assim como sou parte dele. – Então, vamos com isso. O que você quer? Estou ocupado. – Ele ergue o queixo, confere seu reflexo no espelho retrovisor. Sua expressão habitual de presunção e autossatisfação se aprofunda quando vê Lita estacionada a alguns metros de distância.

Ele acha que a cena está sob seu controle.

Acha que é quem as levou até ali para que pudesse me colocar publicamente como algum tipo de traidor.

Mal sabe que planejei tudo.

Essa não é uma visita de cortesia.

Ele não tem ideia do imenso traidor que virei a ser.

No fim, a besta pode me consumir, mas não antes que eu tenha derrotado até o último deles.

– Precisamos conversar. – Afasto-me do carro e faço sinal com a cabeça na direção da imensa propriedade de adobe situada atrás dos grandes portões de ferro fundido.

– Você? Na *minha* casa? – Ele remexe a língua na lateral da bochecha e dá uma cuspida que pousa bem ao lado do meu sapato. Uma tentativa fraca de me intimidar, que prefiro ignorar. – Odeio frustrá-lo, mano, mas este é o mais perto que vai chegar. Você não está apto para entrar. Não é um de nós. Nunca será.

– Tem certeza disso? – Levanto meus óculos de sol até a testa e devolvo seu olhar com brilhantes olhos vermelhos.

Ele dá uma gargalhada. Faz o melhor possível para parecer entediado e nem um pouco impressionado. Mas posso ver além da farsa que ele está ainda mais abalado do que eu esperava originalmente.

– É isso? É tudo o que tem? – Ele balança a cabeça, passa a mão no cabelo. – Talvez deva fazer isso de novo, para que Xotichl e Lita possam ver. Ao contrário de mim, elas tendem a se assustar com facilidade.

Ele aponta com o polegar na direção das garotas, mas me recuso a olhar. A simples visão delas é o suficiente para conjurar milhares de lembranças de Daire, e não posso me dar ao luxo de ser distraído por pensamentos sobre uma garota que não posso mais ter.

Ele coloca a outra mão no volante e engata a marcha, mas não posso deixá-lo ir, não até conseguir o que vim fazer.

Dou um passo adiante, me movendo para detê-lo enquanto ele gira o volante e embica a caminhonete no portão. Poupando-me um olhar de desprezo, diz:

– É como eu já disse, você não pode entrar. Jamais vai entrar. Se fosse esperto, o que claramente não é, mas se fosse, saberia disso. Não teria desperdiçado seu tempo vindo aqui.

Os portões se abrem e Cade começa a entrar, mas não me deixarei intimidar. Vou persegui-lo até a porta da frente, se necessário.

– Quero meu emprego de volta. – Sigo ao lado dele.

Ele freia, olhando para mim com um sorriso sardônico que se alarga em seu rosto.

– Sem chance.

– Tudo bem. – Dou de ombros, como se não fosse grande coisa. Não é. Tenho toda intenção de conseguir o que quero. – Só pensei em pedir para você primeiro, já que ouvi dizer que foi promovido a gerente. Mas acho que, em vez disso, vou direto a Leandro.

– Sinta-se livre. – Cade dá uma gargalhada, começa a erguer a janela entre nós.

– Leandro não vai hesitar em me contratar novamente. Diabos, ele implorou para que eu voltasse na última vez em que falei com ele, na véspera de Ano Novo. Pode fazê-lo parecer ainda pior aos olhos dele quando eu lhe contar que você me rejeitou. Certamente, ele sabe que foi principalmente por sua culpa que a Toca do Coelho explodiu. Phyre era apenas uma garota normal, sem nenhum poder de verdade, e mesmo assim você não conseguiu impedi-la de colocar em risco toda a sua família. Assim como parece não ser capaz de impedir Daire de frustrar cada um de seus planos.

Suas feições endurecem, seus olhos ficam sombrios, mas ele não faz nenhuma outra tentativa de seguir em frente.

– Algo a se pensar. – Dou um tapa na porta do motorista e começo a me afastar. Agindo como se tivesse tido um pensamento tardio, viro-me para dizer: – Ah, e, por falar nisso, caso tenha esquecido, você me deve sua vida.

– É o que você acha? – Ele se inclina para fora da janela do motorista e franze o cenho.

– É o que sei, e você também sabe.

– Você me salvou para salvar a si mesmo. – Ele estreita seu olhar, tenta parecer ameaçador, mas não chega nem perto disso.

– Pareço como se precisasse ser salvo?

Ele me analisa. Remexe a mandíbula. Os segundos passam.

– Encare, Cade. Você não é mais o que costumava ser. Diabos, nem mesmo pode se transformar na besta patética com língua de serpente. Você não é uma ameaça para mim.

– O que quer? – Sua voz é rouca, sua feição, dura, mas é o máximo que consegue fazer, e não posso deixar de achar graça nisso.

– Em última instância, estou atrás do que é meu por direito. A casa, a cidade, tudo isso... meu legado como filho de Leandro. Mas, por enquanto, vou começar com meu emprego. Diga a Leandro que teve de me convencer, se quiser. Diga a ele que é seu jeito de ficar de olho em mim. Não me importo como vai fazer isso, apenas faça, embora você possa ter problemas para convencê-lo de qualquer coisa. Acho que nós dois sabemos que ele está começando a duvidar de você. Vocês dois estão em solo pouco firme, então essa é sua chance de provar que pode lidar tanto com o papel de gerente quanto com o de próximo na sucessão ao trono de Leandro.

– E Daire?

Estreito meu olhar. Não gosto do som do nome dela nos lábios de Cade. Especialmente do tom que ele usa, com um toque inconfundível de desejo.

– O que tem ela? – Seguro-me, ciente da besta começando a rosnar e se agitar, e preciso de toda minha vontade para contê-la. Não vai demorar até que ela se faça conhecer. Mas agora não é o momento. Nem de perto.

– A Buscadora sabe que está aqui? – Ele inclina a cabeça, me dá um olhar de desprezo.

– Acha que tenho de pedir permissão para visitar a casa dos meus ancestrais? – Ele me encara em resposta, e tomo isso como minha deixa para ir embora. – Diga a Leandro que estarei pronto para o trabalho na primeira hora de amanhã.

– Isso nunca vai acontecer – ele diz, mas escolho ignorá-lo. Simplesmente sigo até meu carro e dou um rápido aceno para Lita e Xotichl, esperando que elas cumpram seus papéis e contem tudo para Daire.

Que contem para ela que eu estava ali – que é tarde demais para me impedir de encontrar meu próprio destino.

Que já me juntei ao outro lado, e é melhor para ela ficar longe de mim.

Espero que elas tenham sucesso onde falhei e consigam convencê-la a se salvar, a salvá-los e a esquecer-se de mim.

Então, sem outro olhar, entro no carro, ligo o motor e vou embora.

Dezoito

Daire

Quando meu último cliente parte, vou para a sala, surpresa em encontrar Chay sentado no sofá, lendo o jornal e esperando por mim.

– Há quanto tempo está aqui? – Paro diante das pás do ventilador zumbindo e torço a ponta do meu rabo de cavalo em um coque que seguro no alto da cabeça, desfrutando da brisa fresca no pescoço.

– O bastante para alimentar Kachina, limpar o esterco do estábulo e quase terminar de ler este jornal enquanto o fluxo constante de clientes entrava e saía. – Ele acena na direção de um chá de gengibre gelado que espera por mim. – Provavelmente o gelo já derreteu.

Afasto-me do ventilador e vou até o copo, saboreando o líquido gelado que desce pela minha garganta.

– Como você está? – Ele dobra o jornal ao meio e o joga sobre a mesa, para se concentrar melhor em mim, enquanto pego a cadeira em frente e tomo outro gole do meu chá.

Embora a pergunta seja colocada de forma inocente, a parte que ele deixou de falar paira sobre nós.

Como estou agora que estou por conta própria, sem Paloma para me guiar?

É o que todos estão se perguntando.

Embora meus amigos tenham proporcionado o conforto e o apoio de que preciso muito, algumas vezes sinto como se Chay fosse o único que realmente entende o quão vazia a vida parece agora que ela se foi.

Paloma era sua companheira, sua amante, sua confidente mais íntima e melhor amiga. Não há dúvidas de que ele sente tanto sua falta quanto eu.

Tiro o chinelo de borracha azul e coloco o pé descalço sobre a mesa.

– De verdade? – Meus olhos encontram os dele, finalmente capazes de admitir a verdade que mantive enterrada dentro de mim por muito tempo. – Considerando a jardinagem, os clientes e ter de cuidar de mim, não sei como ela conseguia lidar com tudo e fazer parecer tão incrivelmente simples. Sempre me sinto dois passos atrás... – Suspiro, olho para minhas mãos. – Ela é um exemplo difícil de se imitar.

– Mas esse é o ponto. Você não precisa imitá-la.

– Não preciso? – Levanto meu olhar até ele. – Sou a Buscadora. Tenho um destino... e uma longa lista de deveres que vem com isso.

A expressão de Chay se suaviza enquanto ele remexe na cabeça do lobo de prata que usa no pulso.

– Dois Buscadores não são iguais. E, se vale alguma coisa, Paloma já esteve no seu lugar, lutando para encontrar seu caminho depois que a mãe faleceu.

Sento-me um pouco mais ereta, ansiosa em saber mais sobre a história que Paloma nunca me contou.

– Sei tão pouco sobre isso. Ela raramente falava sobre essa época.

– Paloma não gostava de viver no passado. – Sua atenção vai do lobo até o intrincado anel de prata com cabeça de águia que ele usa no dedo.

Assinto, sabendo que provavelmente eu não deveria sequer fazer isso. Mas, agora que ele mencionou, não posso deixar de perguntar:

– Como ela era naquela época? Como se conheceram?

Seus lábios se curvam bem de leve, enquanto ele inclina a cabeça para trás e permite que sua mente vague até o passado. Por um breve instante, posso imaginar como ele devia parecer naquela época. Alto, moreno e bonito de um jeito robusto deve descrever bem.

– Sinto como se sempre tivesse conhecido Paloma. – Sua voz é suave, como se saboreasse a lembrança. – Ela era muito parecida com você, na verdade. Bonita. Forte. Capaz. E, lamentavelmente, insegura de si mesma. – Ele abre um sorriso, volta seu olhar para mim. – Mais tarde, logo depois de perder Alejandro e descobrir que estava grávida de Django, a força profundamente enraizada em todos os Buscadores começou a brilhar.

– Foi quando se apaixonou por ela?

Seu olhar se torna distante.

– Apaixonei-me por ela muito antes disso.

– Ela sabia? Você contou para ela?

Ele sorri de um jeito que forma vincos em suas bochechas e uma coleção de rugas se espalha ao redor dos olhos.

– Ah, tenho certeza de que ela sabia. Não é como se eu fosse capaz de bancar o indiferente. Mas eu era só um de muitos. A maioria de nós tinha uma coisa por Paloma naquela época. Mas terminei a escola mais cedo e fui para a faculdade, e, enquanto eu estava fora, ela se apaixonou por Alejandro. Então me resignei a ficar feliz por ela ter encontrado alguém digno.

Fico sentada por um momento, me perguntando se eu poderia fazer o mesmo por Dace. Ficar feliz por ele encontrar alguém, alguém digno. Embora eu gostasse de pensar que sim, tenho quase certeza de que estou apenas me iludindo. Vê-lo feliz com outra garota seria um fardo terrível, que não sei se poderia suportar.

– Para aqueles que são pacientes, a vida tem um jeito de compensar. – Encontro o olhar dele, percebendo tarde demais que ele estava observando meu devaneio. – Paloma e eu partilhamos muitos anos bons. Prefiro me concentrar no tempo que passamos juntos em vez de no tempo em que estivemos separados.

– Você disse que Paloma era insegura como eu, mas é difícil imaginá-la se sentindo assim. Quando ela mudou? Qual foi a coisa que instigou isso?

A pergunta traz outro sorriso ao seu rosto, embora eu não possa imaginar o motivo.

– Ainda que eu não possa apontar uma coisa do jeito que você gostaria, posso dizer que a confiança é, em geral, o prêmio por correr o risco de ser você mesma.

Tamborilo com os dedos nos braços da cadeira e levo um instante para digerir aquilo.

É possível que eu esteja tão focada em ser como Paloma que perdi a mim mesma de vista?

– Nenhuma pessoa é como outra… assim como nenhum Buscador é como outro. Paloma se concentrava em suas forças e não se punia por suas fraquezas.

– Então está dizendo que eu devia seguir esse exemplo?

– Há exemplos piores.

– Mas e se eu não souber quais são minhas forças? E se me sinto tão sobrecarregada, tentando cuidar de tudo que... – Detenho-me antes que me desfaça em um gemido sem fim. Mudando a abordagem, digo: – Acho que preciso de um manual de instruções.

Chay joga a cabeça para trás e dá uma gargalhada – um som que vem lá do fundo da alma, e fico feliz em saber que ele ainda é capaz disso.

– Você não precisa de um manual de instruções. – Ele se levanta do sofá e faz um sinal para que eu o acompanhe. – Mas eu aposto que você precisa de um bom jantar.

Chay me leva a um restaurante fora da cidade, onde parece conhecer todo mundo.

– Isso é como jantar com uma celebridade – digo, depois que a garçonete o adula e anota nossos pedidos. – E eu devia saber, já que jantei com algumas.

– Como único veterinário em um raio de oitenta quilômetros, você tende a conhecer algumas pessoas. – Ele coloca o guardanapo no colo, e eu faço o mesmo. Alguns momentos depois, quando a garçonete volta com duas saladas, não posso deixar de sorrir.

– Desde quando esse é o seu *de sempre*? – Espeto o garfo em um leito de folhas verde-escuras. – Está de dieta?

– Nunca. – Ele leva o garfo à boca. – Só estou fazendo escolhas mais conscientes, acho. Parece que os sermões de Paloma fizeram efeito.

Concentramos-nos em nossas refeições. Nós dois felizes por comer num silêncio satisfeito, confortável, até que Chay abaixa o garfo, limpa a boca no guardanapo e diz:

– Quando foi a última vez que viu Dace?

Empurro meu prato e me recosto no encosto de vinil.

– Ontem, quando ele passou para dizer adeus. Acho que sabe o motivo.

Ele gira o anel de águia no dedo. Os cantos da boca baixos, o olhar sombrio.

– Sinto muito.

Levanto os ombros em resposta, tento fazer uma expressão de coragem.

Comer com Chay na lanchonete de beira de estrada me lembra do dia em que nos conhecemos, sob circunstâncias similares. Eu estava assustada e insegura, encarando um futuro que não podia sequer imaginar. E ele foi o sábio conselheiro, cuja simples presença foi o bastante para me incutir o conforto tão necessário. Depois de tudo pelo que passamos, é bom saber que esse sentimento ainda existe.

Ele me observa de perto, tentando determinar a diferença entre a verdade dos meus sentimentos e a ficção dos meus atos.

– Está reagindo bem.

– O melhor que posso. – Minha resposta é propositalmente vaga. Depois de ver as reações dos meus amigos com minha relutância em me manter longe de Dace, estou um pouco nervosa sobre como abordar Chay.

Ele abaixa o olhar, tira a carteira do bolso, e percebo que não estou pronta para partir desse jeito.

– Mas um conselho seria muito apreciado.

Ele joga um maço de notas na mesa e, sem hesitar, diz:

– Não perca seu foco.

Aperto os olhos, incerta do que ele quer dizer.

– Não perca de vista o que mais importa.

– E o que é?

– As pessoas que dependem de você para mantê-las a salvo dos Richter.

Abaixo o olhar, lendo nas entrelinhas.

– Em outras palavras, não deixar que meu amor por Dace… que minha fantasia de que eu sozinha posso mudá-lo… domá-lo… matar a besta dentro dele e fazê-lo voltar a ser o Dace que conheço e amo… não deixar que isso interfira no caminho de ser a Buscadora que nasci para ser. É o que está dizendo? – Suspiro, tendo esperado por isso, mas ainda me sentindo desapontada por ouvi-lo ecoar o mesmo sentimento de todos os meus amigos.

Meu olhar encontra o seu, vendo a confirmação bem ali em seus olhos. Assim como meus amigos, a fé dele em mim está vacilando.

Embora eu hesite em questionar sua sabedoria – em parte porque ele é Chay e sempre confiei em seus conselhos, em parte porque ele leu os ossos com a mesma clareza que Dace –, nossas opiniões conflitam.

– Chay, uma vez você disse que Paloma entendia que um grande privilégio vem com uma grande responsabilidade. Que ela nunca se prendia às suas tragédias, do mesmo jeito que não se regozijava com seus triunfos. Ela permanecia firme, humilde e no presente, com um olho fixo no horizonte em frente...

Seus olhos se estreitam, presumivelmente se lembrando da noite na casa de Pé Esquerdo, não muito tempo atrás.

– Bem, é exatamente o modelo que estou tentando seguir. Então, acho que o que estou tentando dizer é que tenho toda a intenção de fazer a coisa certa para todos vocês... e isso inclui Dace. – Minhas mãos se retorcem no meu colo, insegura de como ele vai reagir, mas isso precisa ser dito. – Todo mundo está me dizendo para desistir dele, para abandoná-lo sem olhar para trás. Não posso fazer isso. Não vou fazer isso.

Busco o rosto de Chay, mas ele está impassível, difícil de decifrar. Então espero por vários segundos enervantes, até que ele elabora uma resposta.

– Embora isso pareça bom na teoria, a pergunta é: tem certeza de que é a coisa certa a se fazer?

– É tudo o que posso fazer. Não há outras opções, até onde eu sei.

– Bem, então você fez a sua escolha.

Trocamos um longo olhar que é interrompido pelo barulho do ajudante removendo nossos pratos e pelo som do meu celular tocando.

Levo um momento para ler a mensagem, volto-me para Chay e digo:

– O que você fez com aquela turmalina?

Ele se encolhe para frente, desliza os cotovelos na minha direção, e responde minha pergunta com um olhar preocupado.

– Preciso dela.

Seus olhos ficam semicerrados, sua voz, rouca.

– Impossível. Não está pronta. Pode ser que nunca fique pronta.

Dou de ombros.

– Mesmo assim, preciso dela.

– Daire, tem ideia do que está pedindo? – Ele esfrega os lábios um no outro, balança a cabeça. – Se eu lhe der a turmalina agora, estarei colocando-a em grande perigo. A maldição que Cade incorporou ainda está nela. Os ganchos são os mais intensos que Pé Esquerdo e eu já vimos. Não está nem de perto totalmente limpa. Nem temos certeza se pode ser regenerada.

Faço uma pausa por um instante, assegurando-me que ele já terminou, antes de continuar:

– Ainda que eu entenda o que está me dizendo, a coisa é que fiz alguma pesquisa por conta própria. Sabia que as turmalinas azuis são tradicionalmente consideradas pedras xamânicas? São usadas em rituais há séculos. Especificamente para proteção, mas também para indicar ao xamã ou Buscador, como somos conhecidos agora, a direção da segurança em tempos turbulentos.

– Estou ciente disso. Também estou ciente da ironia de Cade ao usar exatamente essa pedra contra Paloma.

– Ele acha que foi o final da piada, mas não está nem perto disso. – Aceno com a mão, ansiosa para deixar o passado para trás em prol de um futuro que ainda pode ser construído por mim. – Turmalinas azuis também são usadas para ativar o terceiro olho, já que proporcionam clareza, direção e aumentam a intuição.

Chay me dá um olhar impaciente.

– Daire, aonde quer chegar?

– Preciso dela. Não me importa se não está pronta. Preciso daquela pedra agora. Assim que a conseguir para mim. Estamos correndo contra o tempo.

– Não posso fazer isso. Não vou me arriscar a torná-la vítima de Cade.

Inclino-me na direção dele, olho bem em seus olhos. Ainda que lamente essa abordagem, a relutância dele me deixa sem opções.

– Sinto muito dizer isso, mas, se você não me der, vou pegá-la eu mesma. Sei que suas intenções são boas. Sei que só está cuidando de mim. Mas este é um risco que tenho de correr. Com ou sem sua bênção.

– Posso perguntar para que isso? E por que a urgência?

Relaxo em meu assento, sabendo que venci.

– Vi Marliz usar o anel de turmalina para conseguir acesso à Toca do Coelho. Também descobri que fortaleceram o edifício com ônix negro, tornando-o mais forte, mais resistente e assegurando que a energia de seus ancestrais permaneça contida naquelas paredes. Eles não estão construindo a mesma velha Toca do Coelho; eles têm uma maciça reforma mística planejada. O lugar é encantado; bloqueado e protegido por mágica. Pelo que vi, a posse de uma das turmalinas azuis deles é o único jeito de entrar, e preciso entrar lá antes da festa, para poder localizar o vórtice. Com uma remodelagem tão extensa, não vai ser fácil de achar.

– Eu lhe darei outra turmalina, então. Uma que não tenha sido amaldiçoada.

– Não acho que outra pedra funcione. Tem que vir deles.

– Mas, se a pedra estiver conectada a eles, saberão que você está lá.

Levanto os ombros, prendo uma mecha de cabelo atrás da orelha.

– É um risco que estou disposta a correr.

Ele mantém meu olhar por um momento, então dá um suspiro de rendição e se levanta da mesa.

– Além disso, acabo de receber uma mensagem de Lita. Ela seguiu Cade. Dace estava com ele.

Chay volta para seu assento, me dá um olhar sóbrio.

– Então já começou. – Seu rosto é cansado, sua voz, resignada.

– Duvido. Dace nunca uniria forças com os Richter. Se ele estava lá, existe um bom motivo.

– Daire, se Dace está sendo comandado pela besta, então as escolhas que ele faz não são mais dele.

– Acho que isso ainda precisa ser comprovado.

Outro impasse. Chay suspira e diz:

– A pedra está profundamente enterrada na base de uma das nossas montanhas. Vai levar grande parte da noite para recuperá-la. – Nossos olhos se encontram. – Mas farei isso. Levarei Pé Esquerdo e Cree como companhia.

– Obrigada. – Deslizo para fora do banco, virando-me a tempo de vê-lo olhando para mim de um jeito que não consigo entender.

– Paloma ficaria orgulhosa. – Aperto os olhos. – Embora eu possa não concordar com suas escolhas, não há dúvidas de que você acaba de dar o primeiro passo real na direção de confiar em seus instintos. Há um velho ditado que diz que quando você conquista seus medos, conquista sua vida. Vamos esperar que seja verdade no seu caso.

Sorrio, me sentindo extremamente orgulhosa.

– Há outro velho ditado que diz que a raiva é como beber veneno e esperar que outra pessoa morra. – Ele passa um braço ao redor dos meus ombros e me leva até a porta. – E, com isso em mente, eu lhe darei aquela pedra com uma condição. – Ele abre a porta e me guia noite adentro. – Que você limpe seu coração do ódio pelos Richter, especialmente por Cade.

Paro ao lado da caminhonete dele, certa de que ele deve estar brincando. Mas um olhar para seu rosto me diz que ele está fazendo qualquer coisa, menos brincando.

– Não tenho certeza se isso é sequer possível.

– Então é melhor encontrar um jeito de tornar isso possível, porque você está dando vantagem a eles. O ódio que tem por eles está abrindo um buraco em seu coração, que servirá como um portal. Permitirá que eles tenham acesso para controlá-la de maneiras muito mais eficientes do que qualquer pedra seria capaz. O ódio tem um jeito insidioso de assumir o controle… mas só se permitirmos. Então, não ouse permitir isso.

Dezenove

Daire

Embora eu não achasse possível, Axel parece mais perturbado do que Lita e Xotichl ao saber do encontro de Dace com Cade.

Ele caminha pela sala de um lado para o outro, sem parar.

– Eu o guiei desde o dia em que nasceu. Nunca houve qualquer indício de que chegaria a isso. Nenhum aviso, nada. Mesmo depois do que ele nos contou, acho que ainda me agarrava à esperança secreta de que não fosse tão mal, que ele fosse poupado de algum modo. Mas a evidência fala por si mesma.

– Como isso funciona exatamente? – Xotichl dobra os pés por sobre as pernas. – Como alguém é atribuído a um guia?

– Sim, e você conhece o meu? – Os olhos de Lita se iluminam. – Quero dizer, agora que está aberto a falar sobre isso... quero dizer, está aberto, certo? Já que foi você quem tocou no assunto.

Axel olha para o chão.

– Não posso discutir isso. É... sagrado.

– Mas você não é mais parte do time, lembra? Não é nem mesmo reserva. Para todos os efeitos, foi demitido.

Ele suspira. Incapaz de resistir a ela, diz:

– Mesmo como guias, não somos criados perfeitos.

– Mas você era mais do que um guia, certo? Você era um Místico.

– Mesmo assim, como eles, eu tinha minhas próprias peculiaridades a serem superadas. E, então, muitas vezes nos são atribuídos encargos com problemas semelhantes.

– E quais eram seus problemas? Quais são os problemas de Dace? – Pergunto, esperando uma nova perspectiva, um novo ângulo que eu não tenha notado.

– Ambos temos o coração rebelde.

Fico sentada, tentando decidir se aquilo é uma coisa boa ou má.

– Somos ansiosos para agradar, mas só até certo ponto. Temos um sentido feroz do que é certo e errado e faremos o que for preciso para proteger isso.

Nossos olhos se encontram, e sei em que ele está pensando. *Dace está sendo guiado pela besta – seus limites morais estão confusos.*

Mas vejo isso de um modo diferente. A luz de Dace sempre foi uma de suas características mais particulares – recuso-me a acreditar que isso possa ser apagado com tanta facilidade. Mas, quando partilho o pensamento com meus amigos, eles respondem com o mesmo olhar perturbado que já estou me acostumando a ver.

– Não esqueçam, Dace é uma alma partida – insisto. – Ele é a metade boa, a metade iluminada, enquanto Cade é a metade sombria.

– Não é mais assim... – Lita murmura baixinho, fazendo que todos se remexam, desconfortáveis.

– O potencial para escolher a escuridão sempre esteve ali – Axel diz. – Ele teve livre-arbítrio. Mas sempre escolheu ficar longe. Até...

– Até que cheguei à cidade.

– Estava predestinado. – Ele dá de ombros. – É claro, eu não sabia disso naquela época.

– Então, se você não tinha um mapa – Xotichl pergunta –, como sabia que devia estar no Mundo Inferior na véspera de Natal para salvá-lo? Só para acabar salvando Daire em vez disso.

– Em geral, não temos nenhum sinal até alguns momentos antes. Não há muito tempo para se preparar. Mas eu estava preocupado com Dace há dias. Não gostava do jeito que as coisas estavam se encaminhando, então fiz o que era proibido... espiei o Livro da Alma dele.

Nós o encaramos de olhos arregalados.

– Então isso existe! – Xotichl exclama, fazendo que todos voltemos nossas atenções para ela. – Dizem que todo mundo tem um. É um registro de tudo o que já foi, é e será. Paloma me contou isso ainda no início dos ensinamentos dela.

– Ah, é real. – Axel confirma. – E estritamente proibido para alguém como eu.

– Mas o Livro da Alma dele devia estar errado. – Lita diz. – Porque Daire morreu no lugar de Dace.

– As palavras contêm energia, e a energia está sujeita à transformação e à mudança. Nossos pensamentos guiam nossas ações, o que, por sua vez, determina a vida que levamos. Toda ação tem uma série de prováveis reações ou resultados...

– E Dace decidir roubar um pedaço da alma de Cade mudou seu futuro?

– Parece que sim.

– Foi quando você decidiu olhar? – Lita pergunta.

– Falhei naquela noite. Entendo a motivação dele, mas tentei ao máximo incentivá-lo a não fazer aquilo. Mas ele foi bom em fazer que eu me calasse, e deu aquele salto sem olhar para trás. Logo depois daquilo, dei uma olhada no livro dele, e vocês sabem o resto.

– E quanto ao seu livro? Você tem um? E, se tem, o que diz sobre mim... sobre nós? – Lita se senta mais ereta, ansiosa para ter um vislumbre do futuro deles.

– É como eu disse, a energia está sujeita à mudança e à transformação. Nada é escrito sobre pedra... – Sua voz vagueia, assim como seu olhar.

Lita franze o cenho, seus ombros desinflam, e, imaginando que poderíamos aproveitar a distração, digo:

– Bem, a boa notícia é... – Faço uma pausa, até ter certeza de que tenho a atenção deles. – Jennika acaba de terminar um filme, e a *designer* de moda concordou em nos emprestar alguns dos vestidos que foram usados para irmos à festa da Toca do Coelho.

Como era de se esperar, o rosto de Lita se ilumina, embora o de Xotichl fique cético.

– E as más notícias? Pode botar para fora também. Estamos em Encantamento. Más notícias são nossa especialidade.

– A má notícia é que temos muito trabalho a fazer antes de estarmos preparados para encarar os Richter. Estão todos prontos para um pouco de treino?

– Estou nessa. – Lita vai até o baú, mas, antes que possa abri-lo, a campainha toca, o que é tão inesperado que todos nos detemos e ficamos paralisados.

Axel é o primeiro a responder; determinado a se fazer útil por morar sem pagar aluguel, ele se autonomeou uma espécie de mordomo/assistente. Mas não demora muito até que ele me chame:

– Daire, é melhor você ver isso.

Corro da porta até a varanda, só para encontrar outra caixa branca brilhante amarrada com o mesmo tipo de fita cor de sangue da última vez.

– Que criatura morta ele nos deixou desta vez? – Lita replica, enquanto me ajoelho ao lado da caixa, e Axel segue a pista do Coiote, confirmando dois rastros separados, da entrada e da saída.

– Você não vai abrir, vai? – Auden pergunta.

– É claro que ela vai abrir – Xotichl diz. – Ela tem que abrir! – Então, ao me ver hesitar, ela acrescenta: – Você vai abrir, certo?

Confirmo com a cabeça. Mas, em vez de desembrulhar do jeito normal, utilizo a magia na qual estou me apoiando para praticamente tudo nos últimos dias, num esforço para deixar minhas habilidades em forma.

– Não importa quantas vezes eu veja isso, ainda me assusta. – Lita estremece enquanto desamarro a fita e levanto a tampa da caixa usando apenas minha intenção.

Desta vez, o que quer que esteja dentro da caixa está escondido por várias camadas de delicado papel de seda, que desdobro com as mãos, só para encontrar a mais bela máscara de penas negras de corvo, feita à mão, no fundo da caixa.

– Ah, meu Deus... é linda! – Lita cobre a boca com a mão, percebendo o que acaba de dizer. – Quero dizer, sei que é de Cade, mas você tem de admitir que ele tem bom gosto.

– Talvez não seja de Cade – Xotichl diz, olhando primeiro para a máscara, depois para mim. – E se for de Dace? Você tem ao menos que levar isso em conta, vendo como ele se aliou aos Richter.

– Uma visita não significa uma aliança. – Replico, me sentindo mal com o tom rude da minha voz no momento em que as palavras saem, mas estou realmente cansada de ouvir todo mundo falar mal dele. Se, por acaso, ele estiver se tornando mau, dificilmente é culpa dele. Ele fez uma escolha com a mais nobre das intenções, sem entender completamente as consequências. Se ele pudesse voltar atrás, voltaria. Se pudesse controlar a besta, ele também o faria. Mesmo assim, recuso-me a acreditar que ele seja capaz de agir contra mim, me mandando um presente enigmático como esse sem nenhum bilhete.

– De quem quer que seja, a questão é: o que vai fazer com isso? – Auden pergunta. Tiro a máscara da caixa e a seguro diante de mim.

– Você vai ficar com isso? – Lita dá um olhar atravessado para mim.

– Por enquanto. – Coloco novamente na caixa e ajeito os papéis de seda ao redor.

– Você vai usar isso? E se estiver amaldiçoado? Ou pior? – Xotichl diz.

– Acho que deixaremos que o pêndulo decida. Venham. – Eu os levo para dentro. – Temos um treinamento para fazer, e esse é um jeito tão bom quanto qualquer outro para começar.

vinte

Dace

Quando chego à Toca do Coelho, o capanga que guarda a entrada começa a me aborrecer, até que levanto meus óculos de sol, permitindo que ele veja meus olhos vermelhos brilhantes, e ele acena para que eu entre.

Acho que Cade preferiu ignorar meu pedido.

Outro arrependimento que ele terá de acrescentar à sua lista cada vez maior.

Passo pelo tapume que está prestes a ser demolido e entro. Mal passei pela entrada e já fiquei atordoado, em silêncio. O espaço é tão novo e melhorado que não tem qualquer semelhança com o antigo que foi demolido. Todos os vestígios do bar velho e gasto foi erradicado com sucesso, resultando num estabelecimento moderno e elegante no lugar, com um *design* minimalista e *top* de linha.

Um tipo de covil luxuoso do Coiote.

As paredes são uma mistura terrosa de carvão e marrom. Os pisos são feitos de quartzo. Altas esculturas de metal com formato que lembram árvores se projetam dos cantos, dando ao espaço um ar descolado, natural.

Movo-me entre uma fileira de banquetas baixas de pelúcia e mesas esculturais de alumínio que parecem terem sido esmagadas por mãos humanas. Noto que o único símbolo familiar no recinto é a insígnia do Coiote vermelho marcando a área do bar.

– Então, o que acha?

A voz é de Leandro, e espero alguns segundos antes de responder.

– Uma melhoria definitiva. – Viro, permitindo que meu olhar cubra a extensão do rosto dele, por trás das minhas lentes escuras. Busco alguma semelhança comigo em seu cabelo escuro liso e olhar astuto. Ainda que ele nunca tenha sido um pai para mim, não há dúvidas de que ele me gerou. Acontece que temos mais em comum do que podíamos imaginar. – Então, você sobreviveu à explosão. – Digo. Nada como começar com o óbvio. Além disso, ainda que eu tenha vindo aqui com um objetivo, é melhor não me apressar.

– Duvidou de mim? – Ele estala o pescoço e me observa com olhos experientes. Sua desconfiança está clara na expressão de seu rosto.

Dou de ombros. Enrosco os polegares nos passadores de cinto, buscando uma atitude descolada e casual.

– Há muita gente que esperava que você tivesse perecido.

– Ah, eu não diria *muita*. – Ele dá uma gargalhada, mas o som é oco, de curta duração. – Embora eu tenha certeza de que haja alguns. O que me leva a me perguntar... você estava entre eles?

Fixo meu olhar no dele, surpreso em descobrir que a resposta vem rapidamente. Não é nem um pouco complicada, e surpreendentemente genuína.

– Que tipo de filho desejaria uma coisa dessas?

O olhar dele se estreita, buscando sinais de falsidade, zombaria, mas ele não encontrará nada disso. Estou feliz que ele tenha sobrevivido. Mais do que poderia imaginar. Ainda que, pelo jeito, Leandro seja difícil de convencer.

– Temo que essa seja uma venda mais difícil do que você pensa.

– Por que eu mentiria?

– Pelo mesmo motivo que a maioria das pessoas mentem para mim: para conseguir algum favor especial.

– Não estou em busca de favores.

– Não está? – Sua testa se contrai e se levanta, seus lábios ficam apertados. – Não é isso que eu ouvi dizer. Cade me avisou que você viria. Diz que quer seu antigo emprego de volta.

– Então Cade é um mentiroso.

Leandro fica tenso, seus dedos se curvam de leve, mesmo assim, não há como negar que sua curiosidade foi aguçada.

– Não tenho interesse algum em ser outro empregado mal-pago.

Ele apoia o peso do corpo nos calcanhares, me dá um olhar avaliador.

– Então, o que tem em mente?

– Quero o aumento de salário que você me prometeu na véspera do Ano Novo.

– É isso? – Seus olhos se enrugam, divertidos. – Diga-me, Dace, o que planeja fazer para merecer isso? Que tipo de serviço está pretendendo fazer?

– O que quer que seja necessário. Você é o chefe, você me diz. – Levo um momento para olhar ao redor, tentando estimar quanto aquela reforma deve ter custado. Sem dúvida, um bom tanto. Mesmo assim, os Richter são ricos além de qualquer medida. Qualquer que seja o valor, eles podem bancar.

– Acontece que não foi muito que saiu dos nossos bolsos. – Leandro tenta parecer como se tivesse lido meus pensamentos, quando, na verdade, nós dois sabemos que foi minha linguagem corporal que me entregou. – Felizmente, tínhamos um bom seguro. Não que seja da sua conta.

– Não?

Um grupo de operários passa, fazendo ajustes de última hora na localização dos móveis, no ângulo das luzes, enquanto Leandro se inclina para mais perto de mim e me diz:

– Está planejando herdar ou reivindicar uma parte dos lucros?

– Sim para ambos. – Encontro seu olhar. – Imagino que depois que você morrer, pelo menos a metade seja minha. Não esqueça: sou parte Richter.

– *Mas não a metade que conta*. Como você colocou de forma tão eloquente na véspera de Ano Novo. – Ele inclina a cabeça para trás, me olha por sobre o nariz. – Ainda que eu ache tudo isso muito intrigante, temo que esteja testando minha paciência. Sou um homem ocupado. Tenho um clube que vai ser reaberto e uma lista extensa de coisas a fazer bem antes disso. Sem contar a responsabilidade de governar nesta cidade e cuidar dos cidadãos que dependem de mim para seu bem-estar. Então, por que não vai direto ao ponto. Quer um emprego, é isso?

– Para começar. – Concordo com a cabeça.

– E por que eu contrataria você quando, pelo que ouvi dizer, o posto de gasolina acaba de demiti-lo? Se não consegue lidar nem com esse tipo de trabalho rude, o que o faz pensar que quero você trabalhando no meu estabelecimento?

Abaixo a cabeça, encaro meus pés, imaginando que é melhor permanecer em silêncio do que sair em minha defesa. Se Leandro sente necessidade de demonstrar sua autoridade e me mostrar quem é o Coiote alfa, que assim seja. Estou bem por guardar minhas cartas até que seja o momento de usá-las.

– Desculpe minha desconfiança – ele prossegue. – Mas não faz muito tempo que você não queria coisa alguma comigo. De fato, se não estou enganado, e tenha certeza de que nunca estou, você achou adequado me ameaçar, indo longe o bastante para dizer: *Sou o erro que você viverá para lamentar*.

Ele faz uma pausa, dando-me um tempo longo para me explicar. E já que não é possível negar o que ele disse, levanto os ombros e admito.

– Isso foi naquela época. Agora é agora.

– Sim? E o que mudou exatamente?

– Muita coisa mudou. Eu mudei.

– O quê, especificamente? – Ele transfere o peso do corpo de um pé para o outro, dá uma olhada em seu relógio de ouro reluzente, assinalando que estou a poucos segundos de perder sua atenção para sempre.

– Especificamente... isso. – Levanto os óculos de sol até a testa, revelando um par de olhos vermelhos brilhantes. – Acontece que não pude controlar meu destino como pensei. Não há como deter isso. Não dá para lutar contra isso. Então, imaginei que, se isso é o que devo ser, é hora de aceitar.

Leandro se aproxima, sua expressão é tão desprotegida quanto jamais vi. Levanta a mão até meu rosto, sussurra uma série de palavras que não entendo no início. Só alguns momentos mais tarde, repetindo-as em minha mente, que percebo que ele está dizendo: *filho... meu filho*, enquanto olha para mim com uma espécie de reverência normalmente reservada para os santos.

Embora eu ache que, para Leandro, meu coração enegrecido e minha alma manchada têm um apelo parecido.

– Eu sabia. – Ele está paralisado pelo meu olhar. – Eu sabia quando o vi na última véspera de Ano Novo. Apesar de sua presunção, eu podia sentir a besta crescendo dentro de você. Eu sabia que não demoraria muito para que ela se fizesse conhecer... e, agora, isso.

Ele coloca uma mão em cada lado do meu rosto, os polegares pressionando minhas têmporas. Esse toque simples e singular é o bastante para me infundir um arcabouço de segredos esotéricos e conhecimentos misteriosos, até que toda a história das artes negras passa a correr através do meu sangue. Muito daquilo não é nenhuma surpresa, considerando as vezes incontáveis que escutei as conversas privadas dos anciãos quando era criança. Mesmo assim, ver isso se desdobrar em primeira mão e descobrir que os sussurros eram verdadeiros é algo inteiramente diferente.

A fim de ser completamente iniciado nas artes negras – seja para ser um *skinwalker* ou, no meu caso, para fazer a transição completa para a besta malévola que estou destinado a ser –, matar um parente é o preço da admissão.

Acontece que esta é a coisa mais útil que Leandro partilhou e pode muito bem ser a última escolha consciente que serei capaz de fazer antes que a besta me domine inteiramente.

É um ato que nenhum Richter jamais alcançou. Como Pé Esquerdo disse certa vez, Leandro não está disposto a perder nem mesmo o Richter mais obtuso. O que explica por que as transições de Cade são sempre temporárias. Nenhum deles jamais esteve disposto a ir até o fim – até agora.

Tenho toda a intenção de ser o primeiro.

E sei exatamente por onde começar.

– Pai. – Aperto sua mão na minha. Nós dois estamos unidos em uma solidariedade silenciosa, quando Cade o chama do outro lado do salão.

Primeiro Leandro o ignora, mas isso só faz Cade chamá-lo mais alto.

– O que você quer? – Leandro urra, sem fazer esforço algum para disfarçar sua irritação.

– O que quer dizer com *o que eu quero*? Que raios está fazendo com *ele*? – Cade cruza o salão rapidamente, com a voz cheia de indignação diz: – Não está considerando seriamente dar o emprego de volta a ele, está?

– É claro que não. – Leandro dá ao filho um olhar superficial, longo o bastante para vê-lo relaxar visivelmente, antes de voltar a atenção para mim. – Vou dar a ele o seu emprego.

– Que raios...? – Cade gagueja. Está tão furioso com a situação que mal consegue dizer as palavras. – Está ficando louco? Dace nos odeia! Ele quer nos destruir! Ele está trabalhando com a Buscadora. Eles planejaram isso todo esse tempo, e você está caindo bem nas mãos deles!

Leandro me encara de frente.

– Isso é verdade?

– Era. – Levo um instante para olhar para Cade, deleitando-me com a expressão de derrota estampada em seu rosto. – Mas não é mais. – Meus olhos vermelhos brilhantes confirmam o que as palavras não fizeram.

Leandro se volta para Cade e com a voz cheia de ódio diz:

– Limpe seu escritório e dê espaço para seu irmão. Depois que terminar, vá até o pessoal da cozinha e ofereça ajuda.

– Não, sem chance. – Cade está furioso e com o rosto vermelho. – Venho trabalhando muito duro para deixar que estraguem tudo!

– Não? – Leandro zomba. – Não? E o que vai fazer a esse respeito? Vá em frente, mostre-me por que eu não devo escolher seu irmão em vez de você. Já faz muito tempo desde que eu ou qualquer outra pessoa, diga-se de passagem, viu o real você.

Ainda que ele se sinta impulsionado por seu ódio por mim e pela determinação verdadeira de provar a Leandro o seu valor, o rosto de Cade escurece, seu corpo treme e sacode. Reunindo tudo o que tem para se transformar, a metamorfose, que antes acontecia com tanta facilidade que ele mal podia controlar, não acontece mais.

– Bem como pensei. – Dando ao filho um olhar de desprezo flagrante, Leandro balança a cabeça e o empurra de lado. – Eu tinha grandes esperanças para você, mas claramente superestimei suas habilidades.

– Isso é besteira! – Cade grita. – É o pior tipo de truque, e você está caindo nessa! Dace está…

– Dace é a razão pela qual você está aqui hoje. Jamais se esqueça disso. – Leandro olha ameaçador. Sua raiva é tão palpável que posso realmente senti-la fluindo de si. – Primeiro, você me causou um dano financeiro considerável quando inundou o mercado de turmalinas. Então, mentiu sobre matar a Buscadora, e seu irmão também, para que conste. Depois colocou toda a família em perigo na véspera de Ano Novo, quando não conseguiu impedir que a garota e seu pai maluco explodissem o lugar, depois de me dizer para não me envolver porque você tinha tudo sob controle…

– Mas eu matei Paloma! Você realmente se esqueceu disso? Ou talvez esteja determinado a ignorar o fato porque está envergonhado ante o sucesso que tive com tanta facilidade onde você falhou!

Ainda que ele tenha razão, isso só serve para alimentar a raiva de Leandro. Ele abaixa a voz até um sussurro, o que é muito mais ameaçador do que qualquer grito jamais seria.

– Você cometeu o trágico erro de pensar que está um passo a minha frente, quando o fato é que você trouxe vergonha para esta família ao falhar de todas as formas possíveis. – Ele bate com força no peito do filho, humilhando Cade ao máximo. – Você não é mais útil para mim. Não é mais um membro reverenciado do El Coyote. Então, recomponha-se, lide com suas falhas e mostre um pouco de respeito pelo seu irmão. Pelo que posso ver, Dace é o único com alguma esperança de algum dia me substituir. – Mandando Cade embora com um aceno impaciente da mão, Leandro passa um braço pelos meus ombros e diz: – Venha, vamos até meu escritório para discutir os detalhes. Quando tivermos terminado, seu novo escritório deverá estar pronto.

vinte e um

Daire

Quando a campainha toca, eu instintivamente grito para Axel atender.

Lembro, tarde demais, que ele não está em casa.

Limpo as mãos no meu *jeans* cortado e sigo pela rampa. Só para encontrar Jennika lutando para passar pela porta.

– Mãe? O que está fazendo aqui? – Corro para ajudá-la. Ao mesmo tempo em que estou animada em vê-la, também estou aturdida pela capacidade que ela tem de me surpreender continuamente com suas visitas não anunciadas, do tipo emboscada.

– Eu disse que traria os vestidos para você – ela responde. As palavras são abafadas pelas três sacolas cheias de vestidos empilhadas em seus braços, tão altas que cobrem a maior parte de seu rosto.

– Você disse que *enviaria* os vestidos. – Eu a ajudo a descarregar tudo no sofá, antes de lhe dar um abraço.

– Trazer... enviar... qual é a diferença? – Ela sorri. – O principal é que estou aqui. E bem a tempo, devo acrescentar. O que não foi fácil... o trânsito estava um caos.

– Veio dirigindo?

– Desde o aeroporto de Albuquerque. Agora, deixe-me dar uma olhada em você. Faz muito tempo desde que meus olhos desfrutaram de um banquete na forma de Daire. – Ela se afasta, segurando-me com os braços estendidos, para me inspecionar melhor.

– E pensar que parece que foi ontem que conversamos pelo Skype. – Brinco, tentando não me encolher diante do brilho de sua análise avaliadora.

– Você parece cansada. – Ela declara as palavras com a mesma finalidade de um juiz lendo um veredito.

– Nada que um pouco de corretivo não possa arrumar. – Tento me soltar dela, mas ela coloca a ponta do dedo no meu queixo e me mantém no lugar.

– Não é o que eu quis dizer. Você está tão linda quanto sempre, e sua pele está incrível. Estou feliz em ver que está levando meus avisos a sério e usando protetor solar. Mas, por trás dos seus olhos, vejo um cansaço de alguém décadas mais velho. O que está acontecendo, Daire? Pensei que tivesse me dito que está tudo tranquilo no fronte dos Richter.

Desta vez consigo me afastar, e aproveito para dar uma olhada de relance em seu dedo anelar. Fico aliviada em confirmar que ela ainda está noiva.

Jennika tem o costume de escapar de qualquer coisa que sugira compromisso. E, nos últimos nove meses, desde que me mudei para Encantamento, a casa de adobe de Paloma tem lhe servido como refúgio sempre que as coisas ficam muito quentes entre ela e seu noivo.

– Como vai Harlan? – Pergunto, só para confirmar que ainda estão juntos.

– Bem. – Ela sorri e passa a mão pelo cabelo tingido com um tom louro bonito e suave, com mechas de amarelo amanteigado. Mas não dá para dizer quanto tempo essa aparência vai durar. Jennika muda a cor do cabelo mais frequentemente do que a maioria das pessoas troca os lençóis. – Ele teria vindo, mas está fora, fazendo um ensaio fotográfico em Goa.

– Vida dura. – Dou um sorriso nem um pouco convincente.

– Nem de perto tão dura quanto a sua. – Ela cruza os braços delicados sobre o peito e continua o inventário. Observa meus pés descalços com as unhas pintadas de um azul turquesa brilhante, o *jeans* cortado em *shorts*, a regata branca, o cabelo preso em um rabo de cavalo desleixado. Nada demais de se ver e, certamente, nada com o que se alarmar. Mesmo assim, ela acha adequado dizer:

– Daire, estou preocupada.

– Não precisa. Estou bem. – Giro nos calcanhares e sigo até a cozinha. Agradeço a Axel pela casa estar mais ou menos arrumada e pela geladeira estar realmente cheia. A última coisa de que preciso é que Jennika veja o caos em que minha vida se transformou. Mas, julgando pelo olhar que me dá quando lhe ofereço uma bebida gelada, ela não foi enganada.

– Quanto tempo vai ficar por aqui? – Pergunto, notando que ela não chegou com mala alguma. Mas, pelo que a conheço, todos os seus pertences mundanos devem estar enfiados no porta-malas do carro alugado.

– Ainda não decidi. – Ela coloca a mão no quadril e examina a sala. – Acho que depende de você. – Ela volta a atenção para mim, e não posso deixar de vacilar sob aquela análise intensa.

Posso matar demônios, encarar o pior dos Richter, mas é só minha mãe me dar um desses seus olhares que já fico sem ação.

Em janeiro passado, quando nos despedimos, foi com a condição de que eu manteria contato, que a manteria informada, e ela me deixaria fazer o que fosse preciso. Ainda que possa não gostar do fato de que eu seja uma Buscadora, ela parece aceitar que isso é algo no qual não pode interferir, algo que não pode mudar. Mas, agora, ainda que eu tenha mantido minha parte do acordo, ela se agarra à desculpa mais frágil que pode encontrar para aparecer no pior momento possível.

Jennika se acomoda na mesa da cozinha, toma um gole de chá gelado e me encara sem rodeios.

– Como vai Dace?

Superficialmente, a pergunta é simples, direta, sem nenhuma segunda intenção. Mesmo assim, essa é a pior coisa que ela podia ter perguntado. Dace se tornou um assunto delicado, e até meus amigos pararam de se referir a ele.

O que não quer dizer que eu não pense nele.

Porque penso.

Quase todos os instantes, todos os dias.

Dace sempre está comigo, latente sob a superfície. Mesmo assim, faz tanto tempo desde a última vez que falei sobre ele que não tenho certeza do que dizer.

Abafo um suspiro, me largo no assento diante dela, e decido seguir com a verdade.

– De verdade, não sei. Faz um tempo desde a última vez que nos falamos. – Meus ombros estão tensos, meus dedos se retorcem uns nos outros, apertados, enquanto espero que ela comece com a ladainha do *eu-não-disse-para-você.*

Jennika nunca foi fã de Dace. Desde o início, estava plenamente convencida de que ele tinha sido colocado nesta terra com o único propósito de partir meu coração. E, ainda que essa afirmação remeta, em grande parte, a seu próprio medo bem documentado de compromisso, é estranho como repete a profecia.

Levou muito tempo para Jennika aceitar. E, ainda que nunca tenha realmente apoiado nosso relacionamento, ela se resignou à ideia de nós dois juntos.

Mas, agora, com algumas poucas palavras, provei que ela estava certa.

Cutuco a parte de baixo da mesa, esperando que ela reaja. Jennika tem a tenacidade de um *pit bull*. Ficará feliz em permanecer sentada ali a noite toda, se for necessário, para me fazer contar toda a história.

– Dace e eu estamos dando um tempo. – Estremeço quando digo isso, esperando um de seus comentários sarcásticos. Mas, enquanto ela permanece em silêncio, acrescento: – É... complicado.

– Tente me explicar. – O diamante em seu nariz treme e brilha. Seus olhos verdes encontram os meus.

Engulo em seco, seguro a borda da mesa com tanta força, que os nós da madeira deixam marcas na minha pele. Não quero discutir isso. Não aguento dizer as palavras. E, mesmo assim, a próxima coisa que sei é que estou colocando toda a história sórdida para fora. As palavras saem tão rapidamente que nem tenho tempo de examiná-las.

A seu favor, Jennika se abstém de fazer qualquer comentário. Apenas concorda com a cabeça, bebe seu chá e suspira nos momentos apropriados, até que estou sem palavras, sem fôlego, e ela levanta o queixo e diz:

– Bem, e você sabe o que tem de fazer, certo?

Afasto-me da mesa, inclino a cadeira nas duas pernas de trás, do jeito que ela odeia.

– Sei o que vou fazer. E, se você é como todos os outros, não é nem de perto o que está pensando. – As palavras são afiadas, mas não tanto quanto a expressão acusadora em meu rosto.

Tenho certeza de que ela vai seguir o roteiro habitual. Usar minha história aflita para tripudiar, me dizer que sabia o tempo todo. Nunca esperei que ela fosse usar minha dor como um momento de aprendizagem para reforçar o quanto preciso terminar com meu namorado.

– Você age como se tivesse uma escolha, o que claramente não é o caso. – Ela passa lentamente o dedo pela borda do copo.

– Segundo quem? – Começo a dizer mais, começo a dizer algo que tenho certeza de que viverei para lamentar, mas então penso melhor e fico quieta. Ficar chateada não vai ajudar em nada. Só vai servir para provar que ela tem razão. Se ela pensa que estou sendo irracional, é meu papel provar exatamente o oposto.

– Se Dace está predestinado a ir para o lado sombrio... predestinado a matar você junto com todos os outros... então não consigo ver como você poderá mudar isso. É seu dever proteger os cidadãos de Encantamento, Daire, ou pelo menos essa é a história que você me contou. Se falhar em manter os três mundos em equilíbrio... bem, não posso nem imaginar o resultado. Há muito em risco... você não pode se permitir ser guiada pelo seu coração!

– É meu dever proteger os cidadãos de Encantamento, sim, e, caso tenha esquecido, isso inclui Dace! Minha nossa, Jennika, eu pensei que, entre todos, você seria a única que poderia entender. É bom saber que está contra mim também.

– Não estou contra você, Daire, estou simplesmente contra sua decisão. Acho que está sendo imprudente e que está perigosa e lamentavelmente equivocada, portanto imploro que reconsidere. – Ela se afasta da mesa e leva o copo até a pia. Apoiada contra o balcão azulejado, ela se volta para mim e diz: – Daire, eu sei que o ama. Sei que é seu primeiro amor, o que torna tudo muito mais poderoso. Mas, se a ouvi corretamente, então Dace não é mais Dace. Ele não é o garoto por quem se apaixonou. Está sendo corroído por esta... besta, como você a chama. E não vai demorar muito até que não reste traço algum dele. Você precisa lidar com isso agora, acertar isso na sua cabeça, antes que seja tarde demais. Precisa se preparar para as escolhas difíceis que virão. Precisa estar pronta para encarar o inevitável.

– Acho que é onde você e eu diferimos. Não acredito que seja inevitável. Posso ser novata no amor, mas se há uma coisa que aprendi é que o amor não conhece limites. Nem quando os limites são reais. Nem quando são verdadeiros. Os sentimentos que Dace e eu partilhamos jamais serão destruídos por uma besta ou qualquer outra coisa. Não somos como os demais. Não nos encaixamos em uma caixinha conveniente. Não podemos ser rotulados e catalogados tão facilmente quanto você gostaria. Dace fez isso por mim... para me ajudar a lutar contra os Richter. Ele agiu com a mais nobre das intenções, e planejo honrá-lo com o mesmo nível de sacrifício. Não vou matá-lo, e é tudo o que sei.

Jennika suspira. Seu rosto está tão resignado quanto sua voz quando diz:

– Sabe, tenho mil argumentos enumerados e prontos. Mas sei o quão teimosa você é... e sei que herdou isso de mim. Nunca serei capaz de convencê-la, serei?

Nego com a cabeça.

– Mas não significa que eu não continuarei tentando. – Ela ergue uma sobrancelha.

– Não tenho dúvidas disso.

– Então, vamos dar uma trégua... pelo menos por enquanto?

– Tenho feito muito isso ultimamente.

Acomodo-me em meu assento, certa de que o pior já passou, quando ela vai até a turmalina azul que deixei no corrimão que leva até meu escritório e exclama:

– Isso é o que eu acho que é?

Ela estende a mão para pegar a pedra, mas, antes que possa alcançá-la, uso telecinese para afastar a turmalina dela e puxá-la direto para minha mão, enquanto Jennika se vira para mim com uma expressão de descrença ultrajada:

– Responda-me, Daire.

– Sim. – Guardo a pedra no meu bolso dianteiro.

– Por que está aqui? O que você está fazendo com isso? E, mais importante, ainda é perigosa?

Respondo com uma expressão insegura.

– Entendo. – Seu rosto está tenso, sua voz, sombria. – E, mesmo assim, você acha adequado carregá-la por aí no bolso?

– É... complicado...

– Você já usou essa frase duas vezes. – Ela cruza os braços sobre o peito, senta com as pernas esticadas. Olhando por todo o comprimento do *jeans* branco justo, ela diz: – Pelo que vejo, a única coisa complicada aqui é o seu raciocínio. Primeiro, você me diz que seu namorado está destinado a destruir o mundo e todos nele, mas resolveu ignorar isso porque acredita que o amor prevalecerá. Então, acha normal sair por aí com a mesma pedra que foi responsável pela morte da sua avó. – Começo a responder, mas um aceno de sua mão é o suficiente para me silenciar. – Desculpe-me por dizer isso, mas não posso deixar de me perguntar se os dois fatos estão conectados e se não está tão devastada pelo que aconteceu entre você e

Dace que isso está atrapalhando seu julgamento e fazendo que assuma riscos insalubres.

– Não é nada disso. Você entendeu tudo errado.

– Bem, até que me dê uma explicação melhor, ficarei com a minha opinião.

– De verdade, *é* complicado. Nada é preto e branco. Nada é o que parece. É a regra fundamental em Encantamento, e parece que você se esqueceu disso. – Ela ergue uma sobrancelha, mas permite que eu prossiga. – Então, acrescente isso à lista de coisas que concordamos em discordar.

– Sinto muito, Daire, mas não posso ser tão simplista. O que aconteceu com minha filha sensível, até mesmo cética?

– Descobri recentemente o que eu já suspeitava há muito tempo... o ceticismo é superestimado e supervalorizado. É o escudo atrás do qual as pessoas se escondem, na crença equivocada de que isso as faz parecer bacanas, fortes e impenetráveis. Mas a verdadeira bravura não está em seguir a multidão ou em fingir não se importar... está em ousar acreditar em si mesmo e se manter fiel ao seu coração diante da divergência. A verdadeira coragem é entrar em apuros pela pessoa que você ama porque é a coisa certa a se fazer. – Jennika olha para mim com dureza, por muito tempo, mas se abstém de mais comentários. – Embora isso possa incomodá-la, embora possa achar isso desconcertante, meu percurso para salvar Dace não é nem um pouco tão tolo quanto você pensa. Sei o que estou fazendo, Jennika. Treinei duro e por muito tempo até chegar a este ponto. E, apesar da mágica que domino, apesar dos demônios que matei, apesar do mal que testemunhei em primeira mão, no fim, estou colocando minha fé no poder do amor. Tudo mais empalidece na comparação.

Fico parada diante dela, incerta do que vem a seguir. Embora eu tenha certeza de que não a convenci, parece que a silenciei. Mesmo assim, há uma coisa que precisa ser dita – uma promessa que preciso desesperadamente que ela faça.

– Só peço que não mencione a turmalina para meus amigos. – Meu olhar é suplicante. – Na verdade, por favor, não mencione isso para ninguém.

– Não é do seu feitio guardar segredos, Daire. – Ela estreita os olhos, sua desconfiança aguçada novamente.

– Não é um segredo. Ou, pelo menos, não inteiramente. Todos os anciãos sabem. Foi Chay quem me deu a pedra. Foi Chepi quem a transformou em um anel. – Jennika aperta os lábios. – Olhe, não vou mentir; não é como se eles tivessem oferecido. Mas acataram meu pedido.

– Espero que saiba o que está fazendo. – Ela dá um olhar cauteloso para meu bolso, como se pudesse ver a joia degradada através do *jeans*.

– Somos duas.

Ela me olha pensativa por um longo tempo. Embora minhas palavras não a tenham consolado, pelo menos foram honestas. O momento é interrompido pela comoção de Axel, Lita, Xotichl e Auden entrando pela porta da frente.

– Encontramos mais uma na varanda. Parece que está virando um hábito. – Axel deposita uma caixa branca retangular comprida e brilhante na mesa da cozinha, antes de notar a presença de Jennika.

– Você deve ser Axel. – Ela estende a mão antes que eu tenha a oportunidade de apresentá-los. – Da última vez que estive aqui, você estava invisível. Não pudemos nos apresentar adequadamente. – Diz isso com tanta facilidade que não posso deixar de ficar um pouco impressionada em ver o quão longe ela chegou. Há menos de um ano, ela evitava qualquer coisa que tivesse relação com o sobrenatural e queria me arrastar de volta para Los Angeles. Depois de cumprimentar Auden, ela abraça Xotichl e Lita. Comenta os óculos novos de Xotichl, sua capacidade de ver, e se afasta de Lita para dizer:

– Você está simplesmente radiante. Estar apaixonada cai bem em você.

Lita enrubesce, permitindo uma visão rara. Por mais que o momento seja doce, não posso deixar de estremecer, sabendo que a felicidade dela é temporária, na melhor das hipóteses.

– Falando em *amor*... – Lita acena com a cabeça na direção do pacote. – Se não o conhecesse bem, eu pensaria que Cade Richter está apaixonado por você.

– Isso é de Cade? – Jennika se move até o pacote, alternando o olhar entre mim, a caixa e meus amigos.

Deixo o comentário para lá, é ridículo demais para considerar, e uso minha mágica para desamarrar a fita e remover a tampa branca brilhante.

– Não importa quantas vezes eu veja isso, ainda é estranho. – Jennika esfrega as mãos nos braços e controla um arrepio, apesar do calor escaldante.

– Alguma carcaça de animal aí? – Lita fica na ponta dos pés para ter uma visão melhor, Xotichl dá um passo para trás, enquanto desfaço o delicado leito de papel de seda. Sem perceber, seguro a respiração até descobrir uma bela faixa de seda vermelha e soltar um suspiro profundo.

– Isso é um... vestido? – Jennika se inclina para mais perto, enquanto levanto o monte de tecido da caixa, segurando pelas alças de estilo grego, e liberto gloriosas espirais de tecido vermelho-entardecer que ondulam até o chão. O vestido é lindo, feito de seda pesada e elegante, com um decote profundo que é ainda mais ousado nas costas, um pouco ajustado na altura da cintura, antes de se abrir em uma série de ondas gentis que dançam como chamas.

Uma réplica exata do vestido que usei no sonho. Aquele em que me encontro na borda de um penhasco enquanto Cade coloca um anel de turmalina no meu dedo.

– É incrível. – Jennika olha para mim. – Muito mais bonito do que qualquer um dos vestidos que eu trouxe.

– Mas por que é vermelho, quando supostamente o baile é preto e branco? – Xotichl pergunta.

– Quem se importa! – Lita diz. – Ela não vai usar isso. – Seus olhos se arregalam quando ela vê minha reação. – Você não vai usar isso, vai? – Ela me dá um olhar que não consigo decifrar. É ciúmes... escárnio... precaução? Impossível dizer.

– É claro que vou usar. – Meu tom de voz demonstra a mesma convicção do meu rosto, ciente de que meus amigos me encaram com graus variados de descrença.

– Daire, não pode estar falando sério. – Lita franze o cenho. – Ainda que eu concorde que é deslumbrante, usar este vestido só vai colocá-la em mais risco do que você já está. Nada é de graça, no que diz respeito aos Richter. Cada ato de sua então chamada caridade vem com um preço, e bem caro. A pergunta é: por que ele está fazendo isso?

Continuo segurando o vestido de encontro ao corpo, passando a mão na frente suave, sedosa. O corte é requintado. Cada dobra e costura cai no lugar certo. A peça se ajusta ao meu contorno com tanta precisão como se tivesse sido feita sob medida.

– Desde que não haja turmalinas azuis escondidas na bainha, não vejo por que não deveria usar. Além disso, ele não espera que eu use, e é exatamente o motivo pelo qual farei isso. – Estico os dedos de encontro à cintura, enrolo a saia ao redor das pernas.

– Não entendo – Xotichl diz, enquanto Jennika ecoa um sentimento similar.

– Escutem, até agora nada do que eu fiz para deter Cade funcionou. Então, é hora de uma nova estratégia. – Levo um tempo para olhar para cada um deles, deixando que saibam que estou falando sério e que isso não é negociável.

– E suponho que vá usar a máscara de corvo também? – Lita faz cara feia, sem nem mesmo tentar esconder sua desaprovação.

– Acho que combinam bem. Não acha? – Dobro novamente o vestido e o coloco na caixa do jeito que o encontrei.

– Daire, por que está fazendo isso? – Jennika olha para mim, e sei que a questão não é nem de perto tão limitada quanto parece à primeira vista. O que ela realmente quer dizer é: *Por que o vestido? Por que a máscara? Por que está ignorando nossas preocupações? E, mais importante, por que insiste em sair por aí com a mesma turmalina que matou sua avó?*

Jennika tem boas intenções. Todos eles têm. Estão só tentando me proteger. Mesmo assim, olho para eles e digo:

– Desde que o primeiro Buscador se ergueu contra o primeiro Coiote, o objetivo tem sido resistir ao inimigo a cada passo.

– Humm, sim. Não é basicamente a descrição do trabalho de um Buscador? – Lita franze o cenho.

– Até agora, sim. E se não tiver que ser assim? E se existir outro jeito de lidar com eles?

– Caindo direto em suas garras? – Xotichl retorce os lábios, como se tentasse buscar sentido nas minhas palavras. Relutante em ignorá-las completamente, mas muito longe de aceitar sua verdade.

– Em parte.

– Você vai ter que explicar. – Lita balança a cabeça, olha para Axel em busca de apoio, mas ele apenas desliza um braço confortante em torno da cintura dela e sabiamente se mantém fora daquilo.

– Já ouviram o ditado: *ao que você resiste, persiste*?

Xotichl e Axel assentem, Jennika assume uma expressão pensativa, Auden checa seu celular, e Lita cruza os braços sobre o peito.

– O que isso basicamente quer dizer é que as coisas às quais resistimos, o passado, o presente, as partes vergonhosas de nós mesmos, tendem a se tornarem mais proeminentes. Desperdiçamos tanto do nosso tempo e atenção lutando contra coisas, ideias ou pessoas das quais não gostamos, quando, no fim, isso só serve para tornar essas coisas ainda mais ampliadas em nossas vidas.

– Como quando você chegou ao Colégio Milagro e, em vez de eu a ignorar e seguir com minha vida, como eu deveria ter feito, concentrei toda minha atenção em você, até que parecia que você estava em todos os lugares, e isso me fazia desgostar ainda mais de você? – Lita pergunta. E ainda que esse não seja um exemplo que eu teria escolhido, não há dúvidas de que se encaixa bem.

– Sim, algo assim. Bem, e se o mesmo puder ser dito a respeito dos Richter? Quero dizer, gerações incontáveis de Buscadores têm lutado contra os avanços do Coiote. E se pararmos? E se jogarmos com ele, em vez disso? Ou, pelo menos, dar a impressão de jogar junto.

– Bem, então eu tenho quase certeza de que isso resultaria no cenário apocalíptico do mundo-mergulhando-em-eterna-escuridão sobre o qual o Códice nos adverte. – Xotichl franze o cenho.

– Não necessariamente.

Faço um movimento na direção da faixa de seda cuidadosamente dobrada.

– Claramente isso é apenas outra das provocações de Cade. Então imaginem como ele reagirá quando eu aceitar seu blefe e aparecer na festa com todos os privilégios reais ao estilo Coiote?

Eles ficam em silêncio, levando alguns instantes para imaginar a cena.

– Vou deixá-lo completamente fora dos trilhos. Com isso vou ganhar tempo suficiente para derrotá-lo antes que ele perceba o que o atingiu.

– Isso é loucura! – Lita exclama. – Sério, é loucura. Sinto dizer isso, mas estou simplesmente verbalizando o que todos estão pensando. Sem mencionar que, ao derrotar Cade, você também vai matar Dace. E, embora você saiba que sou a favor de matar a besta antes que ela possa nos matar, da última vez que ouvi sobre isso, você era completamente contra.

– E ainda sou totalmente contra isso. Não tenho intenção de matar Dace, mas Cade tem que ser detido ou estaremos todos condenados de qualquer maneira. Escutem, tudo o que posso fazer é confiar no meu treinamento, na minha mágica e nas ferramentas que Paloma deixou para mim. E, quando chegar o momento, espero que não só meus ancestrais me ajudem, mas que meu amor por Dace se prove mais forte que o mal… mais forte do que a morte.

Axel me dá um olhar tristonho, Jennika balança a cabeça suavemente e olha para os próprios pés, enquanto Auden e Xotichl evitam meu olhar e Lita franze o cenho.

– Mas, por enquanto, a última coisa que quero é discutir com vocês. Sei que têm boas intenções e sei que só estão tentando cuidar de mim, o que é uma coisa boa porque acontece que não posso fazer isso sozinha. Estive trabalhando em um plano que envolve todos vocês. Então, é melhor começarmos, e usar o pouco tempo que nos resta.

vinte e dois

Dace

Fecho a porta da porcaria do meu apartamento, sabendo que não vai demorar muito até que a feche para sempre.

Ainda que Leandro tenha me oferecido um quarto no complexo, sei bem que é melhor não aceitar.

Assim como Pé Esquerdo, tudo com Leandro é um teste. Ele pode estar incrivelmente orgulhoso da escuridão crescendo dentro de mim, mas ainda não confia em mim inteiramente. Todos os anos que passamos separados, combinado com minhas ameaças explícitas, vão levar um tempo para serem superados.

Além disso, depois de já ter reivindicado minha herança, é melhor não parecer ganancioso demais logo de cara. Mal sabe ele que não tenho planos de me contentar com a metade. Não quando posso reivindicar o bolo inteiro.

Subo ao volante do meu Mustang, agora pintado de vermelho cereja, com um motor sob o capô que ronrona como uma pantera. Um toque de Leandro, que disse que nenhum Richter que se preze deve ser visto dirigindo um carro caindo aos pedaços.

Incrível o que um pouco de mágica e um maço gordo de notas podem fazer por um passeio.

Pego o caminho mais longo para a Toca do Coelho, examinando o terreno com a satisfação de saber que essa aparência desolada não vai existir por muito tempo. Há esperança para o futuro de Encantamento. Mesmo que eu não seja mais parte disso, planejo deixar minha marca.

Meus pensamentos são interrompidos pelo toque do meu celular. Mas, no segundo em que vejo que é minha mãe, coloco no mudo.

Desde aquele dia na caverna, os anciãos ficaram distantes. Mas, apesar do aviso deles, Chepi se recusa a desistir. Insiste que alguma parte do antigo eu ainda existe.

Embora esteja certa, o que ela não percebe é que essa parte está tão reduzida agora que não posso correr o risco de falar com ela, muito menos de vê-la, mesmo que seja apenas para dizer o último adeus.

A besta que se remexe dentro de mim tem uma fome insaciável por matar e não discrimina suas vítimas. É uma ameaça que preciso levar a sério e, se soubesse que é para o bem dela, ela levaria a sério também.

Daire certa vez me contou sobre a noite em que espionou Cade, depois de mesclar sua alma à de uma barata. Ela o viu se banquetear com a mesma carcaça sangrenta, crua e não identificada com a qual alimentou o Coiote. Naquela época, achei a história nojenta.

Mas, agora, só de pensar nisso minha barriga ronca – meu paladar desperta.

Embora eu ainda não tenha chegado a esse nível, a necessidade se torna mais forte a cada dia.

Engraçado como, agora que estou me transformando, tudo sobre meu irmão faz sentido. Sua necessidade de matar, consumir e destruir combina com a minha. Isso me dá uma sensação de solidariedade que nunca poderia ter imaginado.

Mas não quer dizer que não o matarei.

Ele está no topo da minha lista.

Matar um parente é o único jeito de garantir que a besta se torne inteiramente viva, o que me permitirá acabar com o restante deles também.

Posso me perder, mas salvarei Daire no processo.

E, na verdade, isso é tudo o que importa.

Passo por um fluxo aparentemente sem fim de casas de adobe em ruínas. As luzes se apagando nas janelas indicam uma cidade sonolenta, pronta para se acomodar, enquanto estou apenas começando.

Como o Coiote, caço melhor à noite.

Paro o carro na porta dos fundos, chegando ao mesmo tempo que Leandro.

– E que tal essa sincronia? – Ele sorri.

Consigo dar um meio sorriso em resposta e saio do carro.

– Uma bela melhoria. – Ele admira a pintura personalizada, os acabamentos novos e brilhantes.

– Obrigado. – Obrigo as palavras a passarem pelos meus lábios, lembrando o quão bem ele responde a elogios, demonstrações de gratidão e afagos no ego em geral.

Ele abre a porta e me leva para dentro do clube, onde sou subjugado pelo cheiro do Corvo, e fico paralisado no lugar.

Meu nariz se contorce. Minha vista se aguça. Minha fome se agita. Sei, sem sombra de dúvida, que ela está aqui.

Daire.

À espreita, em lugares que sabe muito bem que não deve visitar.

– Você está bem? – Leandro me lança um olhar estranho, e não posso acreditar que ele não consegue sentir o cheiro dela. Ele não tem ideia de que seu covil foi violado pelo último inimigo remanescente do Coiote (sem contar comigo).

Concordo com a cabeça, deixando-o no bar, onde ele prepara uma bebida forte para si, enquanto me apresso até meu escritório, atraído pelo aroma dela.

Quando me ouve, ela se espreme contra a parede, em uma tentativa fútil de permanecer invisível, sem ter ideia de que, desde que mudei, meus olhos veem tudo.

Apoio-me no batente da porta, permitindo um longo e doce instante em que observo seu cabelo escuro caindo por sobre o ombro, o rubor de suas bochechas, a curva de seu pescoço, a forma de suas coxas reluzindo sob o brilho das luzes de segurança.

A visão de sua carne suave, cremosa, faz minha espinha enrijecer, meus músculos se contraírem e relaxarem, enquanto minha pulsação começa a aumentar e a fome cresce em mim.

Jogo a cabeça para trás e inspiro profundamente, enchendo minha mente com seu odor doce e hipnótico.

Ciente da batida forte de seu coração de encontro ao peito.

O assobio suave da respiração passando pelos lábios.

A gota salgada de suor que escorre entre seus seios.

Sua essência é tão sedutora, tão atraente, que o pouco que resta do antigo eu anseia correr para ela, confidenciar o quanto a amo e o quanto sinto sua falta. Contar que ela está certa – que podemos fazer isso juntos.

Infelizmente, a besta concorda inteiramente. Pensa no quão divertido será suavizá-la antes de destruí-la.

Lenta, muito lentamente, ela escorrega uma mão pela perna e pega a faca que está guardada na bota.

Venha. Venha até mim, a besta arrulha.

Sua voz domina minha vontade de avisá-la para fugir enquanto pode.

Ela segura o cabo da faca. Remove a bainha até que a lâmina reluz, prateada. Então espera que eu faça o primeiro movimento.

Deixa que eu determine qual será o desdobramento disso.

Um movimento inteligente, que lhe garante outra noite.

Melhor não tentar a besta que não consigo controlar.

Determinado a me afastar antes de perder totalmente o controle, entro no meu escritório, fecho a porta entre nós e tranco-a com firmeza.

vinte e três

xotichl

– Explique-me de novo por que vamos encontrá-lo tão longe... no que pode literalmente ser descrito como meio do nada? – Espio pelo para-brisa, incapaz de me libertar deste profundo sentimento de inquietude, muito menos apontar uma causa, exceto para dizer que nada parece como deveria.

Quando saímos, o céu estava perfeitamente claro e repleto de estrelas – uma típica e quente noite de verão em Encantamento (ainda que um tanto mais quente do que o normal). Mas, aqui, o céu está repleto de nuvens tão espessas, sinistras e largas como o mar. E, além dos incontáveis pedaços secos de arbustos rodopiando com o vento e da estreita estrada de terra que se desenrola sob nós, não há praticamente mais nada sobre o que falar.

É o tipo de paisagem sinistra e desolada frequentemente vista em pesadelos e filmes de terror.

Um lugar assombrado de segredos sombrios e más ações.

– Viemos tão longe porque é conveniente para Luther. É onde ele quis nos encontrar. – Auden aumenta a velocidade e coloca uma mão reconfortante no meu joelho.

– Bem, não acha que deveria ser conveniente para *nós*? Afinal, é você quem está assinando o contrato.

– Exatamente. – Auden me espia através de uma franja grossa e desalinhada que cai sobre seus olhos. – E, se não fosse por Luther, não haveria contrato para assinar.

– Não se venda tão barato. – Franzo o cenho. – Luther é quem mais vai se beneficiar. Como dizem em Vegas: *a casa sempre ganha.*

– O que quer dizer que a gravadora é quem mais se beneficia. Depois Luther. Depois eu. Não esqueça: sou apenas um humilde músico. – Ele dá uma gargalhada, faz cócegas no meu joelho, em uma tentativa de me fazer rir também ou, pelo menos, aliviar a tensão, mas não funciona. – Escute – ele diz, determinado a tentar novamente diminuir pelo menos um pouco da minha tensão. – O local pode ser horrível, mas tenho sorte de estar aqui. Não é como se tivesse uma fila de gente querendo me dar um contrato.

– Isso porque você só tocou na Toca do Coelho e em alguns clubes em Albuquerque. Não é como se fosse Nashville, Nova York ou Los Angeles. Não é como se realmente estivesse fora, fazendo marketing pessoal.

– Porque eu não conseguiria ficar tanto tempo longe de você. Nunca pareceu valer a pena.

– E agora consegue?

– É difícil. – Ele se inclina para me dar um beijo no rosto, afastando-se quando diz: – Além disso, eu sabia que éramos bons, mas não bons o bastante. Queria acertar nosso som juntos antes que nos separássemos.

– Sim, mas agora é só você. Não é como se quisessem o resto da banda.

– E ainda me sinto mal com isso.

– Sempre pensei que o nome da banda fosse bacana, mas talvez fosse um pouco profético demais.

Ele olha para mim.

– Você sabe, o Epitáfio tendo seu epitáfio...

Ele aperta os lábios, se concentra na estrada, e ambos ficamos em silêncio. Auden permite que alguns quilômetros se passem antes de dizer:

– A questão é que meu som ainda não está bem onde quero, nem onde eles querem, mas com sorte estão dispostos a trabalhar comigo.

Ergo os ombros, encaro para fora da janela do passageiro.

E isso, provavelmente, não é a reação que ele esperava, já que isso o faz perguntar:

– Xotichl, não está feliz por mim?

– Não. – Olho para seu rosto cabisbaixo e percebo instantaneamente meu erro. – Quero dizer, *sim!* Eu *estou* feliz por você. Não tem ideia. Mas também acho que está agindo com gratidão demais.

– Desde quando gratidão é negativo?

– Em geral, quase nunca. Mas, quando se chega ao *tenho tanta sorte de estar aqui que vou aturar qualquer coisa*, então há um problema.

– Esse dificilmente é o caso.

– Não é? – Viro-me para ele com um olhar desafiador. – Você deixou a banda sem olhar para trás, e agora está dirigindo até os confins da terra porque é conveniente para Luther. Não importa que seja completamente fora do nosso caminho.

Auden suspira, levanta os dedos do volante, então volta a apertá-los com aparentemente duas vezes mais força.

– Não é tão simples assim. Há mais coisas nisso. Coisas com as quais não quis incomodar você. Mas o importante é que, assim que o contrato estiver assinado, minhas músicas serão gravadas, e estarei tocando nas rádios do mundo inteiro, e aí vai ser bem difícil para sua mãe dizer que não sou bom o bastante para você.

Afundo no assento, sem ter certeza se concordo. Auden é meu primeiro e único namorado, então não posso dizer com certeza, mas estou bem convencida de que, no que diz respeito à minha mãe, nenhum rapaz jamais será bom o bastante para sua garotinha.

Primeiro eu pensava que a superproteção dela fosse por causa da minha cegueira. Como se fosse resultado da necessidade instintiva e maternal de me manter em segurança e protegida do mundo perigoso, grande e malvado – especialmente do mundo perigoso, grande e malvado dos garotos.

Apesar do QI de gênio de Auden, apesar do fato de ele ter se formado mais cedo para que pudesse frequentar a universidade, ela continuava sem se impressionar. E, agora que minha visão voltou, ela desenvolveu toda uma nova defesa de por que não devemos estar juntos, transformando o que deveria ser um período feliz, se não de comemoração, em uma constante série de batalhas, tanto pequenas quanto grandes. E a verdade é que a guerra travada por ela está tendo muito mais êxito do que eu gostaria de admitir.

Está fazendo que me sinta dividida entre eles.

Amo Auden com todo meu coração, assim como ele me ama.

E simplesmente não entendo por que isso não é o bastante.

– Aquele ali deve ser ele. – Auden acena com a cabeça na direção do para-brisas e da paisagem de quilômetros sem fim de nada que está além. – Veja aqueles faróis lá em cima, onde as duas estradas se cruzam... deve ser ele, certo?

– Isso ou um doente mental fugitivo que se transformou em *serial killer* e está esperando que alguns adolescentes desavisados passem por ele.

– É isso... chega de filmes de terror para você. – Ele aperta minha mão com dedos levemente úmidos. Acho que não percebi o quão nervoso ele está, e tudo o que eu disse desde que entrei no carro provavelmente só tornou tudo pior.

Preciso me esforçar mais. Ele trabalhou a vida toda para chegar a este momento. E tenho que parar de questionar os mínimos detalhes.

Ele para na lateral da estrada, puxa o freio e confere seu reflexo no espelho retrovisor, enquanto eu espio pelo para-brisa o carro solitário estacionado no outro lado do ponto em que as estradas se cruzam.

Mais uma vez, temos de ir até ele. Ele sequer pode sair do carro e nos encontrar no meio do caminho.

Aperto os lábios para mantê-los fechados antes que quebre meu voto e dê voz ao meu pensamento. Minha antipatia por esse homem é irracional e é melhor guardá-la comigo. Na verdade, ele nunca me deu motivo para detestá-lo desta maneira.

– Ele tem outro compromisso em Albuquerque – Auden diz. – Então precisamos ser rápidos.

– Rápido está ótimo para mim. – Seguro meu vestido entre as mãos, enquanto Auden sai pelo seu lado e dá a volta para abrir minha porta. Uma relíquia dos dias em que eu não podia ver, mas doce mesmo assim.

Está ainda mais quente aqui do que em Encantamento. E com o lençol de nuvens sob nossas cabeças, o ar parece tão pesado que é como se um dossel térmico tivesse sido colocado sobre nós. Auden segura minha mão na sua e me leva pela estrada de terra, na direção do carro com os faróis tão brilhantes que sou forçada a levar a mão à testa para proteger meus olhos do resplendor.

Inclino-me na direção do ombro dele, buscando conforto em seu toque. Estou determinada a desfrutar cada segundo que posso daqui para frente. Já desperdicei tempo demais me sentindo mal-humorada, e nós dois merecemos algo melhor do que isso.

Embora Daire tenha um plano muito bom, e todos nós o estudamos uma vez, outra e mais outra, até decorarmos nossas partes, não há como dizer como isso vai acabar. O mínimo que posso fazer é aproveitar cada momento de paz que conseguir com meu namorado.

Paro quase ao lado do carro e digo:

– Estou feliz por você, Auden. De verdade, estou. Sinto muito se fiz que parecesse diferente.

Ele dá um beijo no meu rosto.

– Eu sei, flor. – Ele sorri. – Você está apenas cuidando de mim. Sempre está na minha retaguarda. – Então me leva os últimos passos até o carro, e viramos os rostos para escapar das luzes, enquanto Luther desce.

– Desculpem pelo brilho. Está tão escuro aqui que pensei que pudéssemos aproveitar a luz. – Então, olhando para mim, ele diz. – Xotichl, uau. Nunca a vi tão radiante. – Ele sorri, estende a mão e, sem pensar em uma alternativa viável que não fosse considerada incrivelmente rude, a aperto. – Como está indo? – Ele pergunta.

Liberto-me de sua mão e lhe dou um olhar incerto, sem ter exatamente certeza do que ele quer dizer.

– Auden me disse que conseguiu sua visão de volta. Deve ser uma experiência realmente inacreditável.

Tudo o que posso fazer é assentir em resposta. O calor é tão pesado, o ar tão rarefeito, que me deixa tonta, atordoada, como se estivesse prestes a desmaiar.

– Ir de um mundo de total escuridão para um mundo de cor e luz... Não posso nem imaginar como deve ser.

Meus olhos passam por seu absurdo rabo de cavalo e pelas argolas duplas nas orelhas e se focam com força em seus lábios, tentando determinar a cor de suas palavras. Mas seu discurso flui frustrantemente claro.

– Você ficaria surpreso. – Digo, finalmente encontrando minha voz. – Meu mundo nunca foi nem de perto tão escuro quanto pensa.

Ele ergue uma sobrancelha, encara por sobre o nariz.

O momento de constrangimento é interrompido quando Auden diz:

– É melhor começarmos. Temos que ir à Toca do Coelho, e sei que você precisa ir para Albuquerque...

Luther se volta para Auden com um olhar que não consigo decifrar. Seu rosto está obscuro quando diz:

– Certo, vamos logo com isso.

Ele se inclina dentro do carro, remexe no banco do passageiro e volta com uma bela maleta de *designer*, estufada com uma grossa pilha de papéis que coloca no capô.

– Eu sei, parece muita coisa. – Luther olha para mim. – Mas só vai levar um minuto. Dois, no máximo. Os locais das assinaturas estão todos marcados. Tudo o que Auden tem que fazer é assinar, e vocês podem seguir seu caminho.

– Não vai pelo menos dar uma olhada? – Viro-me para Auden, garantindo a mim mesma que estou sendo solidária em vez de desconfiada.

– Já li tudo. Isso é apenas uma formalidade, certo? – Auden olha para Luther para confirmar.

– Se quiser ler novamente, não tem problema. – Luther sorri de um jeito que faz suas bochechas parecerem pálidas e tensas, como se não estivessem acostumadas a se mover dessa maneira. – Não se preocupe comigo. Posso chegar alguns minutos atrasado. Afinal, Xotichl está certa. Este é o seu futuro. Toda cautela é pouca.

Auden levanta a pilha de papéis, dá uma examinada rápida em cada página.

– Parece tudo certo – diz, procurando uma caneta no bolso.

– Isso é sério? – Luther olha de soslaio para a caneta Bic. – Não está realmente planejando assinar com isso, está?

– A tampa está um pouco mordida, mas funciona. – Auden parece tímido, preocupado em já ter estragado tudo antes mesmo de começar.

– Isso serve para rascunhar uma música em um guardanapo, mas momentos como este merecem algo especial. – Ele puxa uma caneta negra brilhante do bolso e a oferece para Auden. Seus olhos brilham enquanto Auden gira a caneta de um lado para o outro na palma da mão.

– Isso são *safiras*? – Ele observa a tampa encrustada de pedras preciosas. – Acho que esta é a diferença entre uma caneta e um instrumento de escrita. – Ele olha para Luther e, depois, para mim. – Esta coisa provavelmente custa mais do que meu carro!

– Ah, certamente custa mais do que *seu* carro. – Luther dá uma gargalhada, lançando um olhar depreciativo para a perua em ruínas de Auden. – São pedras preciosas verdadeiras na tampa, o corpo é de ônix, e a ponta é feita de ouro. Vinte e quatro quilates, isso mesmo.

– E o que é o padrão gravado nela? Não consigo ver bem…

– Sol e lua.

Auden aperta os olhos, vira a caneta na direção da luz.

– Tenho uma coisa com astronomia. – Luther ergue os ombros, faz uma expressão de culpa. – De qualquer modo... – Faz um gesto na direção do papel espalhado pelo capô do carro, enquanto Auden tira a tampa coberta de pedras preciosas da caneta e se prepara para o momento com o qual sonhou desde que era criança. Mas acaba recuando.

– Ai! – Enfia o polegar entre os lábios, enquanto uma gota de sangue aterrissa no contrato, logo abaixo da linha da assinatura. – Não percebi que era uma caneta tinteiro. Devo ter me cortado com a ponta. E, pior, parece que derramei um pouco de sangue nos papéis.

Luther indica com um gesto que aquilo não tem importância, pega um lenço recém-passado do bolso e o entrega para Auden.

– A maior parte dos grandes sucessos exige um pouco de derramamento de sangue, certo? Acho que eu devia ter avisado, a maior parte das pessoas já não usa canetas tinteiros, mas gosto da formalidade. De qualquer modo, desde que não esteja ferido seriamente, posso ignorar algumas manchas de sangue. A menos que prefira que eu volte em alguns dias com uma cópia nova?

– Está brincando? Nunca estive mais pronto para alguma coisa em toda minha vida. Vamos em frente!

Ainda sangrando, Auden enrola o lenço no dedo e começa a assinar os documentos. Abre caminho metodicamente através da pilha de papéis, enquanto Luther se volta para mim e, em voz baixa, diz:

– Não posso dizer para você como me senti na primeira vez em que o ouvi tocar. Soube naquele momento que estava olhando para um futuro astro. O rapaz tem o pacote completo: aparência, talento, a disposição certa, a sólida ética do trabalho e um som único, todo seu. Ah, e é faminto e ambicioso o bastante para seguir em frente. Ele vai ser grande, Xotichl. Tem certeza de que está pronta para esse nível de fama e tudo o que vem com ela?

É uma coisa estranha para se dizer no meio do que supostamente seria um momento de comemoração. E é tão inesperado que preciso de um pouco mais de tempo do que gostaria para rever minha voz.

– Se está se referindo às longas noites na estrada e às filas ainda mais longas de fãs agressivas, posso lidar com isso. Estou segura do amor de Auden, e ele está seguro do meu.

Luther recebe minhas palavras com um olhar que não consigo decifrar. Então, recolhe os papéis e os joga dentro de sua maleta.

– É ótimo tê-lo a bordo, Auden. – Observo enquanto eles apertam as mãos. – E, Xotichl... – Ele segura minha mão na dele e a leva até os lábios, em um movimento tão bajulador, que tudo o que posso fazer é não me encolher.

Abaixando a cabeça, ele volta para o carro, enquanto eu seco a mão nas dobras do meu vestido.

– Ei, Luther... esqueceu sua caneta! – Auden o chama.

Luther coloca a cabeça para fora da janela do motorista.

– Fique com ela – diz.

Auden olha para ele e para a caneta.

– Tem certeza?

Luther assente.

– É o mínimo que posso fazer, considerando o que vai fazer por mim. Além disso, você é parte da família agora. – Ele liga o motor e acena, deixando-nos imersos em uma nuvem de poeira e calor.

– E então? – Seguro o braço dele enquanto ele me leva de volta para o carro. – Vai ficar com isso ou vai vender no eBay?

Auden dá uma gargalhada.

– Você pode imaginar que essa coisa custa mais do que um carro?

– Segundo Luther, não vai demorar muito até que você possa se dar ao luxo de ter mais uma centena dessas.

– Só uma centena? – Auden sorri, dá um beijo na ponta do meu nariz. – Eu gostaria de uma casa bonita, de um carro melhor, mas, fora isso, minhas necessidades são bem simples. É um belo objeto, não há dúvidas, mas um preço assim parece bem além do normal, não acha?

Ele para ao lado do carro, abre a porta e faz sinal para que eu entre, sem notar que as nuvens sobre as nossas cabeças estão começando a desaparecer. Que se movem tão rapidamente que é como se estivessem apostando corrida até Albuquerque. Seu êxodo súbito deixa Auden brilhante e luminoso, destacado sob a luz das estrelas. A visão é tão irresistível, que o seguro pela lapela e o puxo para mim. Meus lábios inchados na direção dos dele, buscando desesperadamente a confirmação de que permitiremos um ao outro viver a jornada que merecemos. Que nunca deixaremos o medo de perder um ao outro interferir nas pessoas que estamos destinados a ser.

É pedir muito de um beijo. Mas acho que o questionamento de Luther sobre minha disposição para lidar com o sucesso de Auden me deixou mais perturbada do que eu gostaria.

Recuso-me a ser a namorada carente, ciumenta.

Recuso-me a deixar que as insinuações de Luther se enraízem em minha mente.

– Conseguimos, flor. – Auden se afasta. Passa sua mão, calejada por anos tocando guitarra, pelo meu rosto. – Eu não teria conseguido sem você.

Ele me beija de novo, e, ainda que eu não possa mais ver os adoráveis redemoinhos rosados e dourados que antes circulavam sobre nossas cabeças, isso não significa que não estejam lá.

– Uau. – Ele sorri. O beijo o deixou tão ofegante quanto eu.

– Uau nada. – Provoco. – Essa é simplesmente uma amostra da comemoração que virá.

– Quer dizer que há mais?

– Ah, muito mais. Muito mais mesmo. Mais do que você jamais poderia imaginar. – Eu me afasto e entro no carro.

– E exatamente quanto tenho que esperar por este *mais*?

– O suficiente para Daire derrotar todos os Richter, o que, segundo ela, não vai levar tanto tempo assim.

Ele se ajoelha ao meu lado, me beijando com tudo o que tem. Afasta-se quando diz:

– Ops, acho que ainda estou sangrando. Aqui... – Ele lambe o dedo e o usa para limpar a mancha no meu rosto.

Então enrola o lenço novamente no dedo, vai até seu lado do carro e começa a dirigir de volta a Encantamento.

vinte e quatro

Daire

Preparar-me para ir à Toca do Coelho é como me arrumar para um baile de formatura.

Não que eu já tenha ido a um baile de formatura.

Mas, tendo passado tempo suficiente em vários *sets* de filmagens com o tema, sei que envolve vestidos chiques, risadinhas entre amigos e uma certa quantidade de nervosismo.

O que não envolve é uma zarabatana escondida em uma bota, um athame preso à coxa ou uma algibeira de camurça oculta em um penteado alto elaborado e um plano para eliminar o mal da face da terra.

– O que acha? – Lita para diante do espelho de corpo inteiro, parecendo arrebatadora em seu vestido preto colado e máscara de filigranas venezianas em formato de crânio, incrustrada de brilhantes cristais negros.

Os olhos de Axel se arregalam, ele fica boquiaberto, mas nenhuma palavra sai, o que faz Lita gargalhar.

– Você está adorável. – Jennika dá um toque final com fixador nos cachos dela, antes de se afastar para admirar sua obra. – Você também, Axel.

A máscara que ele escolheu é praticamente idêntica à de Lita, exceto que a dele é branca, para combinar com seu terno branco, de corte justo, que, segundo Jennika, foi usado recentemente por um dos maiores galãs do mundo em uma refilmagem de grande orçamento. Não que Axel se importe com moda ou com Hollywood. Lita é basicamente o centro de seu universo. Tudo mais está em segundo plano.

Lita abre caminho para que Jennika possa dar um toque final com brilho labial em mim, antes de ajustar a máscara de corvo.

– Como sua mãe, eu provavelmente deveria estar preocupada com o corte deste vestido. – Ela faz um gesto na direção do decote, que é apenas um pouco mais modesto do que a abertura nas costas. – Mas tenho de reconhecer que está deslumbrante. – Ela morde o lábio, pestaneja várias vezes para conter as lágrimas. – Só espero que saiba o que está fazendo.

Também espero.

Guardando minhas dúvidas comigo, rodopio a saia ao redor das pernas e digo:

– Acha que ele vai gostar? – Observo enquanto a cor parece mudar do laranja ao borgonha, e depois para um escarlate vivo e escuro.

– Espero que isso seja brincadeira. – Lita franze o cenho. – Mas, de qualquer modo, está me assustando. – Olha para mim através do espelho, e lembro a mim mesma que aquilo é mais preocupação do que raiva. – Estou preocupada com você. – Suaviza o tom de voz, juntamente com a postura. – Todos nós estamos... – Ela balança a cabeça, deixa o resto sem ser dito. – E vejo que ainda está usando sua chave. A menos que esteja planejado tirar. – Sua voz se ergue em uma esperança que é logo frustrada quando nego com a cabeça e arrumo o cordão de seda negra no peito. Mas, quando pego o anel de turmalina azul de um bolso escondido nas dobras do vestido e o coloco no dedo, ela leva uma mão à garganta e joga-se contra Axel como se estivesse prestes a desmaiar. – Ah, pelo meu Gambá... isso é o que estou pensando? – Ela se abana com a mão, uma reação um pouco dramática demais, embora eu ache que não seja completamente injustificada. – Por que sou a única a reagir? – Ela olha para Axel e Jennika. – Vocês sabiam disso?

Axel nega com a cabeça, enquanto Jennika assente, relutante.

– Então, era um segredo? – Ainda que grande parte de seu rosto esteja escondido sob a máscara, sua voz trai sua irritação.

– Escute... – Dou as costas para o espelho, para encará-los melhor. Acho que é hora de explicar, antes que tudo piore. – Preciso que confiem em mim. Sei o que estou fazendo. Ver-me neste vestido, usando este anel é a última coisa que Cade espera. Vou tirá-lo completamente dos trilhos, o que me garantirá o fôlego que preciso para ter uma vantagem.

Lita observa a ponta de seu sapato, enquanto Jennika brinca com a bainha de seu suéter. E, ainda que esta não seja exatamente a imagem de solidariedade que eu gostaria, no momento é tudo o que tenho, e é hora de ir adiante.

– Então, o que me dizem de seguirmos em frente e colocarmos o plano em ação?

Axel é o primeiro a reagir, levando Lita pela porta enquanto Jennika nos segue.

– Estarei aqui se precisarem de mim – ela diz. – Não deixarei este lugar até que tenham voltado em segurança. E, se por algum motivo, não voltarem... – Ela engole em seco, aperta minha mão com tanta força que os nós dos meus dedos estalam em protesto. – Então eu mesma irei atrás desses Richter. E, acredite em mim, nenhum deles vai querer lidar comigo quando eu estiver zangada. – Seu olhar é feroz, e ela levanta o queixo, determinada, sem deixar dúvidas de que está falando sério.

Querendo que esse seja o olhar a levar comigo, dou um boa-noite rápido e vou ao carro de Lita.

A primeira coisa que noto quando chegamos à Toca do Coelho é a abundância de holofotes. Como se alguém pudesse não saber onde fica o único clube da cidade.

A segunda coisa que observo é como esses holofotes refletem o exterior brilhante de ônix negro, tornando-o tão resplandecente e imponente quanto um monólito.

Da última vez que estive aqui, o edifício estava parcialmente coberto pelos tapumes. Mas, agora que foi revelado, está claro que os dias do adobe humilde se foram. Esta nova Toca do Coelho é moderna, elegante e tem duas vezes o tamanho da anterior. A ausência de janelas e as paredes bacanas de pedra dão a aparência de um imenso mausoléu, o que, de certa forma, eu acho que é. O material foi especificamente escolhido para dar poder de permanência e força, enquanto serve de casa dos espíritos para os Richter mortos há muito tempo.

Embora eu já saiba, por causa da minha visita prévia, que a transformação verdadeira acontece lá dentro.

Lita assobia baixinho.

– Nossa... sinto como se tivesse sido teletransportada para algum lugar muito melhor do que Encantamento. É tão luxuoso e acolhedor, e... odeio admitir, mas está realmente incrível.

Dou uma boa olhada ao redor, notando o quão diferente está da noite em que invadi, quando fui obrigada a encontrar meu caminho usando o brilho fraco e amarelado das luzes de segurança.

Até Dace e Leandro chegarem, e eu me agarrar às sombras, em uma tentativa de permanecer despercebida.

E, ainda que eu tenha conseguido me esgueirar sem ser pega, estou convencida de que Dace me viu.

Houve um momento no corredor, quando estávamos a apenas alguns passos um do outro. E, embora tenha conseguido conter toda minha vontade de me jogar em seus braços, não tenho dúvida que ele sentiu minha presença como eu certamente teria sentido a dele.

O fato de ele ter preferido não alertar Leandro me dá um pequeno fio de esperança, ao qual me agarro.

É a esperança que me manteve durante a solidão que passei do tempo sem ele.

É a esperança que me apoiará esta noite.

Dace ainda está ao meu lado. Apesar do que todos pensam, ele está determinado a me ajudar.

Nosso amor é o bastante para conquistar a besta.

– Não está tão lotado quanto imaginei que estivesse. – Liberto-me dos pensamentos e dou uma olhada no bar, com o mosaico de cobras esculpidas pendendo sobre nossas cabeças, os ladrilhos de vidro brilhando de um jeito que fazem que pareçam escorregadios.

Lita agarra o pulso de Axel, confere a hora no relógio que lhe deu no aniversário de três meses de namoro.

– Acredite em mim, eles virão. Nenhum habitante de Encantamento que se preze perderia uma chance de se arrumar e consumir umas boas bebidas grátis. Mais dez minutos e estaremos brigando por espaço.

Acontece que são necessários apenas cinco minutos para que o salão comece a encher, e Lita aponta para a porta.

– Não são Jacy e Crickett? – Ela acena com a cabeça na direção delas. – Não as vejo desde a véspera de Ano Novo. Engraçado como, mesmo com as máscaras, é fácil distingui-las.

– Devia falar com elas. – Sigo o olhar dela, observando enquanto as antigas amigas de Lita mexem nervosamente no cabelo e se penduram nos respectivos parceiros. Os pingentes de turmalina que receberam nas sacolas de lembranças da véspera de Ano Novo estão nos pescoços, assim como acontece com quase todas as outras mulheres do salão, enquanto, segundo Lita, os homens usam braceletes de couro com pedaços de turmalinas.

Lita franze o nariz, querendo que eu saiba que não gosta da tarefa.

– Não temos nada em comum. Eu nem saberia o que dizer. Além disso, não devíamos esperar por Auden e Xotichl? Eles já deveriam estar por aqui.

– Xotichl me mandou um SMS. Estão atrasados. Mas virão para cá.

– É melhor que venham. – Lita franze o cenho. – Muita coisa depende deles.

– Cuidarei disso, e você cuida delas. – Aceno com a cabeça na direção das antigas amigas de Lita. – Há uma boa chance de que saibam algo de útil. Da última vez que as vi, estavam definitivamente sob o feitiço de Cade. Pelo que sei, ainda estão. – Quando ela continua a hesitar, acrescento: – Caso não tenha notado, estão encarando Axel sem parar. Devia deixá-las dar uma olhada melhor nele.

Os olhos de Lita brilham por trás da máscara. A chance de tripudiar diante de suas antigas amigas é boa demais para perder. Depois de levar um momento para ajustar a lapela de Axel e colocar um cacho de cabelo perdido no lugar, ela marcha com ele através do salão, deixando-me livre para vagar por conta própria.

Movo-me entre os grupos de banquetas baixas, passo pelas grandes esculturas de ferro que parecem árvores, até que paro, congelada no lugar, com as pernas parecendo chumbo.

Minha boca fica seca.

Um arrepio percorre minha pele.

Enquanto meus joelhos tremem de leve.

Assim como no sonho, eu o sinto antes mesmo de vê-lo.

Mas, quando me viro para encontrá-lo, seus olhos escuros e insondáveis são tudo o que preciso ver para saber que parte dele está se perdendo.

Ele já está se transformando na besta que está destinado a ser.

Pressiono a mão espalmada contra o corpete do meu vestido, e luto para me controlar. Determinada a falar minha parte enquanto posso.

– Dace... – começo, mas ele é rápido em me interromper.

– Você está linda. – Seu olhar busca o meu, mas, como seus olhos não refletem mais, não posso suportar ver aquilo. – Você está uma verdadeira visão. Impressionante... deslumbrante... arrebatadora...

Quando fecho os olhos, posso fingir com facilidade que nada mudou. Mas, no momento em que os abro novamente, a ilusão se vai, e me pego desejando que ele pare.

Limpo a garganta, levanto o queixo, e foco meu olhar bem no meio dele. Desapontada que ele não pareça perceber o que fiz. Que não reconheça o vestido como aquele que descrevi do sonho. Que não ache nem um pouco estranho que eu esteja vestindo vermelho em um baile preto e branco. Faz com que me pergunte do que mais ele se esqueceu – sobre mim – sobre nós.

– Obrigada. – Respondo, a voz firme e cortante. – Estou surpresa que não reconheça isso... veio do seu irmão. – O rosto de Dace fica sombrio, e seus olhos se tornam tão ferozes e vermelhos que me fazem seguir em frente. – Você não está usando máscara.

Ele esfrega a mão sob o queixo, um resquício do Dace que conheci.

– Acredite em mim, Daire, estou. É tudo o que posso fazer para manter esta face... você não gostaria de ver a outra. Rezo para que não tenha que vê-la.

Endireito a coluna, reafirmo minha determinação, mas nada disso faz eu me sentir melhor. A visão de Dace lutando faz meu coração doer. Preciso achar um jeito de apelar para ele, de lembrá-lo da luz que ainda reside dentro dele...

Seu olhar passeia por mim, parando no decote profundo do meu vestido antes de se focar na pequena chave dourada que repousa no meio do meu peito. Sua expressão é tão impassível, que não posso deixar de me perguntar o que ele fez com a dele. Ainda a usa? E, mais importante, ele ainda se lembra do que aquilo significa?

– Dace – digo, minha voz urgente, com medo de perdê-lo completamente –, na outra noite, quando me pegou invadindo o covil, por que me deixou ir embora? O que o impediu de contar para Leandro?

Ele fecha os olhos. Suas mãos se curvam em punhos. Sua luta é tão palpável que decido deixar para lá e, em vez disso, fico na ponta dos pés, pressiono os lábios em seu ouvido e sussurro de modo que só ele possa ouvir.

– Por favor, tente se lembrar de quem você realmente é. Por favor, tente se lembrar de que você não foi sempre assim. Você e eu somos predestinados um para o outro, mas não do jeito que a besta quer. Você tem de lutar contra ela, Dace. Tem de voltar para mim... para nós. Juntos podemos derrotar o Coiote e moldar o futuro que queremos. Por favor, Dace, não deixe sua luz se apagar. – Afasto-me, ansiosa para decifrar seu olhar, só para descobrir que minhas palavras foram em vão.

Sem contar os olhos vermelhos brilhantes, ele parece basicamente o mesmo. Mas, por dentro, é guiado pelo instinto, um fragmento de memória, e por uma besta tão sórdida e sinistra que logo pretende me matar.

Ele inclina a cabeça, me dá um olhar curioso. Mas deixo minha mão cair ao lado do corpo e dou um passo para trás. Posso amá-lo com todo meu coração, e amo. Mas, pela primeira vez, percebo que não posso fazer isso sozinha – são necessários dois para a tarefa.

Meus olhos resplandecem de um jeito mais cintilante do que eu gostaria e, com a garganta arranhando, seca, tenho de forçar as palavras para fora.

– Por favor, não esqueça jamais que é sua crença na sua escuridão que abafa sua luz. Você pode ter feito a escolha errada... mas fez isso pelas razões corretas. E fez isso por mim... por nós... e ainda não acabou. Você ainda tem a escolha de se salvar. Mas, se continuar assim, nenhuma quantidade de luz, não importa o quão insistente, penetrará pelas muralhas que ergueu para bloqueá-la. São suas muralhas, Dace. O que quer dizer que você é o único capaz de derrubá-las.

Ele recebe minhas palavras com um olhar frio, vazio, e dou meia-volta, tendo feito tudo o que podia.

Pode não ter saído nada como eu esperava, mas é hora de colocar meu plano em ação.

vinte e cinco

Dace

– Vi você conversando com a Buscadora. O que está acontecendo aqui?

Observo Daire cruzar o salão, como uma chama vermelha em um mar de nulidades maçantes.

– Acontece que eu estava errado sobre ela. – Encontro o olhar de Leandro, por trás de uma máscara ridícula de coiote, e o mantenho o tempo que for preciso para provar minha sinceridade.

Ele passa um braço ao redor do meu ombro, rindo como se eu o tivesse deixado inacreditavelmente orgulhoso.

– Se soubesse sobre quantas mulheres já falei isso! – Ele dá uma gargalhada conspiratória. – Mesmo assim, elas têm lá suas utilidades. – Pisca para enfatizar, como se eu pudesse não entender o que está implícito.

– Exatamente quantas vezes? – Pergunto, minha voz tão sem humor quanto meu olhar.

– Como é? – Sua testa se vinca. A animação desaparece do seu rosto.

– Exatamente quantas vezes você disse isso?

Ele me estuda de perto, incerto de como reagir. Incerto sobre mim. Então, forço uma expressão de solidariedade. Como se fôssemos apenas dois caras comparando nossos troféus. O que o faz relaxar o suficiente para me dar a resposta que busco.

– Centenas – ele diz. – Milhares. – Seus olhos brilham com a lembrança de uma lista sem fim de conquistas, e não posso deixar de me perguntar se minha mãe está entre elas. – Em outras palavras, você tem muito o que fazer, filho. Mas, não se preocupe, sei bem por onde começar...

Ele aperta meu ombro, começa a me levar para o outro lado do salão, mas não tenho qualquer interesse em me juntar com alguém da laia de Leandro.

– Qual é o seu problema? – Ele me encara e trava a mandíbula.

– Acho que não sou tão parecido com você quanto pensou.

Suas feições ficam afiadas, seus lábios apertados, numa fúria silenciosa.

– Gosto de batalhar. Ter a sensação da conquista. Não tem graça quando vem muito fácil.

Ele faz uma pausa. Espera alguns segundos para ver se há mais. Então, decidindo que sou apenas estranho, ele joga a cabeça para trás e gargalha ruidosamente.

– Você é cheio de surpresas – diz.

– Você não tem ideia. – Forço um sorriso.

– O que aconteceu com sua máscara? – Ele olha meu rosto de modo crítico. – Não devia estar andando por aí desse jeito. – Faz um gesto na direção dos meus olhos vermelhos brilhantes. – Vai assustar as pessoas. Eu disse para Cade deixar uma no seu escritório.

Seu olhar escurece enquanto ele olha pelo clube, em busca do filho mais decepcionante. Pronto para chamar sua atenção pela ofensa grave no instante em que o localizar.

– Ele deixou. – Dou de ombros. – Preferi não usar.

– Caso tenha esquecido, você é um membro do Coiote agora. – Leandro se inclina na minha direção, sua voz baixa e ameaçadora. – Foi selado na cerimônia.

A cerimônia. Como eu poderia esquecer? O que era o dia a dia da magia negra para eles era tudo novo para mim. Não tinha semelhança alguma com nada que Pé Esquerdo tinha me ensinado. E, embora a besta dentro de mim tenha ficado encantada, foi preciso cada grama de disposição do meu antigo eu para impedi-los de matar um cavalo de verdade para simbolizar a morte do meu antigo espírito animal, o que também levantou algumas suspeitas.

– Sou muito mais do que um Coiote – eu digo. – Estou prestes a superar cada um de vocês.

– Isso pode ser verdade, mas ainda há uma coisa que deve ser feita. E até este momento chegar, não se esqueça de que sou eu que estou no comando por aqui. – As palavras são tão afiadas quanto pretendem ser.

Ainda há uma coisa que deve ser feita...

Fecho os olhos, levanto o queixo e inalo o ar longa e profundamente. Sinto o cheiro do meu irmão entre a multidão de corpos. Ele fede a raiva, vingança e a um ciclo interminável de fantasias de vingança que precisa para se sustentar. Mas a verdade é que ele é patético, fraco e lhe falta o medo que alguém em estado tão precário deveria ter.

Mas ele não tem ideia do que irá acontecer com ele.

Não tem ideia de que Leandro o designou como alguém para ser morto, para que eu possa fazer a transição para meu destino.

– Tome. – Leandro tira sua máscara e a entrega para mim. – Insisto que use isso.

Sabendo que é melhor não protestar, uma vez que isso só serviria para aumentar as suspeitas que ele já tem, eu a coloco na cabeça e volto minha atenção para meu irmão, acompanhando cada um de seus movimentos através dos olhos do Coiote.

vinte e seis

Daire

Com Dace sob as asas de Leandro, Lita e Axel conversando com Jacy e Crickett, e Xotichl e Auden prestes a chegar a qualquer momento, vago pela multidão em busca do vórtice. Preciso, pelo menos, estar nas redondezas bem antes que os Richter possam alcançá-lo, por isso refaço o percurso que memorizei na noite em que invadi. Não tenho total certeza de estar no caminho certo, já que a chegada inesperada de Dace e Leandro me impediram de realmente localizá-lo.

Mesmo assim, tenho certeza de que o vórtice existe. Portais são feitos da forma mais pura de energia. Podem ser bloqueados, mas jamais destruídos.

Ao meu redor, multidões continuam a se reunir. Parecem imunes à vibração persistente de dor e destruição – os feitos malignos, as vidas perdidas (incluindo a de Phyre), que ocorreram aqui ao longo dos anos.

Para mim, a sensação é pesada. É possível nivelar a estrutura e reconstruí-la a partir do zero, mas a energia de eventos passados nunca desaparece totalmente. A essência permanece. E o uso do ônix negro dos Richter garante que essas memórias fiquem seladas pela eternidade.

Paro perto do lugar em que Dace me encontrou e, quando o anel de turmalina começa a aquecer, considero isso um sinal de que ou estou na presença do vórtice ou que Cade Richter me atraiu para sua armadilha.

Imaginando que, de qualquer modo, isso é uma vitória, sigo adiante. Instantaneamente ciente de uma mudança na atmosfera, de uma vibração mais pesada, seguro a saia entre as mãos e aperto o passo. Faço só uma parte do caminho, quando sou detida por uma mão trêmula, com dedos úmidos, que segura meu pulso.

Cade.

Cade está aqui. O vórtice está próximo. O que me deixa sem uma ideia clara de quem está controlando esta pedra.

Ele me puxa de encontro a ele, esfrega o nariz na base do meu pescoço e inspira constante e longamente.

– Nada como o cheiro do Corvo à noite – ele diz, sua voz traindo uma leve desafinação. – Embora eu deva dizer, você está encantadora. – Ele torce meu braço com força, fazendo que me volte para encará-lo. – Mesmo assim, não posso deixar de me perguntar aonde está indo com tanta pressa.

Solto o braço de seu aperto e deixo uma distância mais confortável entre nós. Esfregando o lugar em meu pulso onde seus dedos deixaram marcas, escondo uma careta e obrigo-me a entrar em seu jogo.

– Aonde acha que estou indo?

– Eu esperava que estivesse procurando por mim. – Ele sorri de uma forma que repuxa os lábios com força, vinca os olhos até que mal ficam visíveis, e faz que sua cabeça se vire para a direita. Parece um maníaco, mais do que um pouco demente, e não tenho certeza do que fazer com aquilo.

O Cade sinistro, sarcástico, zombador é aquele com quem estou acostumada. Aquele com quem posso lidar. Essa versão desequilibrada é um pouco misteriosa.

– É bom ver você, Daire. Não pensei que viesse. – Ele abaixa o olhar, puxa a máscara por sobre o rosto, como se tivesse sido pego por um súbito ataque de timidez.

– Difícil deixar passar um convite tão interessante – respondo, estudando sua máscara com detalhes intrincados, mostrando um sol dourado sendo eclipsado por uma lua prateada.

Quando a Sombra eclipsa o Sol, o Vidente cairá

A escolha não foi por acaso. A mensagem é qualquer coisa, menos sutil. É o jeito de Cade me dizer que sabe sobre a profecia – que ele se considera a Sombra, destinado a governar.

– Então gostou do convite? Não tinha certeza se gostaria. – Ele levanta o queixo, me dá um olhar esperançoso. Sua energia é tão caótica que não consigo uma leitura dela.

– Por que não gostaria? – Sorrio graciosamente, escolho minhas palavras com cuidado. Estou convencida de que o menor passo em falso o fará ir embora, e este é um risco que não posso correr. Por enquanto, é melhor jogar o jogo dele.

– Fiquei preocupado que o corvo pudesse mandar a mensagem errada, mas estou feliz por ver além de tudo isso e ter notado o verdadeiro significado. – Seus olhos são astutos e avaliadores. – Era para ser simbólico, como você claramente adivinhou. Algo que, tenho de admitir, me deixou incrivelmente orgulhoso.

Aceno com a cabeça de modo encorajador, precisando ouvir mais. Não tenho ideia sobre aonde ele quer chegar com isso.

– É o fim dos nossos antigos papéis, Daire. É hora de deixar de lado o Coiote e o Corvo e seguirmos para um novo dia. É hora dos Richter e dos Santos se unirem. Com o tipo de poder que detemos, as possibilidades são infinitas. Você e eu podemos governar o mundo. E a coisa é... eu sei que estamos prontos. Sua presença aqui, esta noite, usando o vestido e a máscara que lhe enviei, claramente mostra que também sente isso.

Meu sorriso cresce ainda mais, mas ele está tão preso em seu mundo delirante que não parece notar minha luta para manter tal farsa.

Dificilmente esta é a primeira vez que Cade tenta me convencer a me juntar a ele em sua busca pela dominação do mundo. Mesmo assim, antes nunca foi tão... ardentemente poético.

Meu olhar percorre o comprimento de seu *smoking* branco, com a gravata borboleta e faixa vermelhas. Engraçado que Dace tenha escolhido usar negro, e seu irmão, branco. Yin e Yang, assim como Cade declarou no sonho em que coloca a turmalina azul no meu dedo.

– Entendi imediatamente. – Inclino-me na direção dele, esperando forjar um sentimento de intimidade e confiança. – Mas o que não posso deixar de me perguntar é se você quebrou o pescoço do Coiote também? Sabe, como um gesto simbólico para assinalar o fim do seu papel. – Adoto uma expressão inocente como se estivesse simplesmente curiosa e não fosse nem um pouco provocadora.

– Estou envergonhado em dizer que isso não me ocorreu. Mas, agora que mencionou, faz todo o sentido. – Seu olhar brilha. *Brilha* de verdade.

E, se eu espiar bem de perto, posso ver uma pequena parte do meu reflexo nele.

Pisco uma, duas vezes, me assegurando de que é realmente verdade – que os olhos de Cade realmente espelham do mesmo jeito que os de Dace faziam antigamente.

A visão surpreendente, combinada com sua disposição em matar seu amado Coiote, em um esforço para me agradar, me obriga a reavaliar tudo o que eu pensava saber sobre ele.

Embora nunca tenha ficado claro como a morte de um espírito animal pode afetar seu dono, considerando a conexão mística entre Cade e Dace, não posso correr o risco.

– Não acho que seja necessário – ronrono, tocando seu braço levemente, antes de aproveitar o momento em que um grupo de pessoas passa por nós para dar um pequeno passo para trás, me aproximando do que espero que seja o vórtice.

– A decisão é sua, Daire. – Sua voz chama meu nome de um jeito que é irritante, como se contivesse emoção incalculável. – Você está provavelmente surpresa em me ouvir falar desse jeito, mas de que outra forma posso transmitir a seriedade da minha oferta? Além disso, você me agradou imensamente ao usar o vestido e a máscara. Nunca imaginei que fosse fazer isso… e, tenho de dizer, ficaram ainda melhores do que sonhei. – Ele levanta a máscara até a testa, enchendo os olhos com minha visão. Não parece notar o espaço que aumenta lentamente entre nós.

– Eu nunca poderia rejeitar um presente de tamanha generosidade e beleza. Senti-me como Cinderela no momento em que vesti e vi que caía perfeitamente. – Olho para o corpete, para o decote profundo e sorrio timidamente, enquanto arrisco outro passo para trás.

O olhar de Cade segue o meu. Seus dedos se retorcem, o peso do seu corpo passa de um pé para o outro. Seus movimentos são tão estranhos e irregulares como os de uma marionete com as cordas soltas.

– Mesmo assim, achei estranho que tenha escolhido um vestido vermelho para um baile preto e branco. – Meu pé direito desliza para trás. O esquerdo logo o encontra. – Não consegui ver o sentido disso. Importa-se em explicar?

– Fácil. – Ele sorri, fazendo seus olhos reluzirem claros e brilhantes. – Você não é como o restante deles, Daire. Uma garota como você sempre tem de se destacar na multidão. – Ele centra seu olhar no meu peito, e tenho de lutar contra cada um dos meus instintos para não levantar o braço e cobri-lo. Mas não demora muito até que ele me pegue olhando e abaixe os olhos até os pés, fazendo o ar envergonhado novamente. O que é estranho o bastante por si só, mas, quando noto que seus dedos estão tremendo e se apertando na lateral do corpo, é um sinal claro do estranho conflito interno que ocorre dentro dele. – A máscara... o vestido... eu mandei fazer especialmente para você. – Esfrega a sola do sapato contra o chão de ladrilhos. – Mas você realmente devia jogar fora essa chave ridícula. Está estragando o visual. – Ele levanta o olhar, para encontrar o meu, e observo o brilho desaparecer até que ele volte a ser o Cade com quem estou acostumada. O Cade sombrio, com excesso de confiança. Aquele cujos olhos absorvem tudo ao redor. – E quanto aos sapatos? – Ele aponta um dedo desaprovador na direção das botas com *design* de motoqueira de Jennika que despontam por sob a bainha.

– Não aprova? – Levanto a bainha só um pouco, permitindo uma visão melhor. A cara feia no rosto dele me diz que só consegui piorar as coisas. – Bem, por outro lado, são muito mais cômodas para correr do que saltos altos.

Ele fecha as mãos com força.

– E exatamente do que está correndo?

– Bem, normalmente seria de você. Mas aí está você, bem na minha frente, e sequer cogitei isso. – Pressiono a mão com força do lado de fora da minha coxa, pronta para pegar meu athame se necessário. Espio por sobre o ombro dele, enquanto Auden passa o som e a multidão começa a se reunir na pista de dança. Não vai demorar muito até que Cade dê seu último suspiro.

– De algum modo, suas palavras não me convencem. Não importa o que eu faça, você ainda me vê como inimigo – ele diz, tão perdido em pensamentos que não parece notar quando alguém dá um esbarrão nele e o faz cambalear até meu lado.

Depois de todo o progresso que fiz.

– Eu lhe asseguro que dificilmente este é o caso. – Mexo os dedos, esperando um formigamento de energia, algum tipo de pista de que estou no caminho certo, que, em algum lugar ali perto, o portal me aguarda.

– Se eu pudesse acreditar nisso... – Ele inclina a cabeça de lado, me dá um olhar desconfiado.

– Bem, para começar, estou aqui, usando o vestido e conversando com você. – Arrisco outro passo, desejando que Auden já tivesse chegado lá e colocado o plano em andamento.

– É verdade. – Cade se aproxima de mim. Se é um esforço para se manter perto ou se ele está totalmente ligado em mim, é impossível dizer.

– E estou fazendo tudo o que mencionei apesar do fato de você ter sido responsável pela morte da minha avó. Isso tem que valer alguma coisa. – Paro com firmeza diante dele, o vórtice agora a poucos passos de distância, segundo o formigamento energético nas costas da minha mão. E ainda que eu tenha intenção de atravessá-lo, preciso fazer isso muito antes de Cade. É o trabalho dele me perseguir.

Ele rejeita minhas palavras com um dar de ombros.

– Sei o que ela significava para você, mas Paloma estava determinada a nos manter separados e, você tem de admitir, não estaríamos aqui agora, só você e eu, se eu não a tivesse matado. – Sua confissão é tão verdadeira que sei sem dúvidas que o que quer que esteja acontecendo com ele é muito pior do que pensei. O velho Cade teria me provocado sem parar. Este novo Cade é completamente imprevisível, o que o torna ainda mais perigoso.

– Eu a amava – digo, sabendo que não devia forçar a barra, que não devia me desviar do roteiro. Mas é impossível fingir meus sentimentos no que diz respeito à morte de Paloma. Além disso, é só questão de tempo antes que Cade Richter seja história. – Não passa um dia em que não sinta falta dela. – Acrescento. Apesar dos avisos de Chay, posso sentir minha raiva crescendo a cada palavra dita, até que tudo o que posso fazer é mantê-la contida. – Sim, é verdade que Paloma nunca entendeu esses... sentimentos... que temos um pelo outro. – As palavras são amargas em minha língua.

Cade faz uma expressão conciliadora e pega minha mão. E, por mais repulsivo que eu possa achá-lo, preciso continuar com o jogo só por mais alguns segundos.

– As pessoas morrem, Daire. – Ele funga baixinho, seu rosto cora de indignação, como se estivesse irritado pela falta de justiça no mundo; como se não tivesse o sangue de Paloma nas mãos. – É o ciclo da vida. Você, mais do que ninguém, devia saber disso. Nossa. – Ele solta minha mão, seus punhos se apertam de indignação. A explosão de raiva dura apenas um instante, antes que ele suavize e diga. – Dói, eu sei. Mas estou tão feliz em ver que parece ter superado isso e se concentrado no futuro que merece.

Abaixo os olhos, uso a pausa para dar outro passo para trás.

– Você teve tantas perdas tão rapidamente, que parece quase injusto. Mesmo assim, há uma razão para tudo, e cada passo leva ao passo seguinte. Agora que está por conta própria, com Paloma morta, Dace mudado, e Jennika...

– O que tem Jennika? – Eu o interrompo antes que ele possa completar. O som do nome da minha mãe em seus lábios é o bastante para me fazer querer esquecer todo o plano e matá-lo bem aqui.

– Relaxe. – Ele escorrega a máscara sobre o rosto e dá uma risada, fazendo um som estranho, abafado. – Eu estava prestes a dizer que até Jennika um dia vai seguir em frente. Cruzes, Daire, quando se tornou tão sensível?

Mas o jeito como a cabeça dele se inclina, o jeito como sua voz soa, fazem que me pergunte se é só isso mesmo. Ele é instável. Indigno de confiança. O que o torna capaz de qualquer coisa.

– De qualquer modo, chega disso. É hora de deixarmos nossas diferenças de lado. Venha. – Ele estende a mão para mim novamente. – Teve sorte de eu tê-la encontrado. Sabe que há uma ordem para matar emitida com seu nome?

– Sim. Foi você quem a emitiu. Lembra? – Deixo a farsa de lado, tendo alcançado meu limite com ele e suas loucuras.

– Não seja ridícula. Você não tem ideia do que está realmente acontecendo aqui. Mas, se ficar comigo, pode sair viva dessa.

Olho além da mão estendida de Cade, na direção do palco.

O jogo acabou.

O plano está em ação.

E ele não sabe, mas o tenho bem onde eu o queria.

Com a passagem de som completa, Auden apresenta a banda, enquanto Xotichl usa o pêndulo de ametista que leva no pescoço para localizar os Richter. Lita pega duas das três penas em seu cabelo e as usa para conceder a si mesma, a Auden, a Xotichl e a Axel poderes mágicos e de transformação, guardando a pena de águia – aquela que envia desejos e orações – para mais tarde. E Axel pega o chocalho da bolsa de Lita e o posiciona diante de si, esperando por Auden para começar sua música.

Quando começa o solo de bateria, Auden bate a cabeça de sua guitarra no tambor de Paloma que está posicionado ao seu lado, enquanto Axel agita o chocalho. Os dois mandam uma vibração mágica através do salão, enquanto abraço meu próprio corpo e rezo para que funcione.

É isso.

Não há plano B.

Fecho os olhos por um instante, faço uma pequena oração e, quando os abro novamente, viro sobre os calcanhares para ver se funcionou.

O vórtice está apenas a alguns passos atrás de mim, e graças ao tambor e ao chocalho, está iluminado de um jeito que só meus amigos e eu podemos ver.

Dou meia-volta e disparo na direção dele, quando Cade agarra as costas do meu vestido e respondo com um punho bem em sua mandíbula. Os nós dos meus dedos acertam sua carne com força, fazendo-o cambalear, rodopiar e acertar o chão enquanto sua máscara quica até o outro lado do corredor.

Mas é só questão de tempo até que ele esteja atrás de mim novamente – ou, pelo menos, este é o plano.

Preciso que ele me persiga.

Mas não antes de manter uma boa distância entre nós.

Tiro a algibeira de camurça do cabelo e coloco-a ao redor do pescoço, seguro a saia com as mãos e disparo pelo vórtice.

vinte e sete

xotichl

Auden se afasta do tambor e salta do palco. Segura minha mão com força, e saímos em disparada ao lado de Lita e Axel, na direção do vórtice, enquanto os Richter correm para nos alcançar.

O problema é que eles não estão exatamente sozinhos. Pelo andar da carruagem, estão levando metade do clube com eles.

A ideia é atrair os Richter em uma perseguição pelo portal, enquanto os anciãos fazem sua mágica para bloquear as saídas, garantindo a segurança dos cidadãos de Encantamento, ao mesmo tempo em que prendem Cade, Leandro e o resto deles para lidar com a ira de Daire, enquanto servimos de retaguarda, caso ela precise de nós.

Mas, com todas essas pessoas se juntando à perseguição, isso não está saindo como planejado.

Lita dá um olhar preocupado por sobre o ombro, procurando por Auden e por mim, mas um monte de gente passa por nós, e a única coisa que sei é que me soltei da mão de Auden e acabo de tropeçar, porque estou indo direto para o chão. Minhas mãos, diante de mim, estão prestes a acertar o piso quando alguém segura a parte de trás do meu vestido e puxa-me de volta à segurança, poupando-me do que certamente seria um caso de morte por pisoteio.

– Obrigada. – Afasto o cabelo dos olhos e luto para controlar o fôlego. – Acho que acaba de salvar minha vida.

– Talvez esse seja simplesmente meu jeito de agradecer você.

Olho para o rosto de um homem com olhos negros e opacos, e um sorriso medonho. Apesar das evidências diante de mim, digo a mim mesma que não é o que estou pensando. Estou claramente imaginando coisas.

– Pensei que estava indo para Albuquerque. – Faço um rápido inventário de seus olhos vesgos, do absurdo rabo de cavalo de meia-idade e das argolas duplas moderninhas nas orelhas. Só pode ser Luther.

– Acontece que precisavam de mim aqui. – Seu sorriso fica tão amplo e vazio quanto seu olhar.

– Quem precisava de você... Auden? – Meu estômago revira com pavor enquanto minha mente busca uma explicação simples.

– Auden? – Ele faz uma expressão de desgosto. – Não, flor. Acontece que Auden já ofereceu tudo o que pode. É de admirar seu nível de ambição, no entanto. Se quer saber, foi Leandro quem me chamou.

Minha intuição se agita, praticamente berrando *Eu não disse?!*

– Como conhece Leandro? Não entendo. – Mas, no segundo em que digo isso, percebo que entendo. De fato, estou começando a entender mais do que jamais quis.

– Ah, mas você está começando a entender agora, não está, flor? Que garota esperta você é. A gravadora para a qual trabalho é de propriedade dos Richter. Leandro é meu primo. Embora certamente deva ter imaginado isso, acho que não consegue realmente *ver* nem de perto tão bem quanto costumava. Na verdade, não pode ver muita coisa, pode? Ou, pelo menos, nada de qualquer importância ou profundidade. Que pena ver alguém com tanto poder, e com potencial tão ilimitado, se tornar tão tola e derrotada quanto qualquer um nesta cidade.

– Você fez isso! Você está por trás disso!

– Ainda que eu adorasse ter o crédito, foi somente você. Pense, flor, o que sempre foi a única coisa que nos impediu de alterar sua percepção até agora?

Meu estômago revira, e a bile sobe até minha garganta.

Minha cegueira.

Como Paloma me disse certa vez, *os Richter precisam de sua visão para alterar sua percepção. Se puder enxergar sua cegueira como uma bênção, posso ensiná-la a ver o que permanece oculto para a maioria...*

– E vai ainda mais fundo. – Ele agarra minha mão e, antes que possa impedi-lo, ele envia um fluxo de imagens para minha mente. Imagens tão horríveis, tão tenebrosas, que meus joelhos amolecem e dobram.

Não.

Minhas mãos encontram o chão.

O resto de mim segue.

Não, não pode ser!

Olho para cima, meu olhar implorando para o dele.

– Você tem que desfazer isso! Você tem que...

Ele se assoma diante de mim. Dá-me um sorriso maligno.

– Um contrato assinado é um compromisso. Um contrato assinado com sangue é um compromisso pela eternidade. E, falando em sangue... – Ele estende a mão para mim, passa um dedo grosseiro sobre meu rosto. Traça exatamente o mesmo lugar que Auden acidentalmente me sujou de sangue. – Parece que alguém foi marcada. – Sua gargalhada sardônica ecoa na minha cabeça. – Olhe só, essa foi uma das minhas melhores e surpreendentemente fáceis conquistas. Dois pelo preço de um... quem imaginaria isso? – Ele inclina a cabeça. –. Agora, se não se importa, ouvi dizer que há mundos para violar, sem mencionar uma Buscadora para matar. Não posso pensar em um jeito melhor para celebrar o fim do seu mundo!

Ele corre na direção do vórtice, desaparecendo com a mesma rapidez que apareceu. Enquanto luto para ficar em pé, luto para digerir esta mudança horrenda nos acontecimentos. Enquanto estou vagamente ciente de uma mão vindo por trás de mim, uma voz apressada diz:

– Aí está você, flor. Estive procurando por você!

E, antes que eu possa responder, Auden está me puxando através do véu cintilante.

vinte e oito

Lita

Olho por sobre o ombro, procurando Xotichl e Auden. Tenho apenas um vislumbre deles, antes que uma multidão de pessoas intervenha e eles aparentemente desaparecem de vista.

Aonde todas essas pessoas estão indo? Isso não era parte do plano!

Olho para Axel, perguntando-me se ele está pensando o mesmo que eu. Mas ele apenas segura minha mão com mais força e me puxa através do véu cintilante, onde paramos tempo suficiente para nos orientarmos e confirmar que nada está como da última vez que estive aqui.

Sempre que há uma festa na Toca do Coelho, os Richter gostam de organizar sua própria festa privada dentro da festa. É considerada uma grande honra conseguir um convite, em grande parte porque tudo é muito secreto e coberto de mistério. Envolve coisas como olhos vendados e cigarros, que, como descobri mais tarde, são usados para agradar os demônios que guardam a entrada.

Mas agora não está nada assim.

Não só não há demônios, mas o que antes era uma bizarra caverna luxuosa com mobiliário antigo dourado e obras de arte de valor inestimável é agora simplesmente uma casca queimada que leva a um deserto de quilômetros após quilômetros de tediosa areia amarela que, segundo Daire –

que nos deu instruções específicas para atravessar a passagem de lata, a caverna luxuosa e, depois, o segundo vórtice que leva ao vale de areia –, não deveria aparecer até muito mais adiante.

– A paisagem está errada. – Seguro-me a Axel com força, com medo de perdê-lo entre os grupos de pessoas que correm ao nosso redor, sem aparentemente nenhuma direção real em mente. Seus olhos estão vidrados, seus movimentos, bruscos, quase robóticos, como se não estivessem agindo por vontade própria.

– Isso é o mínimo que está errado. – As feições de Axel estão aguçadas, seus olhos se vincam de preocupação. – Veja os pingentes de turmalina que aquelas garotas estão usando.

Sigo o olhar dele para ver as pedras preciosas brilhando, piscando, como se um interruptor mágico as tivesse ligado.

– Jacy e Crickett estavam usando esses pingentes... e Daire tem o anel... temos que ajudá-las! – Estou cheia de adrenalina, motivada pela minha necessidade de resgatar todas elas, até que dou uma boa olhada ao meu redor, vendo o mundo se transformar em caos, e percebo que está fora do meu alcance. Isso vai muito além de qualquer habilidade que um par de penas possa ter me conferido. – Isso é um desastre! – Meus ombros afundam, meus olhos ardem, estou caindo aos pedaços, sucumbindo à pressão, juntamente com a certeza crescente de que ainda vai piorar. – Como isso aconteceu, quando estava tudo tão planejado?

Axel responde com uma expressão séria, enquanto me puxa através do vale de areia.

– Parece que os Richter estavam no controle o tempo todo.

vinte e nove

Dace

Quando o tambor soa, quando o vórtice se ilumina, Leandro levanta sua bebida e bate seu copo contra o meu.

– Exatamente como um relógio. – Ele sorri, toma um último gole, e deixa seu uísque no bar. – Gostaria de fazer as honras?

Nego com a cabeça, fazendo com que ele duvide de mim novamente.

– Pode ir primeiro. – Digo, em um esforço para agradá-lo. – Mas pegue leve com ela. Não seja muito rude. Tenho um *grand finale* preparado. E quero a Buscadora lúcida o bastante para desfrutá-lo.

O sorriso de Leandro aumenta. Estou finalmente falando sua língua.

– Só para que saiba, Gabe vai querer dar um tiro nela. Raios, Marliz também. Ela sempre a odiou.

– É melhor que façam fila. E é melhor que você vá antes que ela consiga muita vantagem.

Com uma expressão cheia de orgulho paterno, ele leva um momento para me dar um tapinha nas costas, então sai em disparada. Deixa-me para estudar meu irmão do outro lado do salão. Ainda deitado de bruços no corredor onde Daire o socou.

Levante-se, tolo.

Ele balança a cabeça. Seus olhos se voltam para mim.

Se eu não soubesse, pensaria que ele ouviu.

– Leandro está certo. – Vou em sua direção, encurtando a distância em poucos passos rápidos. – Você é uma vergonha para todos nós.

Ele me encara, xinga baixinho e luta para ficar em pé. Sua mandíbula está marcada pelo punho de Daire. Sua mente, um tormento de desgosto e raiva.

Matá-lo será ridiculamente fácil.

Passo por ele no meu caminho até o vórtice. Esbarro em seu ombro com tanta força que ele cambaleia, perde o equilíbrio e quase acaba novamente no chão.

– Controle-se – digo para ele. – Leandro está indo atrás da Buscadora, e você já está encrencado o bastante. Se for esperto, vai começar a se mexer e alcançá-la primeiro.

Trinta

Daire

A areia chega rápido demais. E, o que é pior, há ainda mais areia do que da última vez que estive aqui.

Mesmo assim, tento me manter otimista. Tento assegurar a mim mesma que, ainda que não seja exatamente o que eu esperava, pode ser que seja melhor assim. No mínimo, isso garante que não haja lugar para os Richter se esconderem.

Fecho os olhos, levanto os braços de lado e permito-me um momento de solidão calma e tranquila. Sei que os anciãos estão lá fora, fazendo sua mágica e fechando as saídas, enquanto meus amigos estão a caminho para garantir a retaguarda, caso eu precise.

Mas não planejo precisar.

Sem contar a areia, está tudo seguindo conforme o plano.

Em breve, muito em breve, vingarei cada Buscador que já caiu por causa de um Richter. El Coyote estará implorando misericórdia.

Como líder do clã, Leandro é o primeiro na minha lista, com Cade vindo logo atrás.

O barulho de pisadas a distância me diz que estão a caminho. O momento pelo qual esperei tanto está prestes a se concretizar.

Meu coração bate forte de ansiedade.

Concentro minha atenção e pego minha lâmina.

Tendo esperado tanto por este momento, mal posso acreditar que está aí.

Balanço o athame alto sobre minha cabeça, assinalando para meus amigos que está tudo bem. Pode não parecer como planejamos, mas não há nada a temer.

– Continuem correndo! – Grito. – Sigam até a colina e esperem por mim lá.

Enquanto espero encontrar Lita, Axel, Xotichl e Auden, descubro que meus amigos não estão lá – é a multidão da festa em vez disso.

Um tsunami de pessoas mascaradas em trajes formais vindo bem na minha direção. Seus pingentes e braceletes de turmalina reluzem e piscam enquanto se arrastam pelas areias como se guiados por uma força externa.

Com apenas poucos passos entre nós, o chão cede, a areia colapsa e somos sugados para as profundezas da terra. Despencamos na direção do Mundo Inferior, onde nos espatifamos em uma pilha de corpos desconjuntados.

Liberto-me do emaranhado de braços e pernas e arrasto-me até minha faca, que se soltou na queda.

Meus dedos mal tocam o cabo quando Leandro a prende ao chão com o calcanhar de sua bota, assoma-se diante de mim e diz:

– Obrigado, Buscadora. Tudo saiu exatamente como planejado.

Trinta e um

Daire

Leandro aparece ameaçador diante de mim.

Chuta meu athame para longe do meu alcance.

Esse simples movimento assinala que meu plano é um fracasso – e, mesmo assim, não há como negar que o tenho bem onde queria. Tudo o que preciso é da minha faca.

Abro a palma da mão, estendo os dedos, e tento convocar o athame. A familiar sensação de formigamento percorre minha carne, um sinal certo de que está funcionando, até que Leandro me dá um soco direto no queixo.

Minha cabeça vai para trás, meus pés voam diante de mim, enquanto meu corpo rodopia na direção da terra, e minha mente titubeia com o absurdo do que estou encarando agora: meu namorado é um demônio, e o pai dele acaba de me nocautear.

Giro de lado, pestanejando até que a constelação de estrelas que rodopia diante de mim desapareça, para ver Leandro liderando um exército de demônios, Richter e foliões anestesiados, em um tumulto pela terra que jurei proteger.

O Mundo Inferior é um caos.

O Mundo Superior virá na sequência.

Acontece que, quando Auden bateu no tambor de Paloma, isso não iluminou apenas o portal da Toca do Coelho, como planejamos.

Iluminou *todos* os portais.

Deixou aquelas entradas brilhantes abertas – permitindo aos Richter uma entrada liberada em dimensões há muito negadas para eles.

Mais uma vez, o Coiote estava um passo adiante.

Orquestrando, se não tentando adivinhar, cada movimento meu.

Com a multidão se dispersando rapidamente e Leandro tendo partido há muito tempo, fico em pé, recupero meu athame e escondo-me atrás de um pequeno grupo de árvores, onde espero passar despercebida até imaginar um meio de reagrupar.

Busco a algibeira de camurça em meu pescoço, convencida de que, se há um momento para pedir a ajuda dos meus ancestrais e dos meus talismãs, é agora, e lembro algo de que Paloma me disse certa vez:

Algum dia você vai precisar nos convocar como nunca antes – use sua luz.

Bem, estou usando minha luz, meus talismãs, minha intenção – estou usando cada truque que minha avó me ensinou e chamando-os com tudo o que tenho. Mas, após alguns instantes de silêncio, não há sinal deles. Nem mesmo o Corvo vem em minha ajuda.

Estou sozinha.

Realmente sozinha.

Assim como o grande corvo solitário que voou sobre o túmulo de Paloma no dia em que a enterrei.

Parece que meus ancestrais, juntamente com meu espírito animal, estão determinados a me ignorar.

Afasto-me das árvores, decidida a localizar meus amigos e fazer o que for preciso para conseguir algo que se assemelhe a algum controle, quando Chay sussurra meu nome a alguns passos de distância.

– Nossa mágica falhou. – Ele se arrasta na minha direção. O rosto agoniado, a mão segurando a lateral do corpo. – Estávamos aqui embaixo trabalhando. Tudo seguia como planejado. Então... – Sua voz falha, nós dois sabemos que não há necessidade de terminar a frase quando a evidência nos cerca.

– É um desastre – digo. – Pensei que eu tinha tudo sob controle, porém, mais uma vez, o Coiote estava controlando os fios.

Começo a arrancar o anel de turmalina do dedo, convencida de que Chay estava certo. Eu nunca devia tê-lo feito desenterrar isso. Só serviu para que o Coiote pudesse ter acesso direto a mim.

– Não faça isso. – Ele balança a cabeça, coloca uma mão em meu braço e lhe dou um olhar questionador. – Se isso realmente está trabalhando contra você, então não vai demorar muito até que os Richter a encontrem. Eles querem celebrar a invasão dos três mundos matando a Buscadora. O que quer dizer que ainda tem uma chance de alcançá-los antes que alcancem você.

– Leandro já me alcançou. – Esfrego o ponto dolorido em meu rosto onde seu punho acertou minha mandíbula. – Mas então foi embora. Acho que saquear o Mundo Superior é mais interessante.

– Não vai ser ele que vai matar você. Ele deixará essa vitória em particular para um de seus filhos. – As palavras são ditas de forma direta, embora seus olhos traiam a magnitude de seu pesar.

– Que altruísta da parte dele. – Reviro os olhos, abro um sorriso sardônico, observando o jeito como Chay faz uma careta em resposta. – Como sabe tudo isso, de qualquer modo? – Eu o observo cuidadosamente, convencida de que há mais do que ele está disposto a partilhar.

– Como veterinário e cidadão de Encantamento há muito tempo, vamos dizer que estou bem versado nos modos de agir do Coiote. Sempre imaginei que esse dia chegaria.

– Estava predestinado. – Fecho meus olhos com força, rapidamente; as palavras cortam até o osso. Lembro-me do dia em que descobri que Dace era meu predestinado. Como me senti feliz. Quão seguro meu futuro parecia. Nenhuma vez ousei pensar que estávamos predestinados a isso...

Minhas entranhas se contorcem de pesar, tenho dificuldade em respirar, e instintivamente levo a mão até a chave pendurada no meu peito – o símbolo do amor entre mim e Dace. Meus dedos se curvam em volta dela, buscando a confirmação que nunca deixou de me dar.

Não posso desistir.

Não vou desistir.

Os Richter já tomaram o bastante – não vão reivindicar Dace também.

Ergo minha mão diante de mim, observando como a turmalina reluz e cintila como se tivesse vida própria, então olho ao redor. Vejo um mundo antes pacífico, agora deixado em ruínas, e só vai piorar.

– Isso marca o início da profecia. – A voz de Chay é mais rude do que o normal, como se cada palavra fosse uma luta. – Pode não ter nada a ver com o anel.

– Ou isso ou, mais uma vez, Cade ficou impaciente e decidiu dar um empurrãozinho nos acontecimentos.

– Ainda que provavelmente nunca tenhamos a resposta, talvez você possa encontrar um jeito de fazer a pedra trabalhar *a seu* favor. O que me disse sobre suas propriedades?

– É uma ferramenta xamânica, que ativa o terceiro olho e, em caso de problemas, pode guiar alguém em direção à segurança... – Meus olhos se arregalam em entendimento. – Então, está dizendo que eu deveria usar isso para me levar até os Richter em vez de deixar isso trazê-los até mim?

Seus olhos brilham o máximo que conseguem sob as circunstâncias.

– De qualquer modo, você vão se encontrar. Mas, pelo menos, este jeito a coloca no controle da situação.

Não demoro muito para perceber que ele está certo. Mas, antes de colocar meu novo plano em prática, preciso, primeiro, saber que os anciãos estão em segurança.

– Onde estão os outros? – pergunto. – Pé Esquerdo, Cree e Chepi?

– Estão todos aqui, em algum lugar. Achamos melhor nos separar: caso acontecesse o pior, os Richter não pegariam todos de uma vez.

Fecho os olhos. Mal sou capaz de acreditar no perigo em que coloquei todos eles.

– Ei, pare com isso. Não temos tempo para arrependimentos. – Chay coloca um dedo no meu queixo. – Somos parte dessa luta desde o início. Muito antes de você nascer. O que acontecer deste momento em diante não é sua culpa. Entendeu?

Assinto porque ele espera que eu faça isso, mas não consigo evitar o remorso.

– Se tem de se preocupar com alguém, preocupe-se com Jennika. – Meus olhos se arregalam. – Não pude impedi-la. Ela insistiu em vir.

– Diga-me que não acaba de falar isso – imploro, perguntando-me como é possível que as coisas fiquem piores. Mas o olhar em seu rosto confirma que é verdade. – Ela, pelo menos, está armada? – Imaginando que o que está feito está feito, é melhor me voltar para o lado prático. – E o que eu quero dizer com isso: ela está armada com alguma coisa além de um feroz instinto maternal de salvar a cria a qualquer custo?

Chay tenta sorrir, mas não demora muito até que seus lábios se apertem e seu rosto fique pálido.

– Ela nos disse que era bem experiente no arco, então Pé Esquerdo arrumou um para ela.

– Experiente? – Franzo o cenho, permitindo uma volta rápida ao passado, quando ela fez algumas aulas durante os intervalos de filmagem em um *set*, mas não me lembro de ela ter acrescentado isso em sua curta lista de passatempos. – No máximo, ela é uma amadora. – Digo, ficando inexplicavelmente zangada por Jennika exagerar suas habilidades e se colocar em grave perigo.

– Bem, isso vai ter de se provar o suficiente. – Chay passa a mão na testa, limpando uma fina camada de suor com os dedos. – De qualquer modo, está pronta?

Olho para ele.

– A diversão está apenas começando.

– Você chama isso de diversão?

– Como tudo, é só uma questão de perspectiva.

Ele tira o anel de Águia do dedo, segura-o sobre a cabeça e emite uma série de assobios rápidos que imitam perfeitamente o grito agudo da Águia.

– O que está fazendo? – Pergunto, preocupada que ele atraia os Richter e os demônios antes que eu esteja pronta para encará-los.

Chay espalma a mão na barriga. Vendo meu olhar de preocupação, ele aponta com o dedo para o céu, gesticulando na direção da bela Águia voando em círculos cada vez maiores.

– Ela está caçando os Richter – ele diz, observando seu magnífico espírito animal em ação, o que só faz que eu me pergunte o que aconteceu com o meu.

– Ela os trará até nós?

Chay tenta rir, mas não consegue nem sorrir.

– Não é provável. Mas, se a seguir, ela a levará até eles. Pense nela como um complemento para a turmalina.

Volto minha atenção para Chay, juntando todos os sinais de sofrimento físico que ele está aparentando desde que chegou, e fico ainda mais convencida de que algo está terrivelmente errado.

– Se *eu* me apressar? E quanto a você? É o seu espírito animal. Não vem comigo?

Ele nega com a cabeça e abre a jaqueta. Revela o lugar em que o sangue escorre continuamente de um ferimento escondido sob sua camisa.

– Parece que você não foi a única a se encontrar com Leandro. – Sua pele empalidece, seu olhar se torna opaco, distante e, quando corro para ajudá-lo, ele me afasta.

– Sou uma curandeira! Posso ajudar você! – Exclamo, revendo mentalmente a lista curta de curas e remédios rápidos.

– Isso é uma atividade secundária. – Ele segura minhas mãos e as dobra entre as suas. – Você é a Buscadora antes de qualquer coisa, o que significa que não pode se permitir ser distraída por mim. Vá, Daire. Você tem um trabalho para fazer. Ficarei bem.

– E se não ficar? – Meus lábios tremem, meus olhos ardem e, se eu não soubesse que não é assim, juraria que meu coração foi esfacelado em mil pedaços. – Não posso fazer isso sozinha! Não posso perder você também!

– Mas algum dia isso acontecerá. – O olhar dele é resignado, sem deixar dúvidas de que está lutando tempo o bastante para me convencer a partir. – Se não hoje, então algum dia, e é perfeitamente normal. Paloma está esperando por mim, e, quando meu tempo acabar, irei embora alegremente. Estou pronto para encontrá-la. Então, não se preocupe. Minha respiração pode parar, mas minha alma transcenderá. Então, vá, Daire. Confie em suas habilidades. Confie nos ensinamentos de Paloma. Confie na sabedoria dos seus ancestrais. Mas, mais importante do que tudo isso, confie em seu coração. Ele nunca o enganará.

Meu olhar encontra o dele, e instintivamente sei que ele se refere a Dace.

– O amor é uma força poderosa. Se alguém pode salvá-lo, é você. Então, vá. Vá fazer o que nasceu para fazer.

Coloco uma mão em cada lado de seu rosto, fico na ponta dos pés e pressiono os lábios em sua testa. Espero que, de algum modo, ele possa intuir todas as palavras que estou abalada demais para dizer. Então, com o coração pesado, dou meia-volta e corro no encalço da Águia.

Trinta e dois

Xotichl

No instante em que descubro que aterrissamos no Mundo Inferior, meu primeiro instinto é fugir.

O lugar que certa vez implorei para visitar – o lugar que antigamente considerei tão querido e que me agraciou com o que antes eu considerava o presente mais incrível ao restaurar minha visão – se transformou em uma cena tão infernal que é como uma imagem espelhada do deserto de emoções conflituosas no meu interior.

Bato com os punhos na terra.

Açoito, chuto e grito com tudo o que tenho em mim.

Guiada pelo ódio imenso por este lugar, culpando-o por alimentar meus sonhos e encorajar-me a acreditar que a antiga eu não era boa o bastante, que eu precisava de melhorias.

Mas, principalmente, odeio a mim mesma por abandonar meu sexto sentido com apenas um pensamento, um desejo de ser *normal*, como todo mundo.

É a razão pela qual não consegui uma leitura de Luther.

O motivo pelo qual não pude avisar Auden para não assinar aquele contrato.

Não pude avisar Daire que algo terrível estava acontecendo.

E, por causa disso, os três mundos, assim como nossas vidas, estão em ruínas. Aquelas não eram safiras incrustradas na caneta, eram turmalinas azuis das minas de Cade.

E o sangue que Auden derramou no contrato – o sangue que ele acidentalmente derramou no meu rosto – nos prende aos Richter por toda a eternidade.

Por ter concordado em bater no tambor que iluminou os portais que permitiram ao Coiote acesso irrestrito aos mundos há muito negados para ele, Auden terá riquezas ilimitadas, fama e sucesso inigualáveis.

Ele viverá a vida de seus sonhos, mas a fama será passageira.

O sucesso vem durante o tempo de uma única vida, enquanto nossas almas estão condenadas por toda a eternidade.

– Flor, ei… você está bem? – Auden rasteja até meu lado, leva a mão até meu rosto manchado pelas lágrimas. – Está machucada?

Nego com a cabeça.

– Assustada?

– Não do jeito que imagina.

– Então o que foi? – Ele passa a mão pelo meu cabelo, coloca uma mecha atrás da minha orelha. Seu toque é tão gentil, seu olhar tão carinhoso, que não posso suportar contar a verdade.

Mas acho que ele decifra o olhar em meu rosto, porque segura minha mão e diz:

– Há quanto tempo sabe? – Sua voz é sombria, seu rosto, grave.

– Provavelmente não tanto quanto você.

– Xotichl… – Ele aperta minha mão. – Sinto muito. Estraguei tudo. Queria tanto isso, mas só porque queria que você acreditasse em mim. Queria que sua mãe acreditasse em mim… queria ser bom o bastante para ela… conseguir a aprovação dela…

Minha garganta fica quente e apertada.

– Ah, Auden. Você não entende? Ninguém jamais será bom o bastante para minha mãe. É como ela é no que diz respeito a mim. Mas você sempre foi mais do que bom o bastante para mim… não é o que realmente importa?

– Deveria ser. Mas eu estava tão desesperado pela bênção dela que… – Ele balança a cabeça, fecha os olhos como se não pudesse suportar ver ou ser visto. – E, agora, por causa disso, coloquei você em perigo.

– Talvez. Talvez não.

Auden abre os olhos, olha para mim.

– Só porque nosso plano é um fracasso não significa que não possamos improvisar. Tem que haver uma maneira de transformar toda essa coisa ao nosso redor, e estou determinada a descobrir como. Cansei dos Richter. Eles não ficarão com nossas almas tão facilmente, não sem uma luta. – Fico em pé e entrelaço meus dedos com os dele. Fazendo uma expressão de coragem e uma voz para combinar, digo: – Primeiro precisamos encontrar nossos amigos e ter certeza de que estão bem. Então daremos um jeito em Luther e nos Richter de uma vez por todas.

Trinta e três

Lita

No segundo em que a areia afunda sob nossos pés, Axel me puxa apertado de encontro ao seu peito, e me envolve com os braços em uma tentativa de amortecer a queda.

Ele está sempre aí para mim.

Sempre cuidando de mim.

Em apenas seis meses, ele se tornou parte tão integral da minha vida que sequer posso imaginar estar sem ele.

Atingimos o solo, com Axel embaixo e eu em cima. Depois de me certificar que ambos sobrevivemos aparentemente sem danos, enterro meu rosto em seu peito e busco força em seu toque, imaginando que vou precisar disso já que, pelo que posso dizer, nosso mundo foi para o inferno.

– Você está bem? – Axel afrouxa o abraço, nos coloca em pé, enquanto arrumo as alças do meu vestido e faço um rápido inventário de mim mesma.

– Sim – digo. – Ou, pelo menos, acho que sim. A máscara sumiu faz tempo, mas já foi tarde. Estou feliz que Daire tenha me convencido a usar essas botas. – Levanto a bainha do meu vestido e olho para o horrendo par de botas de caminhada que eu estava relutante em usar. – Os saltos que eu tinha em mente jamais sobreviveriam a essa queda. – Sorrio, dou um tapinha em seu ombro, tento conseguir uma resposta. Mas ele já está distante. – O que foi? O que é isso? – Sigo a direção de seu olhar estranhamente cintilante, observando enquanto ele encara com os olhos arregalados o céu brilhando vermelho.

– É o Mundo Superior. – Ele se volta para mim, o rosto cheio de dor. – Foi invadido.

Eu o observo de perto, alarmada pelo jeito que suas pupilas se iluminam até ficarem quase incandescentes.

– Talvez seja apenas mais um dos estúpidos truques de mágica de Cade. Quero dizer, não seria a primeira vez. Na última véspera de Natal, ele fez o céu sangrar fogo. Praticamente bombardeou a cidade inteira.

– Não é Cade. – Seu tom é tão pesaroso quanto seu rosto. – Posso ouvir os gritos do meu povo em agonia.

Ele começa a ir embora. Seus movimentos são tão sem esforço que é como se estivesse sendo levado por uma força muito maior.

– Axel! – Agarro sua mão, obrigo-o a me encarar. – O que está fazendo? – Grito, embora a resposta seja clara. Seus olhos revelam tudo. – Não. – Minha voz treme, embora não seja nada comparado aos meus joelhos. – Não! *Não pode* voltar para lá! Você vive aqui agora!

– Lita… – Ele se volta tempo o bastante para colocar suas mãos em meu rosto. Seu toque é tão suave que eu poderia facilmente me distrair se seu olhar não fosse tão definitivo.

– Está brincando comigo? – Minha voz é estridente de uma maneira que normalmente me envergonharia, mas não agora, não quando tudo o que valorizo está se desfazendo. – Você entra na minha vida, me faz cair de cabeça no que sinto por você, só para que possa me largar no instante em que os mundos vão para o inferno? – Seguro seu braço com tanta força, tento forçar uma resposta, mas, quando ele não consegue falar, tento outra abordagem e apelo para seu lado prático. – Axel, não sei no que está pensando, mas *não pode* me deixar aqui por minha conta. É perigoso, há demônios, e estou completamente desarmada!

– Você não está desarmada. – Ele pega a última pena do meu cabelo e a passa suavemente em meu rosto. – É um milagre que não tenha perdido isso na queda. Deve ser um presságio.

– Um milagre? Desde quando uma pena pode ser qualificada como um milagre? – Odiando até mesmo olhar para ela, acerto-a com as costas da mão, afastando-a. – Como se isso fosse me defender contra um Richter! –

Olho penetrante para ele, tão zangada, tão incrivelmente insultada, que poderia gritar. Mas, de algum modo, consigo me conter.

– Não é só uma pena. É uma pena de Águia...

– Sei que tipo de pena é! – Esfrego os lábios uns nos outros. Engulo uma enxurrada de palavras das quais só vou me arrepender. Sabendo que é melhor parecer racional, se não inteiramente calma, obrigo-me a dizer: – Axel, juro que, se me deixar aqui, eu vou...

Ele pressiona um dedo nos meus lábios, o que só me deixa tentada a mordê-lo. Não que isso vá servir de alguma coisa. Ele só vai sangrar um pouco de ouro, antes que o ferimento feche como se nunca tivesse existido.

– *Acredite*, Lita. É tudo o que peço a você. Crença e intenção estão no âmago de toda magia. Não dá para funcionar sem isso.

Começo a afastar sua mão, mas, no segundo em que meus dedos encontram os dele, pego-me segurando-o, em vez disso.

– E para quem exatamente devo fazer minha oração? Para você? Vai atender meu desejo quando chegar lá?

– Se eu puder.

– E se não?

Ele aperta meus dedos, segura minha mão perto do peito.

– Honestamente, estou só tentando fazer que minha própria oração seja atendida. Mas, Lita, você precisa saber que orações são como desejos. Se desperdiçá-las com frivolidades, elas não estarão lá quando precisar delas para algo sério. Então, pense muito antes de usá-las. – Ele coloca a pena na minha mão e dobra meus dedos ao redor dela.

– Você está falando sério. Vai realmente fazer isso, não vai? – Minha voz falha, não sou capaz de acreditar que isso está acontecendo. Que a profecia de Cade sobre nosso romance condenado está realmente se tornando realidade.

Axel coloca as mãos no meu rosto, seus olhos cor de lavanda resplandecentes transmitem todas as coisas que as palavras não conseguem. Mas é doloroso demais. Não suporto olhar. Então fecho meus olhos, fico na ponta dos pés e levo meus lábios de encontro aos dele. Permito-me deleitar com um toque tão leve, tão fascinante, tão amoroso, tão fugaz...

E a próxima coisa que sei é que ele desapareceu em um clarão de luz vermelha ardente.

Trinta e quatro

Daire

Sigo a Águia de Chay até um grande grupo de demônios se divertindo aterrorizando um viveiro cheio de coelhos.

E é por isso que não notam minha presença.

– Coelhinhos? Sério? – Balanço o athame diante de mim. – Sabem, as regras são realmente bem simples, e mesmo assim vocês sempre parecem quebrá-las. Então, permitam-me recordá-los. Primeiro, nada de aterrorizar, matar ou comer espíritos animais...

Eles param com a ameaça e voltam a atenção para mim, esperando para ouvir o que vem a seguir. Essa é a coisa com os demônios – embora sejam definitivamente horríveis, maus, incrivelmente perigosos e propensos a causar destruição em massa, também são facilmente distraídos.

Sem mencionar estúpidos.

– Segundo...

Meu olhar se move entre eles, procurando pelo líder. Ainda que eu decida que não é aquele que rosna, grunhe e vai atrás de mim primeiro, não hesito em passar meu athame por seu pescoço grosso e escamoso – se não por outro motivo, para mandar uma mensagem para os demais.

Seu corpo se contorce e se contrai em um breve surto de adrenalina, antes de despencar na terra, ao lado da cabeça.

– Como eu estava dizendo antes de ser tão rudemente interrompida... – Limpo o sangue da minha lâmina e a posiciono diante de mim, pronta para encarar o próximo ataque. – Os Mundos Superior e Inferior são estritamente proibidos. O que quer dizer que podem partir agora ou me enfrentar. Vocês escolhem.

Eles vêm até mim em uma onda de caudas, chifres e cabeças exageradas e monstruosas, e meu athame se crava nelas tão facilmente quanto em um peru de Ação de Graças. Contando cada pedaço cortado como um pequeno sinal de vitória, sei o tempo todo que, provavelmente, não deveria estar gostando tanto daquilo quanto estou.

Não é como se houvesse uma escassez do mal. Há muito mais de onde esses vieram.

Sem mencionar que, em algum lugar lá fora, o Coiote está esperando. Paro com os movimentos extravagantes e com os gracejos e concentro-me em terminar o trabalho. Elimino metodicamente um por um até que todo o grupo é erradicado e sigo a Águia até o seguinte. Então faço o mesmo com o que vem na sequência. E todos os outros que se seguem. Depois de um tempo matando tantos demônios, os espíritos animais começam a sair dos esconderijos e a trabalhar a meu favor.

Um pelotão de Coelhos, Tartarugas, Bisões, Carneiros e Linces é logo acompanhado por incontáveis outros com intenção de reclamar seu território.

Embora, mais uma vez, o Corvo esteja ausente.

O Cavalo também.

Mas, com tanto a ser feito, não posso me distrair. Fico de olho na Águia, enquanto, alguns metros adiante, ela vira um arco amplo diante de mim, assinalando outro grupo de demônios à espreita nas redondezas. Mergulhando bem perto do meu ombro, bem quando estou prestes a encerrar, ela desvia tão perto que suas penas passam pelo meu rosto como um beijo, antes de sumir de vista.

Um arrepio percorre minha nuca, atravessa minha pele.

Meus joelhos enfraquecem, enquanto meus dedos tremem tanto que quase derrubo o athame.

Meu corpo instantaneamente reconhece a verdade que minha mente luta para negar.

Chay.

Outro perdido pelas mãos dos Richter.

Inclino-me até o chão, cambaleando sob o peso da perda, tão tomada pela dor, que é um momento antes que noto o repique de vozes gritando ali perto.

Guiada pela raiva, pela mágoa e pela vingança, fico em pé e corro em direção ao barulho. Pergunto-me o motivo pelo qual os espíritos animais não estão dispostos a me seguir, quando irrompo em uma cena que explica a relutância deles.

Mesmo de costas para mim, a visão de seus belos cabelos, com brilhantes ondas cor de âmbar caindo até as costas, seu corpete de couro negro, a pele sobrenaturalmente translúcida, a saia composta por inúmeras serpentes vivas que se retorcem, não deixam dúvidas de que cruzei o caminho da Guardiã de Ossos.

Aquela que governa o nível mais baixo do Mundo Inferior.

Aquela que preside o Dia dos Mortos, coletando os ossos dos que morreram, como entrada para o pós-morte.

Não é de admirar que os espíritos animais prefiram ficar longe – ela é tão aterrorizante agora quanto no dia em que a conheci.

– Então, a Buscadora retorna. – Sua voz tão gutural e profunda, enquanto ela olha por sobre o ombro, revelando a versão bonita de seu rosto. Os olhos grandes, negros como ônix, a boca exuberantemente generosa, usada para engolir estrelas. Uma fachada estonteante que pode instantaneamente se transformar em um crânio queimado pelo sol, com horríveis buracos no lugar dos olhos. – Ainda que tenha feito um bom trabalho matando demônios, não tenha ideias. Demônios não têm propósito algum para mim, e é por isso que os deixei para você. Estes são meus, você não terá parte alguma deles. – Ela gesticula na direção de um grande grupo de Richter que teve o azar de cair em sua armadilha.

É a única coisa que temos em comum – a Guardiã de Ossos odeia o Coiote quase tanto quanto eu. Durante séculos, seus mortos negaram os ossos a ela, e a Guardiã de Ossos nunca esquece o que lhe é devido.

Os que ainda estão vivos se amontoam com os olhos arregalados e aterrorizados, observando enquanto seu exército de serpentes infinito enfia as presas nas carnes dos caídos, arrancando meticulosamente os músculos e a carne e expondo os ossos que ela cobiça.

Olho para o grupo, procurando por três em particular. Espero que não estejam entre o monte que é esfolado pelas serpentes. Tenho minha própria tortura planejada.

– Ainda que eu não esteja aqui para interferir em... – Olho para os destroços, procurando o jeito correto de expressar o *show* de horror que ela comanda. –... sua *coleta de ossos*, sinto que devo avisá-la... de que aquele é meu. – Aponto para o que está na minha lista, sem sombra de dúvidas sobre quem estou falando, enquanto faço meu caminho por montes incontáveis de serpentes.

Estou pronta para fazer valer minha reivindicação quando a pálida mão ossuda da Guardiã de Ossos segura meu punho com força.

– Não negocio. – Seus olhos ardem nos meus.

Coloco minha mão sobre a dela e liberto-me de seu aperto, esfregando o lugar onde suas unhas entraram na minha pele.

– Engraçado, não é o que lembro. – Eu a encaro, lembrando o acordo que fizemos no Dia dos Mortos, quando fiquei com as almas e ela conseguiu os ossos. – Sem mencionar que hoje não é *Día de los Muertos*. Você não tem direito sobre eles.

Ela sorri. Seus lábios se estendem até revelar uma fileira de dentes brilhantes e uma língua salpicada de pó de estrelas. A exibição é estranhamente sedutora, até que seu rosto se transforma em um crânio e a ilusão se perde.

– Caso não tenha notado, os mundos estão misturados, Buscadora. As regras antigas não se aplicam mais.

– Uma suspensão temporária que logo será sanada. – Obrigo as palavras a saírem, falando com muito mais confiança do que atualmente tenho. – E acontece que este é o primeiro passo na direção de fazer isso acontecer. – Passo por ela até ficar parada diante dele. Desfruto o olhar de puro terror no rosto de Gabe enquanto pressiono a ponta do meu athame coberto de gosma de demônio embaixo do seu queixo, admitidamente desapontada que não seja Leandro ou Cade, embora seja um bom começo. – Você pode ficar com os ossos dele no que me diz respeito. Mas quero ser aquela que vai destruí-lo.

– Meu, meu. – O som da Guardiã de Ossos dando risadinhas é tão antinatural que não posso deixar de me encolher. – Parece que o Eco não é o único que ficou sombrio por aqui.

– O que sabe sobre isso? – Olho por sobre os ombros, alterando minha atenção entre ela e Gabe.

– A mesma coisa que sempre soube. Vai ser engraçado ver como isso termina. Embora, provavelmente, mais engraçado para mim do que para você... Tenho quase certeza de que sua sorte está prestes a acabar.

– Sorte? Acha que estou confiando na sorte? – Agora é minha vez de rir, o som amargo, sarcástico e nem um pouco satisfeito. Volto minha atenção para Gabe e enfio a ponta da minha lâmina na carne dele, deixando um brilhante rastro vermelho. – Sorte não tem lugar no que diz respeito ao dever. Treinei duro para este momento. Estou simplesmente fazendo o que nasci para fazer e nada mais.

– Se diz isso – ela devaneia. – Mesmo assim, é um espetáculo raro ver uma Buscadora matar um humano. Isso é coisa do Coiote, não sua.

– Parece que as regras mudaram.

– Mudaram? Ou é como você justifica sua raiva por causa de tudo o que perdeu?

Eu a encaro por sobre o ombro. Se ela não fosse tão formidável, seria a próxima na minha lista.

– Por que se importa?

– Não me importo. Dá no mesmo para mim. No fim, pegarei seus ossos também. E, pelo jeito que as coisas vão, não vai demorar muito tempo. Falando nisso... você o viu? Viu o Eco transformado na besta? – Seu queixo se levanta. Suas bochechas se alargam. O som de osso raspando em osso é tão perturbador quanto o ruído de uma unha no quadro-negro... até que ela solta um longo suspiro e seu rosto se transforma na versão em carne e osso. Sua pele tão translúcida quanto papel manteiga, seus olhos adotando um brilho lascivo com a lembrança.

E, embora eu preferisse afastar o olhar, fingir ignorá-la, se ela tem alguma ideia de onde Dace está, preciso que me diga. Seguro Gabe com mais força, e ele estranhamente não tenta escapar, e volto-me para ela para dizer:

– Escute, qualquer coisa que puder me contar sobre o paradeiro de Dace seria muito apreciado.

– Aposto que sim. – Ela volta a observar suas serpentes, mostrando que não tem intenção de me ajudar, então volto minha atenção para Gabe.

– Você está acabado – digo para ele. – Seu reinado de terror acaba aqui. Agora.

– Então se apresse e acabe com isso – ele diz, inclinando a cabeça para trás e oferecendo o pescoço.

O malvado Gabe Richter está implorando para ser morto?

Minha faca para na minha mão.

Isso é algum tipo de truque?

Sigo o olhar dele até onde a Guardiã de Ossos comanda que suas serpentes arrastem outro de seus primos e comecem o processo de esfolar a carne dos ossos enquanto ele ainda está respirando.

A visão é tão perturbadora, os gritos agonizantes tão dolorosos, que tudo o que posso fazer é me conter. Já vi algumas coisas doentias na vida, mas isso é o pior de tudo. Não é de estranhar que Gabe prefira morrer pelas minhas mãos.

– Você não vai me matar – Gabe diz, embora a verdade é que mal consigo entender as palavras por sobre o barulho dos gritos atormentados, os berros frenéticos e estridentes, o ruído das serpentes sibilando e deslizando, o lento e agonizante chocalho da morte, acompanhado pela *Guardiã de Ossos guinchando?*

Viro na direção dela, observando confusa enquanto ela joga uma grande rede prateada sobre sua recompensa, chama suas serpentes e foge com o saco de ossos chocalhando atrás de si. Volto para Gabe bem quando ele vira a faca sob o queixo, escapa do meu aperto e corre até parar ao lado de Dace.

Réquiem

Um buscador precisa aprender a ver na escuridão,
confiando no que sabe em seu coração.
– Paloma Santos

Trinta e cinco

Dace

A visão de Gabe correndo na minha direção como se eu fosse algum tipo de salvador é engraçada, na melhor das hipóteses – equivocada, na pior.

Ele teria se saído melhor apostando suas chances com a Guardiã de Ossos.

Ou mesmo com a Buscadora.

Embora eu planeje esclarecer-lhe em breve.

– Pegue-a! – Ele grita. – Ela está bem ali... pronta para a morte!

Ele aponta com o polegar na direção de Daire, como se fosse possível eu não a ter visto.

Como se meus sentidos recentemente aumentados não fossem capazes de senti-la, rastreá-la, intuí-la cada vez que ela inala e exala.

Mesmo assim, não me nego a oportunidade de encher meus olhos com sua visão. Imersa em uma beleza tão radiante, tão cintilante, que ela parece iluminada por dentro.

– Que raios está fazendo olhando para ela como algum tolo apaixonado? Ela vai fugir se não fizer algo logo! Leandro me avisou para deixá-la para você, mas se não vai matá-la, então...

– Então, o quê? – Em um instante, minhas mãos circundam o pescoço dele. – Diga-me exatamente, o que planeja fazer com a Buscadora?

– Que raios está fazendo? – Ele engasga, as feições distorcidas de ultraje. – Solte-me, seu idiota. Estou do seu lado!

– Pode ser. – Eu o ergo no ar. Levanto tão alto que seus pés se debatem em busca de equilíbrio, seus dedos se esticam na direção do chão, enquanto seu corpo se debate como um peixe no anzol. – A questão é que não estou do seu. – Ele balança na minha mão, lutando, chutando, gritando "assassino maldito". Ou, melhor, ele gritaria "assassino maldito" se eu não tivesse cortado seu suprimento de ar.

Dei a todos eles uma vantagem.

Encorajei Leandro, Gabe e Cade a irem atrás de Daire primeiro, para que ela pudesse ter o prazer de matar todos eles.

Imaginava como deveria ser observar o Corvo finalmente conquistando o Coiote depois de todo esse tempo.

Uma visão que eu gostaria de ter tido.

Mas parece que planos, como o destino, estão sujeitos a mudanças.

E com os portais abertos e o Coiote deixado completamente sem controle, terei de reivindicar esta morte em particular para mim. Pelo menos, Daire pode assistir a ela.

Aproximo o rosto de Gabe do meu, perscruto seus olhos injetados de sangue e o solto, só o suficiente para que permaneça consciente. Seria uma vergonha para ele perder os últimos sacramentos.

– Você não deveria estar surpreso por se encontrar nessa situação. Certamente não é segredo o quanto eu sempre desprezei você. Você é uma vergonha, um misógino, um troglodita, irritante como o inferno e, só para que saiba, suas piadas não são engraçadas. Acontece que esta é uma péssima combinação, Gabe. O tipo de comportamento que não é mais tolerado por essas bandas.

– Está louco? – Os olhos de Gabe saltam, em um esforço para sufocar as palavras. Acho que é difícil enunciar adequadamente quando seu pescoço está preso com força.

– Não, não estou louco. – Aperto mais. – Você é quem está louco por pensar, mesmo que por um segundo, que estamos do mesmo lado. Não pertenço ao Coiote. Não pertenço a ninguém. Como está prestes a descobrir, sou algo muito pior do que sua mente pequena pode imaginar.

No instante em que ele digere minhas palavras, a bravata que antes parecia permanentemente tatuada em seu rosto é substituída pelo terror. Parece que eu finalmente me fiz entender.

– Alguma palavra final? – A pergunta é feita por mera formalidade. Dentro de mim, a besta retumba de ansiedade e não terá de esperar muito mais.

A mandíbula de Gabe cai, sua língua fica um bom pedaço solta para fora, mas tudo o que sai é um gorgolejo doentio, abafado, que não tenho paciência sequer de tentar decifrar.

A besta está com fome.

Exige ser alimentada.

E sou apenas um humilde servo, sob seu comando.

Desculpe, Daire. Embora eu quisesse que tivesse o prazer de matar Gabe, quanto mais rápido acontecer, melhor para todo mundo.

– Sabe, não tenho ideia do que está tentando dizer. E a verdade é que não estou nem um pouco interessado. Acho que isso é adeus, então. – Fecho meus dedos, observando seus olhos se encherem de terror enquanto seu corpo faz uma última tentativa engraçada de se livrar das minhas mãos, de me chutar nos joelhos. Uma dança da morte levemente divertida que termina com um único movimento do meu pulso.

O pescoço dele estala.

Sua cabeça cai mole para o lado.

E parece tão bom que faço novamente.

Dedicando esta morte para Daire, torço a cabeça de Gabe até que fique voltada para o lado oposto.

Por dentro, meu coração se enche com a realização – uma voz grita vitória.

Podemos fazer isso.

Posso ajudá-la.

Uma parte essencial de mim ainda existe!

Eu a avisei para que se afastasse – caso eu estivesse errado –, mas agora que ainda estou no controle, nunca mais terei de sofrer outro dia sem ela.

Posso ver isso tão claramente quanto posso vê-la parada diante de mim. Daire, eu e a besta – trabalhando juntos para livrar o mundo dos Richter!

É a última coisa que penso antes que a besta desperte completamente e sou totalmente subjugado.

A última coisa que falo é o nome de Daire, gritado em agonia.

Eu perdi.

A besta venceu.

O que quer que tenha restado de mim agora se foi.

Esticando e aumentando de tamanho até consumir cada último vestígio da pessoa que antigamente era conhecida como *eu*, a besta chuta o corpo quebrado de Gabe de lado e foca sua visão na garota de cabelo escuro e vestido de seda vermelha parada a alguns metros de distância.

Trinta e seis

Daire

Seu brilhante olhar vermelho se estreita no meu, oferecendo toda a prova que preciso para saber que a besta assumiu o controle.

O garoto por quem me apaixonei loucamente – o garoto feito inteiramente de bondade e luz – foi apagado pela criatura sedenta de sangue que arde diante de mim.

Minhas mãos tremem.

Meus joelhos ameaçam dobrar.

Dominada pela enormidade de tudo que perdemos, juntamente com a verdade angustiante de que ele fez isso por mim.

Convencido de que a escuridão estava sob seu controle – só para descobrir, tarde demais, que o destino serve aos seus próprios propósitos.

Além dos olhos e dos tufos de penas negras que começam a se formar no alto de sua cabeça, ele parece tão bonito quanto sempre. Mas não posso ser enganada por sua aparência. No momento em que matou Gabe, ele se tornou completamente iniciado.

Não vai demorar muito até que a transformação esteja completa.

Mesmo assim, abaixo minha faca, recuso-me a usá-la até ter certeza absoluta de que nenhuma parte dele existe mais. Enquanto a besta continuar a respirar – uma parte de Dace pode conseguir resistir.

Ao me ver parada indefesa diante dele, ele joga a cabeça para trás e urra uma gargalhada profunda, gutural. Mas não é Dace que zomba de mim, é a besta. Ciente do quanto isso pode ferir, lembro a mim mesma de que nunca devo me esquecer disso.

– Tem certeza de que quer fazer isso, Buscadora? – As palavras são bruscas, mas o tom de voz é preguiçoso, como se ele estivesse passando o tempo para me matar do seu jeito. – Não que eu culpe você. Uma faca como essa nunca a salvaria. Não me importa de quem é a essência que ela contém.

Apesar da ameaça implícita, as palavras me dão esperança de que eu esteja no caminho certo. Se ele realmente se lembra do dia em que lhe contei sobre o espírito de Valentina sendo selado em meu athame, então claramente um vestígio dele conseguiu sobreviver.

Tiro o cabelo dos olhos e inclino-me na direção dele. Determinada a apelar a qualquer parte de Dace que ainda exista, quando o último grampo que prende meu penteado alto se solta, e observo enquanto seus olhos seguem amorosamente o curso dos cachos se acomodando em ondas soltas sobre meus ombros.

Mas, no momento em que ele me pega olhando, sua admiração é substituída por uma ameaça tão profundamente penetrante que tudo o que posso fazer é permanecer calma.

– Você viu o que fiz com meu primo. – Ele grunhe. – Viu como foi fácil.

– Assisti à coisa toda. – Pressiono a faca na lateral do corpo. – Mal consegui deixar de aplaudir. Eu também odiava Gabe.

Ele inclina a cabeça, dobra e desdobra os dedos, como se pesasse minhas palavras.

– Você fez um favor ao mundo, Dace. Diabos, fez um favor a Marliz. Gabe realmente era uma vergonha, irritante, um completo misógino, um grande brutamonte, e suas piadas eram verdadeiramente estúpidas. Já foi tarde, eu digo.

– E sabe o que eu digo?

Ele se move na minha direção, e tudo o que posso fazer é não fugir. Repito a mim mesma uma vez e mais outra que Dace está ali. Em algum lugar. Ele tem que estar.

– Digo que deveria ter corrido quando teve chance.

– Não vou fugir de você, Dace. – Ajeito meus ombros, permaneço parada no lugar. Se puder continuar chamando-o pelo nome, isso pode conseguir penetrar. – Não enquanto ainda estiver aí... e nós dois sabemos que está. Não tem que ser assim, Dace. Você pode derrotar isso. Você pode...

Antes que eu possa terminar, seu paletó começa a rasgar pelas costuras, enquanto garras incrivelmente longas saem de seus dedos, e uma coroa de penas negras circunda completamente sua cabeça.

– Parece que as evidências mostram o contrário. – Ele dá de ombros, fazendo que as mangas caiam no chão, bem ao seu lado.

Seguro o athame com mais força, tento seguir o conselho de Chay e ouvir meu coração. Mas, com a besta rapidamente diminuindo a distância entre nós, qualquer sabedoria que meu coração possa ter é calada pelo clamor da derrota iminente.

Dou um passo desajeitado para trás, mas o movimento vem tarde demais. Com seus reflexos agora muito mais rápidos e sua força imensamente multiplicada, ele me pega pelo pulso com facilidade e aperta com tanta força que tenho medo que possa ter quebrado.

– Todos esses exercícios incessantes, toda a mágica e os dez quilômetros diários de corrida, e não vai nem tentar lutar? – Ele me puxa de encontro a si mesmo até que minhas costas estão encostadas em seu torso, apertando-me até que meus dedos amolecem, o athame cai em meus pés, e ele o chuta para bem longe antes que eu possa sequer fazer uma tentativa de convocá-lo de volta.

– Estou aqui para lutar contra o inimigo, não contra você. Parece se esquecer de que partilhamos o mesmo objetivo. Nós dois estamos atrás dos Richter, e não há motivos para que não possamos derrotá-los juntos.

Ele ri, esfrega o rosto contra o meu. O movimento solta uma saraivada de penas que se espalham por meu rosto.

– Eu trabalho sozinho – ele rosna, um som primitivo e profundo. – Não preciso de parceiros. – Ele passa um dedo pelo meio do meu peito, parando por um momento sobre a chave, como se disparasse uma lembrança distante que o deixa relutante em prosseguir.

Inspiro de modo cortante, rezando para estar certa, quando ele centraliza uma garra tão longa e afiada quanto uma navalha bem sobre meu coração.

– Ao contrário de você, não dependo de facas, zarabatanas ou talismãs tolos que só funcionam por capricho – ele diz. – Meu corpo é a única arma de que preciso. Eu poderia matá-la em um segundo.

– Isso deve fazê-lo se sentir muito poderoso – murmuro, tentando ignorar o entorpecimento crescente que se espalha pelo comprimento do meu braço e, em vez disso, concentro-me no jeito como o dedo dele acaricia minha pele, como se protestasse contra suas palavras.

Ele passa uma unha pela minha carne, enquanto seus lábios encontram meu ouvido – seus incisivos afiados raspando minha carne.

– Parece que estamos prestes a descobrir.

Contorço-me, tentando conseguir que algum sangue vá até meus dedos. Mas me arrependo imediatamente, no momento em que percebo que a besta interpreta isso equivocadamente como medo.

– Primeiro você vai ofegar – ele diz, estimulado pela minha angústia. – Apesar dos meus numerosos avisos, sua negação é tão profunda que não verá acontecer. Então o sangue começará a correr pela ferida, estragando seu belo vestido vermelho. E, não muito depois disso, você será completamente apagada deste mundo.

Embora não haja dúvida de que ele poderia facilmente realizar a tarefa, seu toque é macio e doce, sua voz tão suave quanto uma canção de ninar – completamente em desacordo com suas palavras.

Além disso, se ele realmente pretendesse me matar, já teria feito isso.

– Seu irmão gêmeo já tentou isso. Não funcionou como ele planejou.

– Talvez, mas desta vez você está por conta própria. Sem Corvo, sem anciãos, sem homenzinho brilhante para ajudar. Está sob minha clemência agora e, acredite em mim, não tenho nenhuma.

Não tenho tanta certeza disso...

Ao som de folhas se agitando e pés se arrastando, a besta se vira na direção do ruído, levando-me com ele. Nós dois observamos enquanto Pé Esquerdo sai do meio dos arbustos, as mãos erguidas em rendição.

– Deixe-a ir. – Pé Esquerdo arrisca um passo cauteloso adiante. Para a alguns metros de distância, a cabeça baixa em oferenda, e diz: – Leve-me em vez disso.

– Em vez disso? – A besta dá uma gargalhada, seu hálito quente atingindo meu rosto. – Por que eu deveria escolher quando posso facilmente ficar com os dois?

A garra permanece em meu peito, mas é o mais longe que ele chega. E, embora eu dê um olhar para Pé Esquerdo, avisando-o para ficar longe, ele continua se aproximando.

– Fui eu quem o ensinou o salto da alma. Fui eu quem introduziu a ideia de reivindicar a escuridão. Sou responsável por quem você se tornou.

A besta ruge com uma gargalhada.

– Neste caso, me assegurarei de lhe agradecer antes de matá-lo. Agora, não me interrompa novamente...

Ele volta sua atenção para mim, ao mesmo tempo em que Pé Esquerdo mergulha aos seus pés. O movimento é tão súbito, tão inesperado, que não tenho tempo de impedi-lo.

A besta grita de indignação, me joga de lado, e vai direto para Pé Esquerdo. Mas antes que possa alcançá-lo, tropeça, cambaleia na direção do chão e solta um grito de dor agonizante enquanto perde o equilíbrio. Inadvertidamente passa uma garra pela garganta de Pé Esquerdo antes de cair pesadamente com uma flecha se projetando em seu ombro esquerdo.

A cena toda se desenrola tão rapidamente, que mal percebo quando Jennika corre de seu esconderijo nos arbustos com um arco na mão.

– Por que atirou nele? – grito, os olhos enlouquecidos enquanto caio ao lado de Pé Esquerdo e pressiono as mãos em seu ferimento, em uma tentativa de diminuir o sangramento.

– Está brincando, Daire? Não é como se eu tivesse escolha... ele ia matar você! – Ela me encara, seu ódio pela besta/Dace claramente marcado em seu rosto.

– Não, ele não ia. Se esse fosse o caso, ele já teria feito!

– Sim, e como explica isso? – Ela aponta para Pé Esquerdo.

– Foi um acidente. Ele perdeu o equilíbrio quando você atirou nele.

– Então foi minha culpa?

– É... – Balanço a cabeça, sem ver sentido em discutir. Pego a echarpe de seu pescoço. – Aqui, mantenha pressionado aqui. – Coloco a seda sobre o ferimento, e as mãos dela sobre a seda, enquanto fico em pé e começo a me afastar.

– Aonde está indo? – ela grita, o rosto em pânico e pálido, os olhos arregalados e aterrorizados enquanto olha para o velho curandeiro e para mim. Nós duas assistimos impotentes à força de vida desaparecer de seus olhos.

– Vou atrás de Dace.

Os olhos dela encontram os meus.

– Você sabe que tem de matá-lo – ela diz. – Pelo amor de Deus, Daire... não tem escolha.

Agarro a algibeira de camurça no meu pescoço e faço um último pedido aos meus ancestrais, implorando que venham ao socorro de Pé Esquerdo. Então, depois de colocar a algibeira ao redor do pescoço de Jennika, olho para ela e digo:

– Sei que você não é uma Santos, mas já foi profundamente amada por um. O poder do Urso de Django está nesta bolsa. Ele virá em seu auxílio, mas, para que isso aconteça, você tem de acreditar.

Ela enrola os dedos ao redor da algibeira, seu olhar parando por um momento no corpo sem vida de Gabe, com a cabeça grotescamente torcida, antes de se voltar para mim.

– Daire... não estou brincando. Se não fizer isso, eu farei. Você tem o dever de nos proteger... ou esqueceu?

Ainda que as palavras sejam ditas como uma pergunta, um olhar é o que basta para me dizer que ela já decidiu que falhei com eles. Que escolhi o amor em vez do dever. Que não pode confiar em mim para salvá-los.

Dou as costas. Ciente demais de que o tempo está passando. Que preciso lidar com isso antes que mais alguém decida completar o que Jennika começou. Sigo a trilha de sangue e destruição que Dace deixou em seu caminho.

Trinta e sete

Daire

Para algo tão grande, a besta se move incrivelmente rápido. E, com o Mundo Inferior em um estado de completa devastação, fica cada vez mais difícil discernir seus rastros.

Árvores foram derrubadas. Arbustos, amassados. E os antes lindos canteiros de flores foram esmagados por inúmeras pedras e rochas viradas. E, com a Águia tendo partido há muito tempo, combinado com a contínua ausência do Corvo, tenho de confiar no anel, esperando que me leve até os Richter, onde tenho certeza de que encontrarei a besta.

Seguro o anel diante de mim, fazendo um estudo cuidadoso de suas facetas brilhantes, das mudanças sutis de cor que parecem acompanhar minha ansiedade crescente. Tento conseguir uma sensação de quem está controlando esta coisa, embora a verdade é que não há como saber ao certo até colocá-la em uso.

Partindo da presunção de que o anel está trabalhando para mim, já que permitiu meu acesso à Toca do Coelho e continuou sem ser detectado por Leandro e Cade, baseio-me na versão oposta do jogo de quente-e-frio. Cada vez que a pedra fica quente, presumivelmente me levando à segurança, eu mudo de direção até que ela esfria e estou (provavelmente) me movendo na direção do inimigo. Imagino que, deste jeito, acabaremos cara a cara. Só espero que nos meus termos, do meu jeito.

Mas, depois de vagar pelo que parecem quilômetros, sem nenhum sinal deles ainda ou de qualquer coisa que importe, estou prestes a desistir e tentar outra coisa, quando a pedra fica notadamente mais fria e tropeço em uma trilha desordenada de carcaças de demônios com danos tão severos que só uma besta poderia ter feito isso.

Com o athame perdido e minha algibeira de camurça com Jennika, só tenho a zarabatana ainda escondida na bota.

A mesma zarabatana que Dace deixou sob meus cuidados, fazendo-me prometer que usaria contra ele.

Um pensamento que é tão inconcebível agora quanto naquele momento. Apesar do que ele fez, recuso-me a abandoná-lo.

Se ele realmente quisesse me matar, já teria feito isso.

Ele poderia, facilmente, ter esmagado minha traqueia, enfiado uma garra direto no meu coração. E, assim que tivesse terminado, poderia ter estraçalhado tanto Pé Esquerdo quanto Jennika.

O que o deteve?

Certamente não foi a flecha de Jennika.

Não, Dace ainda está lá, exercendo qualquer que seja o controle que lhe resta. A questão é: quanto tempo conseguirá manter a besta contida?

Todo o tempo, Dace entendeu a natureza da besta muito melhor do que eu.

Não tinha ilusões sobre o tipo de poder que possuía.

Mas ele viveu com isso muito mais tempo do que percebi a princípio. Fez sua estreia na véspera de Ano Novo, quando se conectou com as serpentes e as convenceu a atacar Suriel. O que, de fato, foi sua primeira morte. Aquela que serviu para aguçar o apetite do que cresceu até se tornar uma sede de sangue insaciável.

Com cada feito sombrio, a escuridão dentro de Dace cresce. Como fertilizante, alimentando e fortalecendo a besta que pretende nos destruir.

E, agora, com Gabe morto, a iniciação de Dace nas artes negras está garantida. Da próxima vez que nos encontrarmos, ele estará completamente transformado.

Com um chão de terra queimada sob os pés, um dossel de nuvens ardendo em vermelho sobre a cabeça e os gritos agonizantes dos espíritos animais e dos guias espirituais convocados para a batalha, sigo a trilha de carnificina. Lembro a história que Paloma me contou certa vez sobre o dia em que meu pai foi enterrado – como o funeral aconteceu sob um céu carmesim-queimado.

Engraçado pensar que posso acabar sob circunstâncias similares.

Com a pedra chegando ao ponto de congelamento, é melhor eu pegar a zarabatana e apertar o passo, e logo estou correndo por uma trilha extenuante, cheia de zigue-zagues e curvas aleatórias que se torna cada vez mais estreita e íngreme a cada curva. Finalmente, chego a um lugar em que a atmosfera é rarefeita, as nuvens que antes pendiam sobre minha cabeça agora se amontoam abaixo de mim, e a terra dá lugar a uma laje de rocha vermelha áspera.

Vou até a beira do penhasco e perscruto o vazio. As pontas das minhas botas oscilam precariamente na borda, quando percebo, um pouco tarde demais, que tudo nesta cena – o vestido, o anel, a paisagem ao redor, até mesmo Cade parado atrás de mim – imita perfeitamente o sonho.

Ele me atraiu até aqui?

Ele plantou o sonho na minha mente?

Ou o anel simplesmente me levou ao meu destino e exige que eu o encontre?

– Não pule! – Cade exclama, meio sério, meio brincando. – As chances indicam que não vou salvá-la desta vez.

– Então você também teve o sonho. – Viro-me para encará-lo. – Sempre me perguntei isso. – Meu olhar passa por ele, percebendo sua fachada perfeitamente arrumada: o smoking intacto, os sapatos recém-engraxados, o sorriso triunfante no rosto. Três mundos caíram em um estado de total devastação, e ele parece tão impecável quanto sempre.

Pelo menos sei o que aconteceu com o Corvo.

– Sonho? Que sonho? – Seus olhos reluzem. Sua língua brinca do lado de dentro da bochecha. Volto a atenção para meu pobre Corvo, trancado em uma gaiola dourada, uma turmalina azul brilhante pendurada em um cordão de seda negro em seu pescoço, enquanto o Coiote se esconde ao lado dele, lambendo os beiços como se não pudesse esperar para devorá-lo. – Mas, agora que tocamos no assunto, acho que deveria agradecê-la por tornar o *meu* maior sonho realidade. Afinal, estou finamente aqui no Mundo Superior, e não teria feito isso sem você. Eu lhe disse que somos um bom time, e mesmo assim você nunca pareceu acreditar em mim.

O Mundo Superior?

É onde estamos?

Ainda que meu tempo aqui tenha sido breve, a paisagem ao redor não é nada como a deixei. Está completamente irreconhecível. Isso é pior do que pensei.

– Sim, o Mundo Superior, Buscadora. – Ele sorri, aparentemente emocionado com minha incapacidade em esconder minha surpresa. – Não era assim quando subi pela primeira vez. E, embora tenha dado algum trabalho, devo admitir que estou bem satisfeito com os resultados. Gosto muito mais do jeito que está agora. Era um pouco pesado demais no brilho e na vegetação. Essa nova paisagem é muito mais adequada para as necessidades do Coiote.

Robustos planaltos estéreis, penhascos traiçoeiros, apenas vestígios de arbustos e absolutamente nenhum lugar viável onde os espíritos animais e os guias espirituais possam se proteger – posso ver por que o Coiote aprova. Ele nunca gostou de uma briga justa.

– Como tenho certeza de que está ciente, os Richter tentam invadir este lugar há séculos, milênios, na verdade, mas nunca tiveram uma esperança de conseguir até que eu apareci. Mal posso esperar até que Leandro saiba tudo o que realizei. – Seu rosto se ilumina com a perspectiva. – Sobrepujei cada Richter que veio antes de mim. E o engraçado é que foi tão fácil! Você e seu bando de idiotas realmente cumpriram seus papéis, atuaram de acordo com o roteiro. Vocês todos fizeram um trabalho tão incrível, que é uma pena que não sobrou ninguém entre vocês para apreciar. – Ele bate a mão na boca e faz uma expressão exageradamente culpada, enquanto minhas entranhas se reviram de receio pelo que ele vai falar em seguida.

– Tenho certeza que sabe sobre Chay e Pé Esquerdo, certo? – Faz uma pausa, esperando que eu responda, mas quando continuo a encará-lo, ele prossegue. – Não fique tão triste, eles eram praticamente idosos. Não é como se tivessem muito tempo sobrando. Fiz um favor a eles, poupando-os da humilhação da demência e das fraldas geriátricas que inevitavelmente vêm com a terceira idade.

– Por que está tentando me convencer disso? – Eu o observo cuidadosamente, notando como está pegando para si os créditos dos atos cometidos por Leandro e Dace, sem contar sua necessidade de explicar. O antigo Cade estaria se deliciando em zombarias e provocações; ele praticamente vivia para isso. Jamais tentou justificar seus atos ou suavizar o golpe.

– Não estou tentando convencê-la! – Seus punhos se fecham ao lado do corpo, enquanto seus olhos se estreitam nos meus. – Acontece que você parecia triste com as notícias, e...

– E isso incomoda você? – Dou um passo em sua direção, arriscando um olhar rápido para o Corvo, assegurando-me de que está mais ou menos bem, antes de voltar para Cade. – Minha tristeza faz que sinta necessidade de defender seus atos?

Suas feições se irritam, seu rosto fica sombrio, mas é o mais longe que ele chega. O mais longe que é capaz de ir. E ambos sabemos disso.

– Pensei que tinha sido claro. Não é você que está dirigindo o espetáculo, Buscadora. Sou *eu*. E, só para que saiba, seus amigos tampouco estão se saindo tão bem. Acredite em mim... – Ele pega a abóbada da gaiola do Corvo e a balança tão precariamente que o Corvo solta um crocito longo e murmurado, enquanto seus olhos púrpura se reviram e suas garras seguram o poleiro em uma luta para permanecer em pé. Sua aflição é tão palpável que estou prestes a intervir quando Cade coloca a gaiola no chão e diz: – Seu passarinho aqui perde o equilíbrio fácil. Quanto a seus amigos, bem, Lita estava muito melhor quando estava comigo. Mas, agora, graças a você, Buscadora, ela está por conta própria. Não que eu não a tivesse avisado. Assim como previ, Axel não perdeu um segundo para deixá-la quando os três mundos se abriram. Não pensou duas vezes antes de trocá-la pelas garotas brilhantes de sua terra natal. E pensar que tudo o que ele fez foi deixá-la com uma pena de águia, como se isso pudesse ajudar. Meu palpite é que ela virou isca de demônio logo depois disso. Mas não fique tão triste. Ficará feliz em saber que Xotichl e Auden estão vivos e bem, e, como se vê, sob controle do Coiote por toda a eternidade. Parece que caíram no truque mais antigo do mundo. Foi quase fácil demais. Incrível o que as pessoas sacrificam para sentir o gosto da popularidade. É claro, Lita sabe uma ou duas coisas sobre isso. Ou, eu devia dizer, *sabia*. Lita *sabia*. Lita não é mais tempo presente.

Mantenho meu rosto neutro. Ele está tentando me tirar do sério, e não morderei a isca. Só espero que a não menção a Jennika seja porque ela conseguiu escapar de seu radar, e não porque ele está guardando a parte mais saborosa para mais tarde.

– Vamos encarar, Buscadora, você fracassou de todas as formas possíveis. Fracassou com seus amigos, seus ancestrais, seu Corvo. – Ele cutuca a gaiola com o pé, movendo-a para mais perto do Coiote, que abana o rabo em aprovação. – Fracassou com todo mundo. Mas, principalmente, fracassou com você mesma. E, agora, temo que tenha passado da sua data de validade. Está começando a cheirar um pouco... *azeda*, como dizem. – Ele ri com vontade de sua piada, enquanto faço questão de revirar os olhos. – De qualquer modo, chega disso. É hora de terminar o que comecei. O que quer dizer que é hora de você se juntar aos seus ancestrais.

O espaço que me separa do próximo desfiladeiro tem facilmente dois metros, se não mais. Mesmo assim, tenho quase certeza de que consigo saltar essa distância, se chegar a tanto.

Mas só se chegar a tanto.

– Então, como planeja fazer isso? – pergunto, tentando ganhar tempo para segurar melhor minha zarabatana, lembrando o quanto ele ama um bom monólogo.

– O quê? E estragar a surpresa? – Ele se ajoelha ao lado da gaiola do Corvo, dando instruções firmes para o Coiote esperar o sinal, antes de se voltar para mim. – O que aconteceu com sua máscara? – Ele coloca as mãos nos quadris e franze o cenho, como se só agora tivesse notado a ausência. – Sempre imaginei que você estaria usando a máscara quando eu apagasse a luz de seus olhos e o Coiote devorasse seu espírito animal.

– Acho que vocês dois terão de improvisar. Além disso, não vejo você usar sua lua e sol.

– Não preciso de símbolos quando está prestes a ser feito.

– É mesmo? – Dou um passo na direção dele. – É o que você pensa?

– É o que *sei*. A Sombra está prestes a eclipsar o Sol, o que significa que você, Buscadora, cairá. Anulei a oferta para você governar ao meu lado. Acontece que não está pronta para a tarefa. E, para que fique registrado, eu vi através da sua farsa. Suas tentativas desajeitadas de flertar e fingir interesse em mim foram sofríveis, na melhor das hipóteses.

– Sério? E quando eu soquei você e o mandei de traseiro no chão? Como se sentiu?

– Bela tentativa, Buscadora. Tentando me distrair da tarefa. Você está derrotada. O jogo nunca esteve sob seu controle. Não acredita em mim? Dê uma boa olhada ao redor. A profecia está em movimento e não há como detê-la. Ah, e só para que saiba, não sentirei sua falta quando partir.

– Não, eu não imaginava que fosse sentir. Mas não pela razão que pensa.

Ele levanta uma sobrancelha, inclina a cabeça de lado.

– Não vou a lugar algum, Cade.

– Você é engraçada.

– Sou muitas coisas. Como você está prestes a ver.

Levanto a zarabatana de Dace. Aquela que ele insistiu que eu usasse contra ele, e aponto bem em seu irmão. Confiante de que a besta poupará a vida de Dace, como o fez na véspera de Ano Novo.

– Não vai usar esta relíquia contra mim. – Cade sorri, não me levando nem um pouco a sério. Infelizmente para ele, este é um erro pelo qual não viverá muito para lamentar.

Fecho um olho, centralizo a mira e disparo.

Observo o dardo voar direto para o alvo. O momento que estive imaginando está prestes a se concretizar.

Até que Cade se abaixa, o dardo passa por cima dele, e a próxima coisa que sei é que o topo da cabeça de Cade está acertando minhas entranhas.

Meus pés voam por baixo de mim, minhas costas acertam o chão com força, e minha cabeça vai na sequência. O golpe é tão inesperado, que me tira o fôlego.

Tento focar o espaço, lutando para ver através da constelação de estrelinhas brancas que borram minha vista. Mal sou capaz de ver Cade se assomando sobre mim, o punho erguido, prestes a me acertar.

– Diga adeus, Buscadora. – Ele sorri, prestes a golpear o mesmo lugar em que seu pai me bateu, quando seus olhos encontram os meus e, mais uma vez, noto um brilho do meu próprio reflexo me encarando de volta.

É a segunda vez. E a coisa é que os olhos de Cade nunca refletiam.

Embora costumassem ficar vermelhos quando ele estava no modo demônio, nunca espelharam. Só podiam absorver, como o abismo que são.

É o que permite a ele controlar as pessoas mudando suas percepções – ele absorve a energia delas até que estejam sob seu comando.

Ele está prestes a me acertar quando fico em pé em um salto e o seguro pelo punho.

– Tem certeza de que quer fazer isso? – Torço seu braço até que ele faz uma careta. – Porque até parece que não quer.

– Fique sonhando – ele grunhe. Embora seu tom de voz, assim como seu rosto, esteja cheio de bravata, há algo diferente nele. Algo mais que apenas a estranheza do seu olhar.

Primeiro, se ele estivesse falando sério, já teria me empurrado e me socado. Não estou segurando com tanta força.

Mas, em vez disso, seus dedos flexionam, incertos. Como se estivesse propositalmente se inclinando na minha direção, só fingindo tentar se libertar, enquanto secretamente desfruta do contato de sua pele na minha carne.

Assim como seu irmão, ele está relutante em cumprir sua ameaça. Até que a voz de Leandro ressoa do outro lado do fosso.

Trinta e oito

Daire

– Basta, Cade! O que está esperando? Um beijo de adeus? – A voz de Leandro retumba do outro lado do desfiladeiro. – Mate-a agora. Se tem alguma esperança de se redimir, faça isso agora! Você fracassou em casa coisa que tentou fazer. Mate a Buscadora, Cade, ou irei até aí e farei isso por você!

Cade se liberta da minha mão. Olhando para Leandro e para mim, com um olhar conflitante, seu corpo involuntariamente se contrai e estremece, enquanto o Coiote assustador rosna e late ao lado do Corvo, que se segura na parte detrás da gaiola.

– Não falhei! – Cade grita. Seu rosto, assim como sua voz, está sufocado pela raiva. – Sou a razão pela qual você está aqui! Sou aquele que abriu os portais! *Eu*... não Dace! – Ele leva uma mão à minha garanta, tenta apertar os dedos ao redor dela, mas não vai muito longe antes de me jogar no chão e se aproximar da beirada.

– O papel que desempenhou foi secundário, na melhor das hipóteses. – Leandro grita. – Agora, vá em frente e faça. Mate a garota e acabe com isso!

Leandro continua a repreendê-lo, enquanto Cade caminha precariamente perto da borda. Se contorcendo e murmurando para si mesmo, enquanto cambaleio para ficar em pé, pego minha arma e miro.

Estou prestes a atirar quando Cade se vira para mim e diz:

– Maldição, Buscadora, abaixe essa coisa. *Não* me faça escolher!

Escolher?

Seguro a respiração, atrasando o tiro. Sou tão surpreendida pelas palavras, que não sei muito bem como reagir.

Ele realmente quis dizer escolher entre Leandro e mim?

– O tempo está passando, Cade... faça isso agora! – Seu pai grita, enquanto Cade parece desabar visivelmente diante de mim. Seus ombros caídos, a cabeça baixa, o olhar abatido. Ele enfia os nós dos dedos nos olhos. Aperta as bochechas com força. E todo o tempo murmura uma série de palavras ininteligíveis baixinho, fazendo que pareça demente e fora de si, como uma pessoa completamente desequilibrada.

– Que diabos fez comigo? – Seus olhos estão sombrios e injetados de sangue, enquanto ele me olha de modo acusador.

E, de repente, com essa simples pergunta, tudo se encaixa.

O reflexo em seus olhos.

Sua relutância em me matar.

Tudo faz sentido.

E isso prova que Dace estava certo! Há só uma força mais poderosa do que o mal – o amor.

Cade é o exemplo perfeito disso.

Ele foi mudado pelo amor. É o amor em seu coração que não permite que me mate.

– Não fiz nada. Você fez isso com você mesmo – digo, lembrando algo que Phyre disse no dia em que descobrimos que ela estava em posse da alma de Dace. Quando ela viu o pedaço de escuridão em Dace, se perguntou se Cade continha um pedaço da luz do irmão.

Naquela época, eu estava preocupada demais em salvar a alma de Dace para prestar muita atenção em seus devaneios filosóficos, mas agora percebo que a suspeita dela estava certa.

– Quando se alimentou do amor que Dace e eu partilhamos para aumentar sua força, o que você não conseguiu entender é que a escuridão não pode existir no mesmo espaço que a luz. O amor que você ingeriu extinguiu sua escuridão e mudou você por dentro.

Uma expressão de puro horror cruza seu rosto, mas o que ele não sabe é que isso é só parte da história. O que deixo de falar é minha suspeita de que, quando Dace fez o salto de alma em Cade para roubar um pedaço de sua escuridão, ele deixou para trás um pedaço de sua luz.

Assim como no sonho, a conexão entre eles não é mais relegada ao plano místico, foi desviada para o físico.

Parte luz, parte escuridão.

O *yin* e o *yang*.

Conectados.

Ligados.

Cada um contendo um pedaço do outro.

Leandro continua a se enraivecer do outro lado do desfiladeiro, o que só serve para confundir Cade ainda mais.

– Não dê atenção para ele. – Levanto minha voz, em um esforço para abafar a de Leandro. – Não há nada de errado com você. De fato, é bem milagroso, se pensar no assunto. Está tendo uma segunda chance para fazer a coisa certa e se redimir. Não lute contra isso, Cade. Não lute contra mim... – Abaixo a zarabatana e aproximo-me dele lentamente. Ele está tão instável que não é possível dizer como reagirá.

– Para trás, Buscadora! – Ele se afasta de mim e olha para o outro lado do desfiladeiro com o rosto cheio de ansiedade. – E pare de olhar para mim!

Faço como ele diz. Fico perfeitamente parada até que ele relaxe o suficiente para que eu possa arriscar outro passo em sua direção.

– Cade, não percebe o que está acontecendo aqui? – Faço um gesto para a paisagem ao redor. – Isso é como o sonho. Sei que você também o teve. Foi de onde veio a ideia para o vestido.

Ele passa uma mão agitada no cabelo. Esfrega os pés, inseguro.

– E, olhe, estou até usando o anel. – Levanto minha mão, insistindo para que ele veja. Observo suas feições ficarem embotadas, o olhar vidrado à visão da turmalina. – Mas não é tão mal quanto pensa. Você não está apaixonado por mim. Só que nunca experimentou uma emoção tão forte antes, então está sobrepujado pelo seu poder, e está projetando em mim. Uma vez você afirmou que a magia verdadeira existe apenas no mais sombrio dos homens. E talvez esteja certo. Mas a questão é que você não é mais esse cara. Se permitir que sua luz brilhe, será capaz do tipo de milagres que farão sua magia parecer o trabalho de um mágico em festa de aniversário infantil.

Seus ombros suavizam. Seu caminhar fica mais lento. E respiro um pouco melhor sabendo que consegui chegar até ele.

Até Leandro soltar outra longa corrente de insultos, e Cade correr na minha direção, com a firme intenção de me ferir – só que a luz que agora ilumina seu interior não permitirá que ele dê o golpe.

Não permitirá que ele faça a única coisa exigida para deixar o pai orgulhoso.

É Leandro quem ele ama.

É a Leandro que ele vive para impressionar.

Cade passou os últimos dezesseis anos em uma tentativa desesperada de conseguir a aprovação do pai, só para ser eclipsado pelo irmão gêmeo que ambos desprezavam antes.

Mesmo quando Cade estava em sua fase mais escura, foi a única parte de humanidade que conseguiu sobreviver.

Eu poderia matá-lo em um segundo. Mas, sabendo o que sei, não parece mais ser a coisa certa.

Ele não é mais um monstro – a luz o tornou humano. E, como a Guardiã de Ossos disse, matar humanos não é o jogo do Buscador.

Do outro lado do desfiladeiro, Leandro se aproxima da borda.

– É isso, Cade – ele grita. – Você teve sua chance. Eu devia ter deixado isso para seu irmão, como prometi. Estaria acabado agora. Mas, já que não consegue lidar com a única coisa que lhe peço para fazer, vou até aí resolver isso por você! – Ele se agacha, pronto para saltar, quando a besta aparece ao seu lado, arrastando Chepi atrás de si.

Trinta e nove

Daire

O abismo se abre entre nós, e rezo para realmente conseguir alcançar o outro lado. Se eu estiver errada sobre Dace, Chepi não tem chance alguma.

Seguro minha saia, faço como Paloma me ensinou, e penso a partir do final. A imagem de mim mesma aterrissando em segurança do outro lado está firmemente arraigada em minha mente, quando Chepi grita:

– Daire... não! Fique onde está!

Leandro urra com uma gargalhada, como se a cena tivesse se tornado incrivelmente divertida, enquanto Chepi volta a atenção para a besta. O olhar resignado em seu rosto me diz que ela não está nem um pouco surpresa com o que seu filho se tornou.

É por isso que ela tentou tanto protegê-lo de seu legado místico, juntamente com a horrível verdade de sua concepção?

Ela suspeitava todo o tempo que esse dia chegaria?

Assim como imaginei, Dace está completamente mudado. Superando qualquer coisa que Cade já foi capaz de se tornar, ele se transformou em algo tão sinistro, tão horrível – é impossível desviar o olhar.

Sua altura imensa, músculos ondulantes, olhos vermelhos ardentes e uma coroa de penas negras circundando a cabeça – uma visão tão impressionante quanto diabólica. E, pelo jeito que Leandro fica parado ao lado dele, radiante de orgulho, é claro que concorda.

Recusando-se a vê-lo como é, Chepi insiste em apelar para o vestígio de humanidade que está convencida de que ainda existe. E, embora eu concordasse plenamente com isso há alguns instantes, vê-la agora, tão indefesa e vulnerável, me recorda o que Jennika me disse.

É meu dever protegê-la.

Acontece que, se eu estiver errada, a besta logo a matará.

– Você não tem mais utilidade, velha – Leandro provoca. Olha para a besta e para Cade. – Façam isso! – incentiva. – Vocês dois, ataquem agora! Você tem uma última chance de se redimir, Cade. Mate a Buscadora enquanto Dace mata sua mãe. Livrem o mundo dessas benfeitoras detestáveis, assim me deixarão orgulhoso além da medida.

Cade se esgueira por trás, mas mesmo em seu estado instável, estou muito menos preocupada com o que ele possa tentar e muito mais preocupada com o que vai acontecer com Chepi. Um toque da mão da besta é o bastante para eliminá-la para sempre do mundo, e sou a única que talvez possa detê-la.

De algum lugar dentro do núcleo da terra, o chão começa a tremer e a balançar, enquanto o céu fica um tom vermelho sangue escuro. E quando uma rajada de vento começa a se agitar sob meus pés, não há como negar que a profecia começou.

Não vai demorar muito até que o vento se transforme em uma tempestade e todos os três mundos sejam devastados pelas chamas.

A menos que eu possa parar isso antes que chegue a esse ponto.

Com Chepi presa por Dace, não posso correr o risco de errar. Então me aproximo da borda, levanto a zarabatana até os lábios, e miro em Leandro. Disparo no mesmo momento em que Cade puxa meu vestido com força e me faz cair de encontro a ele. O movimento faz o dardo desviar loucamente de seu curso antes de desaparecer no abismo.

A besta grunhe e ruge. Agarra Chepi pelo pescoço e a levanta bem alto, como se considerasse a forma mais eficiente de destruí-la. Enquanto eu me liberto de Cade, saio fora de seu alcance e recarrego minha arma. Completamente ciente de que a tentativa foi sem entusiasmo, na melhor das hipóteses, encenada para fazer Leandro pensar que ele está levando a tarefa a sério, e não tenho tempo para seus jogos.

Acerto minha mira, pronta para atirar, quando Cade vem correndo por trás. Não me deixa escolha a não ser acertá-lo com um chute rodado rápido na mandíbula, que o faz perder o equilíbrio e derrapar por uma longa faixa de rocha que abre um buraco em sua manga e queima um bom pedaço de sua carne.

– Maldição, Cade. – Leandro grita. – Levante-se! Se matá-la agora, o mundo será nosso! Estamos a duas mortes de governar os mundos!

A besta rosna, o som profundo, gutural, ecoando pela ravina. Seus brilhantes olhos vermelhos estão fixos nos meus quando miro em Leandro novamente.

Solto o dardo bem quando a besta ergue a mão, prestes a arrancar o rosto de Chepi. Mas, no último segundo, ele muda de percurso, empurra Chepi de lado e arranca o rosto de Leandro em vez disso.

As feições dele caem no chão como uma máscara descartada, enquanto uma massa sangrenta que era sua boca grita brevemente de indignação, antes de cair inerte ao lado do antigo rosto.

Chepi olha horrorizada, presumivelmente pensando o mesmo que eu.

Outro Richter caído. Outro parente morto.

Não dá para dizer como a besta reagirá.

Ainda que uma coisa seja clara: Dace conseguiu agora ofuscar seu irmão gêmeo de todos os modos possíveis.

Cade se volta para mim com uma postura cheia de raiva, dor e vergonha profundamente enraizada. Falhou na primeira e única chance de deixar o pai orgulhoso ao me matar.

Com os punhos cerrados, o corpo inteiro tremendo, ele joga a cabeça para trás e uiva de um jeito tão primitivo, tão arrepiante, e o Coiote rapidamente o acompanha.

Mas não importa o quão desesperadamente Cade anseie em se transformar na versão monstruosa de si mesmo, com língua de serpente de duas cabeças, ele não consegue fazer a transformação.

Culpando-me por seu fracasso, ele cambaleia na minha direção, enquanto o Coiote continua a uivar ao seu lado, e miro a zarabatana direto nele. Todo o tempo implorando para que ele pare, para que não siga com isso, para que desista da luta enquanto pode.

– Acabou. Ele o libertou. Você não percebe agora, mas ele fez isso. É como você sempre quis, podemos trabalhar juntos. Mas, em vez de me juntar a você, você pode se unir a mim.

Suas mãos se fecham em punhos, e ele para no meio do caminho, deixando apenas alguns passos entre nós.

– Vamos lá, Cade. Você não tem que fazer isso. Com você e eu trabalhando juntos, podemos deter a profecia.

– É tarde demais, Buscadora. – Embora seu olhar esteja cheio de repugnância, seus punhos parecem não responder.

Estão inúteis.

Incapazes de atacar.

Então, ele se volta para o Coiote que ainda uiva ao seu lado, concentrando-se com força no inimigo nato do Corvo, até que suas pálpebras começam a se fechar, seus joelhos se dobram sob o corpo e seu corpo cai inconsciente no chão.

– Não! – Grito, me esforçando para colocar alguma distância entre nós. Só que o movimento vem tarde demais. Minha bota prende na bainha do meu vestido, minha zarabatana sai voando da minha mão e despenco em um monte desarmado de seda vermelha cintilante. Incapaz de fazer qualquer coisa além de encarar impotente enquanto o Coiote, agora com a alma mesclada com a de Cade, mostra os dentes e avança direto para mim, enquanto o Corvo se agita furiosamente na gaiola, tentando em vão escapar.

O Corvo e eu assistimos à cena enquanto o Coiote se aproxima. Sabemos que não vai demorar muito até cairmos e a profecia ser completada de uma vez por todas.

Sem outra defesa, levanto meu anel bem alto. Espero poder distrair o Coiote de seu objetivo, e assisto com terror à pedra preciosa captar os últimos raios do sol, que desaparece e transforma meu vestido em um círculo rodopiante de chamas.

Grito. Tento apagar rolando nas pedras.

Só para perceber que as chamas não me causam danos, o elemento está sob meu controle.

Ao primeiro sinal de fumaça, o Coiote grita, tenta mudar de rumo, mas é tarde demais.

Já rolei de lado.

Já recuperei minha zarabatana.

Já mirei no meio de sua testa.

Já fiz o disparo.

Seu focinho desvia tão perto que a última coisa que sinto é seu hálito quente e fétido acertando meu rosto, antes que seus olhos revirem e ele caia mole aos meus pés. Um único dardo envenenado se projeta de sua cabeça – um fluxo contínuo de sangue escorre da ferida.

Com meu vestido se apagando, fico em pé de um salto e corro até Cade, só para descobrir que ele tem o mesmo ferimento do Coiote.

Pressiono a mão em sua testa. Tento parar o sangramento. Digo a mim mesma que ferimentos na cabeça sempre sangram mais. Que não é nem de perto tão ruim quanto parece. Mas não consigo consolo.

Finalmente, depois de todo esse tempo, consegui matá-lo.

Engraçado como não parece em nada com o que imaginei que seria.

Passo a mão pela testa dele, tento pensar em algo reconfortante para dizer para facilitar sua transição, quando percebo que ele está cantando.

Imaginando que é a mesma canção que ele murmurou quando o espionei através da barata, abaixo meu ouvido até seus lábios e percebo que entendi tudo errado.

Cade está usando suas últimas forças para me recordar da profecia.

Quando o ar seca e a água desaparece
Quando ventos de tempestade assolam planícies chamuscadas pelo fogo
Quando a Sombra eclipsa o Sol – o Vidente cairá
Fazendo que três mundos despenquem na escuridão eterna.

– Você não pode deter isso, Buscadora. – Sua voz é áspera. Seus lábios curvam para os lados como se ele tivesse grande prazer em me lembrar de meu destino. – A profecia está em movimento. Você está destinada a cair. Leandro estava errado. Eu não fracassei. Nenhuma vez fracassei com ele...

Seus olhos se fecham.

Sua respiração para.

E, quando a chama morre, o céu escurece ao meu redor e percebo que ele está certo.

A profecia está aqui.

Mas não por causa dele.

É porque eu apaguei o Sol e deixei a Sombra governar.

quarenta

Daire

Chepi grita, agarra o braço dele, mas a besta a afasta, chuta o corpo de Leandro para o lado e se aproxima da borda.

Cada passo fazendo o sol encolher. O céu escurecer.

Então, no momento em que ele dá o salto e para na minha frente, os três mundos estão negros.

Posso sentir seu hálito quente perto de mim. Sua fome tão palpável que posso senti-la se agitando dentro dele. É o único jeito de localizá-lo agora que não consigo mais vê-lo.

Com um último dardo restando, levo a zarabatana aos lábios e a seguro com força. Lembro-me de uma época em que tinha medo do escuro e não podia dormir sem o brilho de uma luz noturna, até que Jennika encontrou um jeito de me convencer que não havia nada a temer.

Você precisa se adaptar à escuridão para que a luz possa encontrá-la.

Uma estranha equivalência com o credo do Buscador que Paloma partilhou comigo quando comecei meu treinamento: *Um Buscador precisa aprender a ver na escuridão, confiando no que sabe em seu coração.*

Inspiro uma lufada de ar, localizando a besta enquanto as últimas palavras de Chay soam em minha mente: *O amor é uma força poderosa. Se alguém pode salvá-lo, é você. Vá fazer o que nasceu para fazer.*

Eu nasci para proteger – para manter os Richter contidos e os três mundos em equilíbrio.

Não tenho que olhar muito longe para ver como fracassei em cada aspecto.

Meus amigos estão todos desaparecidos ou mortos.

Os mundos estão no caos.

E, embora os Richter estejam finalmente derrotados, a besta agora tomou o lugar deles.

Só há uma força mais poderosa do que o mal – o amor, Dace afirmou.

Ouça seu coração, Chay disse. *Ele nunca a enganará.*

O que sei em meu coração é que a escolha não está mais em minhas mãos.

O destino fez a escolha por mim.

Se tenho alguma esperança de sobreviver, alguma esperança de poupar meus amigos, o coração de Dace é onde devo mirar.

Aperto os olhos através das lágrimas, guiada pelo zumbido da respiração dele para localizar meu objetivo, lidando com o horror de perfurar a mesma carne que um dia acariciei.

Ele se arrasta para mais perto.

Seguro a arma entre os lábios. Sussurro um pedido final: *Dace... por favor, se está aí, pare agora... não me obrigue a fazer isso!*

Ele rosna. Grunhe. Continua a se aproximar. Dá um golpe na minha direção, como fez com Leandro, errando por pouco.

Um passo a mais e estará sobre mim.

Um passo a mais e serei história.

Fecho os olhos. Confio nos meus instintos para me guiar.

Com o rosto molhado de lágrimas, disparo o último dardo. Ele sibila suavemente cobrindo a distância entre nós, antes de bater com força contra a pequena chave dourada que está pendurada em seu peito e ricochetear para trás, caindo com um baque surdo aos meus pés.

Errei.

Os três mundos são dele agora.

Sinto tanto.

É a última coisa que penso antes que a besta avance na minha direção.

quarenta e um

A besta

Uma velha grita atrás de mim. Sua voz ecoa através do fosso. Está me confundindo com alguém. Insiste em me chamar por um nome que não conheço.

Ela é um incômodo.

Podia muito bem me deixar em paz e ficar feliz por ter sido poupada.

Embora eu ainda não tenha certeza de por que não a matei quando tive chance, sei que algo dentro de mim simplesmente não deixou.

É um erro que não cometerei novamente.

Volto minha atenção para a garota parada diante de mim. Uma visão de olhos verde-esmeralda, cabelos escuros brilhantes e um vestido de seda esfarrapado; ela se agarra a um fio fino de esperança que morreu há muito tempo, a escuridão a deixou cega.

Ao contrário de mim. Tenho a noite ao meu lado.

Percorro os poucos passos que nos separam, inalando o perfume assombroso de sua carne, perguntando-me como algo pode cheirar tão sedutoramente doce, enquanto ela sussurra uma oração para um garoto que amou no passado e aponta a arma para mim.

Sua mira é verdadeira, mas seu coração está relutante, cheio de pesar.

Uma batalha entre a emoção e o intelecto, o dever e o desejo.

Não é de espantar que ela erre e o dardo atinja a pequena e inexplicável chave dourada que uso no pescoço.

Deve ser algum tipo de amuleto protetor que sobrou dos dias em que eu era humano.

Considero isso uma prova de que estou aqui por uma razão.

Assomo sobre ela, buscando o olhar de traição, indignação e medo que vi no último, mas encontro apenas uma aceitação resignada. Mesmo quando jogo a cabeça para trás e solto um urro alto e estrondoso, ela continua a me olhar com amor no coração.

Levanto o braço. Desço na direção dela. Mas, mais uma vez, minha mão vacila. Deixa-me encarar mudo seu rosto bonito, sobrepujado por algo que não consigo identificar bem, quando meu corpo fica dormente e caio de joelhos. Balanço impotente por alguns segundos, antes que minhas pernas desistam, meu coração tremule e eu caia pesadamente de lado.

A garota se joga ao meu lado, dá um olhar preocupado para meu rosto. A expressão que ela usa me diz: *é isso.*

A besta está morrendo.

Mas, estranhamente, não está morrendo sozinha.

As garras encolhem.

Uma chuva de penas negras se espalha no chão.

Enquanto a garota passa uma mão tenra pela minha testa e diz:

– Não é esta respiração, mas a que virá a seguir que determina se você vive ou morre. Se concentre na próxima, Dace, e na que vier depois dela. Por favor, o que quer que faça, tente continuar respirando.

Dace?

É o mesmo nome pelo qual a velha me chamou. Deve significar alguma coisa para elas.

A garota pega minha mão entre as delas, coloca uma pequena chave dourada na minha palma e dobra meus dedos ao redor até que a verdade começa a ribombar de volta e tudo se encaixa.

É mais do que um simples talismã – é uma chave para o passado. Um passaporte que leva para um futuro que não posso mais ter. Destranca um baú de memórias que voltam de supetão – a garota tem um nome, uma identidade, um lugar venerado em minha vida. O reconhecimento me atravessa tão rápido quanto um clarão.

– Acontece que você estava certo – ela sussurra, os olhos arregalados e brilhantes. – Só há uma força forte o bastante para sobrepujar o mal: o amor. O nosso amor.

Ela traz os lábios até meu rosto e minha respiração fica tão entrecortada que tenho certeza de que será a última. Não resta tempo para dizer a ela o quanto sinto por tê-la deixado com tantos sonhos não realizados. O quão sortudo fui por tê-la conhecido – por tê-la amado – no pouco tempo que tive.

quarenta e dois

Daire

É meia profecia.

Uma meia vitória.

Metade escuridão – metade luz.

Assim como os irmãos gêmeos que começaram tudo isso.

Ainda que os Richter finalmente tenham sido detidos, com Dace morrendo diante de mim e os três mundos tornados escuros, dificilmente vale celebrar.

Agacho-me ao lado dele, jogando meu corpo por sobre o dele. Agarro-me à promessa dos assobios e chiados em seu peito, enquanto amaldiçoo a injustiça de um destino que exige mais do que sou capaz de suportar.

Seu pulso desaparece.

Um murmúrio sinistro ecoa de seus lábios.

O estertor da morte.

Não vai demorar até que pare definitivamente.

Levanto o rosto para o céu e solto um grito de lamento tão profundo, que a terra ronca embaixo de mim, uma rajada de vento atinge meu corpo, enquanto uma chuva de granizo cai do céu.

Mais uma vez, a piada sou eu.

Sou poderosa o bastante para manipular os elementos, mas lamentavelmente impotente quando se trata de salvar meus entes queridos.

Acomodo-me ao lado dele, passo um dedo pelo comprimento de sua testa, e removo minhas lágrimas que caíram em seu rosto.

– Uma vez você disse que milagres não são nada além do que a mais verdadeira expressão do amor. – Pressiono meus lábios em seu ouvido. – Se ainda acredita nisso, sinta meu amor agora, Dace, e respire. Por favor, respire.

– Foi Pé Esquerdo quem ensinou isso a ele. – A voz vem por trás de mim, e, embora não possa vê-la, reconheço como sendo de Paloma.

Ela está aqui!

Posso sentir sua essência ao meu redor.

Parece que minhas orações mais cedo não foram ignoradas no final das contas.

– Foi Jolon quem ensinou isso para Pé Esquerdo. Jolon foi um curandeiro sábio e dotado. Dizem que tinha uma ligação direta com o divino. Realizou muitos milagres, mas não aceitou crédito por nenhum... afirmando que um curandeiro nunca trabalha sozinho. Todas as curas são baseadas na ajuda de compaixão dos espíritos, ele dizia. E é verdade. É por isso que estamos aqui por você agora.

No momento em que ela diz isso, posso sentir a presença de Django, Valentina, Alejandro e todo o restante deles. Gerações incontáveis de ancestrais Santos se reunindo ao meu redor, preparados para me guiar.

Paloma coloca a mão sobre meu ombro. Seu toque é tão reconfortante, e eu me volto para Dace com o coração cheio de esperança. Minhas mãos se movem sobre seu torso, buscando um ferimento. Mas não demora muito para que eu possa determinar que o exterior está tão perfeito quanto sempre. É o interior que está falhando.

– O dano é interno. Algo me diz que o coração dele está falhando. – Esforço-me para ver através da escuridão as figuras na sombra que me guiam. Ainda que permaneçam invisíveis, ainda posso senti-los, e é Django quem fala na sequência:

– Daire, minha linda garotinha. Estive olhando por você desde o dia em que nasceu, e estou incrivelmente orgulhoso de você. Não só encarou a coisa da qual tanto tentei fugir.... mas teve sucesso em todos os lugares em que fracassei.

– A única maneira de curar Dace é amá-lo. – A voz pertence a Valentina. – Jolon estava certo sobre os milagres... não são mais do que o amor em ação. Mas você terá dificuldade em fazê-lo funcionar se não pode encontrá-lo dentro de si para amar a si mesma antes.

Engulo em seco, estendendo uma mão até a chave pendurada no pescoço de Dace, enquanto seguro a minha com a outra.

– Quando amaldiçoa seu destino, amaldiçoa a si mesmo – Django diz. – Sou um exemplo perfeito disso. Mas você é a Buscadora, Daire. E Dace estava tão orgulhoso de você que lhe deu a ferramenta que permitiria que o abatesse. Ele entendeu muito bem o que você estava predestinada a fazer, e a perdoou há muito tempo. Agora é hora de perdoar a si mesma. Hora de amar a si mesma. É a única esperança que Dace tem, mas você não pode dar o que não tem.

Amar a mim mesma.

Uma tarefa bem difícil, considerando as circunstâncias.

Mesmo assim, estou decidida a tentar. Tenho tudo a perder se não fizer isso.

As palavras do meu pai me lembram do dia em que visitei o túmulo de Paloma – quando encarei a montanha e dediquei-me novamente ao meu legado e ao destino que nasci para reivindicar.

Não importa o que aconteça comigo – não vou desistir com facilidade. Os Richter pagarão pelos atos hediondos que cometeram contra esta cidade – contra as pessoas que amo –, contra os Mundos Inferior, Superior e Mediano, que tenho o dever de manter em equilíbrio.

Desde o momento em que matei Cade, cumpri pelo menos metade da minha palavra, embora os três mundos ainda precisem ser organizados.

Mesmo assim, ninguém prometeu uma vitória limpa. E Paloma sempre me avisou que a vida de um Buscador é uma vida de sacrifício incrível.

Mas e se não tiver de ser?

Como eu já vi, as profecias não são concretas.

E se o futuro realmente estiver nas minhas mãos?

Inclino-me na direção de Dace, juntando nossas chaves até que uma esteja perfeitamente sobre a outra. Limpo meu coração do arrependimento e substituo por uma carga extra de amor, abaixo os lábios até os dele e o beijo com tudo o que tenho.

Mas não é o bastante.

Sua respiração falha. Vacila. E não tenho ideia do que fazer a seguir – até que Paloma sussurra:

– É como eu lhe ensinei, *nieta*. Você tem que olhar através da escuridão e ver com o seu coração... se quer ver o dele.

Fecho os olhos, bloqueando tudo, exceto o garoto deitado diante de mim. Atravessando a escuridão, mergulho em seu corpo, vendo um coração sufocado por um emaranhado de escuridão que deve ser removido se Dace quiser ter qualquer esperança de sobreviver.

Agora acenda a luz.

Com as mãos sobre meu peito, convoco minha luz e a projeto na direção dele. Observo-a afastar a escuridão até que ela quase tenha desaparecido, permitindo que seu coração inche e se expanda.

Mas, antes que a escuridão possa ser completamente erradicada, Dace solta um suspiro áspero, seguido de outro.

– Não se preocupe – Valentina diz. – O pedaço de escuridão que sobra não fará mal a ele. Todo mundo tem um lado sombrio. Isso só o torna humano. Mas ainda há mais a fazer, seu conserto é só temporário.

Espreito pela escuridão.

– Ele está respirando... o que mais posso fazer?

– Ainda que sua luz tenha servido para iluminar a escuridão dele, quando você matou seu irmão gêmeo, Cade levou um pedaço da alma de Dace consigo – Paloma diz. – Sem isso, temo que Dace não vá durar muito.

Não.

Não!

Apoio-me nos calcanhares. Mal sou capaz de acreditar que entendi tudo errado. Eu tinha certeza de que a única maneira de matar Cade sem ferir Dace era pegá-lo enquanto estava transformado na besta ou, no caso, no Coiote. Acontece que eu estava errada.

Um irmão caiu.

Não demorará muito até que o outro o siga.

– Mas há um jeito... – Django paira ao meu lado. – Vi sua alma, Daire. É forte... repleta de tanto amor e luz que aposto que tem o suficiente para esbanjar.

Olho por sobre o ombro e, por um segundo fugidio, eu o vejo, realmente o vejo se materializar ao meu lado. O pai que só conheci por fotos antigas está sorrindo, assentindo e me encorajando a agir antes que seja tarde demais.

Volto-me para Dace, incerta de como proceder.

– Pense nisso como um salto de alma – Paloma diz.

– Só que, desta vez, deixe um pedaço da sua alma para trás – Valentina prossegue. – Vocês estarão ligados para sempre... mas não era o que ambos queriam?

Ligados.

Predestinados.

Do jeito que sempre sonhamos.

Finalmente, o pesadelo que começou esta jornada chega a um novo fim.

Concentro-me em Dace com todas as minhas forças, vagamente ciente do meu corpo caindo enquanto entro em seu mundo e minha alma se mistura com a dele.

Vejo Dace como um garotinho, explorando ansiosamente o mundo.

Dace adolescente, a primeira vez que ele colocou os olhos em mim.

Dace como a besta, reunindo cada pedaço que restava de sua vontade para me poupar de sua ânsia por matar.

Seu amor por mim comparado apenas ao meu amor por ele – eu o deixo com um pedaço da minha alma e lentamente me retiro.

Encontro-me de volta ao meu corpo só para descobrir que o mundo ainda está escuro.

Meus ancestrais se foram.

E Dace está deitado inerte diante de mim.

Fracassei.

Verdadeiramente fracassei.

Nada resta agora a não ser esperar pelo fim.

O pensamento me deixa estranhamente calma e relaxada – até que Dace inspira longamente e me puxa para seus braços.

quarenta e três

xotichl

No instante em que o mundo fica escuro, Auden segura minha mão com força e caímos em um estado mútuo de silêncio atordoado.

Não há necessidade de falar, quando ambos sabemos o que isso significa.

Daire está morta.

A besta venceu.

Os dias de escuridão chegaram.

E nossas vidas estão acabadas antes que realmente tivessem tido alguma chance de começar.

Embora, para Auden e para mim, nossas vidas estivessem em risco muito antes disso.

– Auden, eu... – Quero compartilhar meu pesar por não ter sido capaz de ver como os Richter estavam nos manipulando o tempo todo, quando percebo um bocado de espaço se abrindo ao redor dele.

Primeiro é sutil. Não mais do que um vislumbre. Mas não demora até que se expanda até se tornar uma gloriosa auréola de luz que o circunda, esticando e crescendo para todos os lados, até que ele está completamente iluminado.

– Auden – sussurro. – Você está brilhando! Consegue ver?

– Está falando sério? Mal consigo ver minha própria mão. – Ele a levanta e mexe os dedos para ilustrar o que está dizendo.

– Espere... – Fico em silêncio por alguns segundos, tempo o bastante para ver se minhas suspeitas estão certas.

– Xotichl, o que foi? – Ele aperta meus dedos, mas o brilho agora se foi e não consigo mais vê-lo.

– Se não estou enganada, acho que posso ter encontrado um jeito de nos tirar daqui. – O som da minha voz ricocheteando na forma de Auden faz ele se iluminar novamente, confirmando que estou certa. – É meio como ecolocalização, só que, em vez de sentir a onda sonora no objeto diante de mim, eu posso, na verdade, *ver* o que está diante de mim.

– Você pode me *ver*? Agora? Sério?

– Não posso vê-lo em detalhes, mas posso definitivamente determinar que é você. Sabe, quando comecei a ver Paloma, pedi para ela me mostrar como fazer isso, especialmente quando descobri que eu era guiada pelo Morcego. Mas Paloma me disse que eu poderia fazer ainda melhor e me ensinou a confiar no meu sexto sentido. E, mesmo assim, desde que minha visão retornou, meu sexto sentido desapareceu. Até agora.

– O que acha que mudou?

– Acho que é porque nunca tive medo da escuridão. Antes de conhecer Paloma e começar a ler energias, a noite eterna era o estado natural do meu ser. Qualquer que seja o motivo, enquanto eu continuar falando, tenho quase certeza de que posso nos tirar daqui. – Dou um passo adiante, puxo a mão de Auden, esperando que ele me siga, mas ele permanece no lugar.

– Aonde estamos indo, flor? Se está escuro aqui, está escuro em todos os lugares. Não importa aonde nos leve. No fim dá no mesmo.

Ainda que ele tenha razão, não há como negar que me ofereceram um presente, e recuso-me a ignorá-lo.

– Honestamente – digo. – Não tenho ideia de onde acabaremos. Mas nunca chegaremos mais longe do que onde estamos se não tentarmos, ao menos. Enquanto nossos amigos estiverem lá fora, recuso-me a desistir. Precisamos pelo menos descobrir o que aconteceu com eles.

quarenta e quarto

Lita

No instante em que o mundo fica escuro, caio de joelhos em rendição.

Sobrepujada por uma combinação de cansaço e derrota do tipo "não dou a mínima", oficialmente declaro o fim da luta.

Estive fugindo de demônios e escondendo-me dos Richter por horas demais para contar. E, agora, com Daire claramente morta, não vejo sentido em continuar.

Não há aonde ir.

Nada para ver.

É só questão de tempo antes que o mal me reivindique.

Coloco a cabeça entre as mãos. Dou a mim mesma permissão para chorar. Mas, surpreendentemente, as lágrimas não aparecem. Em vez do pânico que presumi que sentiria, encontro-me imersa em uma estranha onda de calmaria.

Acho que há realmente paz na certeza.

Mesmo que a coisa sobre a qual se tem certeza seja a própria morte, ainda é melhor do que a ansiedade de não saber o que vem depois.

E não é como se eu não visse a ironia.

Quando Axel me deixou, senti como se fosse o fim do mundo. Mas, claramente, eu estava errada. O fim não se parece em nada com o que eu imaginei que fosse.

Não é o pânico total.

Não faz meu coração doer tanto que tenho certeza de que está prestes a explodir.

Só parece final. Iminente.

Certo de que vai me encontrar quando for a hora.

Sem nada a mais a fazer além de esperar, deito no chão e fico em posição fetal. Apoio a cabeça no braço, enfio o queixo no peito, e permito que meus olhos se fechem, quando algo vem voando e faz cócegas de leve na ponta do meu nariz.

Arquejo. Fico em pé. Convencida de que algum tipo de criatura suja – provavelmente uma barata, já que elas definitivamente vão herdar a terra – está fazendo ninho na gola do meu vestido, eu me bato freneticamente, até que ela cai do corpete e pousa nos meus pés. Descubro, então, que não é nem remotamente um inseto.

É a pena de águia que Axel me deu antes de partir.

A mesma pena que prendi no sutiã, imaginando que fosse inútil.

Mas, agora, sem nada a perder, seguro-a diante de mim e olho fixamente para ela na escuridão. Esforço-me para ver seu formato, mas, como sou incapaz de discernir qualquer coisa além da curva de sua haste, fecho os olhos e faço um pedido.

Um que não é nem um pouco frívolo.

Se Axel está certo, se crença e intenção realmente são a espinha dorsal tanto dos milagres quanto da mágica, então não posso me dar ao luxo de não levar isso a sério. Reunindo cada resquício de fé que me resta, projeto tudo na pena. Recuso-me a me sentir tola e rejeito qualquer emoção além da minha devoção inabalável para ver que funcionou.

Imagino como seria a cena. Como eu me sentiria, tanto por dentro quanto por fora. Até que estou tão consumida pela visão que abro os olhos esperando vê-la se manifestando diante de mim, só para descobrir que estou cercada pela escuridão.

Acomodo-me no chão, trago as pernas até o peito e enrolo os braços nelas. Consolo-me com o pensamento: *Pelo menos tentei. Pelo menos dei tudo o que tinha*. Quando uma mão segura meu ombro e Xotichl diz:

– Ei, Lita, você está bem?

quarenta e cinco

Dace

– De quanto você se lembra?

Daire leva a mão até minha testa, e sou rápido em segurá-la com a minha. Tudo isso enquanto agradeço silenciosamente pela escuridão que me encobre.

Embora eu esteja feliz que a besta tenha sido morta e sinta-me grato por estar novamente com o amor da minha vida, infelizmente lembro-me totalmente de cada ato hediondo. Cada desejo maligno.

Minha agitação vive em um carrossel de imagens horripilantes que me assombrarão pelo resto dos meus dias, e não posso suportar que ela me veja desse jeito.

Mas, para Daire, digo simplesmente:

– Lembro-me de muita coisa. O bastante para saber que nunca serei capaz de compensar tudo o que fiz...

Ela coloca um dedo nos meus lábios, calando as palavras.

– Os Richter se foram. Você poupou a vida de Chepi. E, ainda que pudesse ter me matado com facilidade, sempre parou a tempo.

– E quanto a Pé Esquerdo? – Minha voz falha. Enterro o rosto nas mãos. Atormentado pela imagem do meu mentor e amigo com o pescoço cortado e ensanguentado. – Ele não era um demônio. Nem mesmo um Richter. Era como um pai para mim. Como vou conseguir fazer as pazes com isso?

Daire fica quieta, levando um momento para reunir seus pensamentos antes de falar:

– Foi um acidente... Jennika atirou em você com uma flecha e, na sua tentativa de fuga, acidentalmente o cortou. – Viro a cabeça de lado, relutante em acreditar nela. – Olhe, você pode nunca fazer as pazes com seus atos, mas tem que aceitar as coisas que você é incapaz de mudar. Caso contrário, a paz escapará de você em todas as facetas da sua vida, não apenas naquelas que escolher.

Eu a puxo para mais perto. Abraço-a com força. Ciente de sua respiração suave e constante, do frescor suave de sua pele. Maravilhado pelo quão perto ela chegou de morrer pelas minhas mãos – mas, por algum motivo, mesmo completamente transformado na besta, não pude seguir com isso.

Embora o desejo consumidor de fazer Leandro pagar pelo que fez com minha mãe nunca tenha diminuído, fico feliz que ele finalmente tenha partido.

Consolo-me ao saber que ele nunca mais causará danos a ninguém que tenha o azar de cruzar seu caminho.

Embora não seja fácil apagar o dano que ele já causou.

Mesmo assim, se Chepi aprendeu a viver com isso, se encontrou um jeito de encarar a lembrança dolorida de como fui concebido, então talvez, algum dia, eu possa aprender a aceitar isso também.

– Então, para onde vamos daqui? – Volto-me para Daire.

– Primeiro, vamos encontrar um jeito de devolver a ordem aos mundos, depois encontraremos nossos amigos. – A voz dela é determinada. – E, por fim, depois que estiver terminado, vamos comemorar este acontecimento como a vitória que é.

– Alguma ideia de por onde começar?

Daire sorri. Embora eu não possa ver, posso sentir o quanto sua energia se ilumina e aumenta.

– É onde entra o Corvo.

Permaneço quieto, a questão colocada pelo meu silêncio. O Corvo está trancado em uma gaiola em algum lugar ao longe.

– O Corvo voa na escuridão para trazer a luz.

– Outro salto de alma? – Pergunto; minha voz trai minha preocupação. Embora ela não tenha mencionado, posso sentir sua presença vibrando dentro de mim. Ao contrário da presença da besta, da sua presença eu gosto. Ela é a razão pela qual estou aqui. A razão por trás de cada respiração. E, embora esteja grato além das palavras, preocupo-me que mais uma tentativa possa deixá-la esgotada.

– Não se preocupe – Daire diz. – Depois de todo esse tempo, finalmente entendi o que Paloma estava realmente tentando me ensinar. Não tenho que me misturar com o Corvo para convocar seu poder. Ele me guia. Ele *está* em mim. Tudo que tenho de fazer é acessar sua verdade. Há uma história antiga sobre o Corvo roubando o sol do Coiote, que estava determinado a manter o mundo envolto na escuridão. Foi na época de Valentina. Ela foi uma das primeiras Buscadoras e correu um grande risco para documentar os acontecimentos de sua vida. Com frequência, ela vem até mim em tempos de dificuldade. Apesar dos séculos que nos separam, minha vida com frequência espelha a dela. Mas, agora que os Richter finalmente se foram, estou determinada a ter um final muito mais feliz do que Valentina assegurou para si mesma. É como se eu devesse isso para nós duas.

– E como o Corvo se encaixa?

– Percebendo a verdade subjacente da história. A luz que o Corvo traz não está só lá fora, está aqui. – Daire segura minha mão e a pressiona de encontro ao seu peito. – Paloma sempre me disse para usar minha luz, afirmando que é única coisa que pode mostrar o caminho. Naquela época, classifiquei isso como papo de *abuela*, conversa de Buscadora. Na verdade, não dei muita credibilidade. Mas não há como negar que foi minha luz que o trouxe de volta. E espero usar esta luz para iluminar os três mundos novamente. É hora de usar a minha conexão com os elementos para algo mais do que externar minha dor.

Ela larga minha mão, fica em pé, parada diante de mim, e sussurrando baixinho os primeiros versos de uma canção, quando é interrompida pelo ruído distante de passos.

Mais Richter.

Ou, talvez, até mesmo demônios.

Quem mais avançaria tão livremente noite afora?

Acho que não acabei com todos eles como pensava.

Fico parado diante de Daire. A poucos metros de distância, as mãos crispadas na lateral do corpo, enquanto ela continua a canção, sem perder o ritmo. Sem lugar para nos escondermos, estamos completamente expostos. Mesmo assim, farei o que for preciso para manter esta garota em segurança.

Dou um passo adiante, pronto para encarar a ameaça, qualquer que seja. O pedaço de escuridão que Daire não conseguiu erradicar vibra, se agita, animado pela possibilidade de outro surto de violência, um ato de vingança.

Só que, desta vez, ao contrário da última, a escuridão está sob meu controle.

Farei o que for preciso, e nada mais.

Não serei comandado por fantasias de vingança – não causarei mais danos do que já foi feito.

O chão balança sob meus pés.

Um vento feroz percorre a terra, enquanto o céu noturno irrompe, soltando uma chuva difícil de controlar.

Mesmo assim, o inimigo se aproxima.

Daire está cantando as canções do Vento, do Fogo, da Terra, do Ar, as mesmas harmonias reveladas para ela após sobreviver a uma série de iniciações brutais durante seu treinamento. Embora as canções permitam que manipule os elementos, elas fracassam em restaurar a luz aos mundos.

– Venha – ela diz, interrompendo a canção. – Somos mais fortes juntos.

Hesito, relutante em dar as costas para o inimigo quando há tanto em risco.

– Você realmente acredita no que me disse? – ela pergunta. – Quando falou que o amor é a única força mais poderosa do que o mal. – Sua voz é impaciente, e com bons motivos. Mesmo assim, quando hesito, ela diz: – O amor é a razão pela qual você está aqui. O amor salvou você. E essa é toda a prova de que preciso. Agora, espero que seja forte o bastante para salvar todos nós. Então pare de pensar em nos proteger com os punhos e segure minha mão antes que seja tarde demais.

Sem hesitar, faço o que ela diz. Nós dois parados, juntos, em uma muralha de amor e solidariedade, com um sussurro de esperança firme em nossos corações. Esperando pelo nascer do sol ou pelo fim do mundo.

De qualquer modo, vamos recebê-lo juntos.

quarenta e seis

Daire

É sempre mais escuro antes do amanhecer.

Ou pelo menos é o que digo a mim mesma para explicar a terra retumbando sob nossos pés, o vento açoitando nossos corpos e uma torrente de chuva acertando nossas cabeças.

Se sou a causa, se sou quem está manipulando os elementos, e não há dúvidas de que sim, por que só pareço capaz da destruição?

Aperto a mão de Dace com mais força. Estimulada pela sua energia, pelo seu amor, por sua disposição em acreditar em mim e na minha habilidade em reverter tudo o que foi feito – tudo isso enquanto murmuro baixinho as quatro canções. Terra, Ar, Água, Fogo – canções que vieram com grande risco. Canções que só foram reveladas depois que passei nos testes.

As letras me conectam aos elementos, quase do mesmo jeito que Dace já foi conectado a Cade. Cada um dependendo do outro para a própria existência.

As pontas dos meus dedos começam a vibrar e a formigar, e não demora muito para que eu perceba que é resultado do meu contato com Dace. Nossas energias combinadas criam uma força palpável, viva.

E, de repente, entendo a verdade da nossa existência. Não eram apenas os gêmeos que eram conectados – somos todos conectados.

Cada um de nós tem um papel, um dever, para sustentar um ao outro e manter o mundo equilibrado.

Foi exatamente isso que Paloma quis dizer quando me falou que eu nunca caminho sozinha. Ainda que ela estivesse se referindo principalmente aos meus ancestrais e a um poder muito maior do que eu mesma, agora percebo que isso vai muito mais fundo do que percebi no início.

Como a visão que tive em um dos primeiros sonhos que deram início a tudo isso, no momento em que Dace me beijou, uma centena de imagens atravessaram minha mente, até que finalmente entendi o que estava tentando me dizer – que sou parte integrante de tudo, e tudo é parte integrante de mim.

O pensamento me enche de tanta alegria, que fecho os olhos para não chorar. Capturada pela maravilha de como é possível meu coração se sentir tão repleto quando perdi praticamente tudo com o que mais me importava.

Mas a verdade é que não perdi nada.

Posso sentir Paloma ao meu lado, guiando-me.

Posso ouvir Valentina sussurrando palavras de encorajamento em meu ouvido.

Posso sentir a presença de Django ao meu redor, dizendo-me o quanto está orgulhoso de sua garotinha.

Estão todos aqui. Cada um deles. E faremos isso juntos.

– Pense no fim – digo a Dace. – Localize o sol em sua mente e posicione-o bem alto no céu. Sinta seu calor. Deleite-se com sua luz. Acredite em sua capacidade de realizar um milagre e misture sua alma com a da terra, com a dos elementos, com a dos espíritos animais. Tem que querer isso de todo coração... mais do que jamais quis algo em sua vida. E tem que colocar sua intenção plena em ver isso feito. Ah, e, além disso, também pode querer usar toda magia que Pé Esquerdo lhe ensinou. Se conseguirmos fazer isso... não há motivo para não termos êxito.

Minha voz continua a se elevar; carregada pelo vento, ecoa pelo desfiladeiro.

Canto com todas as minhas forças.

Canto até que minha voz fica rouca e áspera.

Ciente de Dace brilhando ao meu lado – sua mágica devolvendo vida à terra, enquanto as rochas vermelhas ásperas sob nossos pés dão lugar a um gramado suave e macio.

Posso ouvir o Corvo chamar; livre de sua gaiola, ele pousa no meu ombro. Seu grito logo se junta ao do Lobo de Paloma, do Urso de Django, da Águia de Chay, do Guaxinim de Valentina, e de muitos mais que não reconheço imediatamente.

Todos nós juntos em solidariedade – pelo desejo de restaurar a paz e o equilíbrio aos mundos.

E, quando Dace aperta minha mão, incentivando-me a abrir os olhos, encontro a visão gloriosa de um sol dourado brilhante se erguendo diante de nós.

Sem que eu tenha percebido, em algum momento durante minha canção, a chuva parou, a terra se acalmou, o vento cedeu, e a escuridão deu lugar à luz.

E o que a noite antes disfarçou como inimigo, a luz do dia revela ser nosso grupo enlameado de amigos e familiares.

Xotichl lidera o caminho, com Auden e Lita em cada lado, e Jennika, Chepi e Pé Esquerdo vindo na retaguarda.

Todos imundos, cansados e mais radiantes do que jamais os vi.

quarenta e sete

Daire

– Django veio. – Jennika olha para mim, os olhos arregalados, como se ainda mal acreditasse.

– Você realmente o viu? Quero dizer, ele se manifestou diante de você? – Pergunto.

Ela sorri, passa um braço em volta da minha cintura e beija-me no meio da testa. O movimento incomoda o Corvo, que sai voando do meu ombro para se empoleirar em uma árvore próxima.

– A menos que eu estivesse alucinando, o que é inteiramente possível...

– Não – digo. – Não duvide de sua experiência. Ao menos, algumas visitas a Encantamento deviam ter ensinado você que há mais coisas ocultas do que visíveis.

Ela apoia a cabeça no meu ombro e suspira. Permite-se um momento de silêncio, antes de prosseguir:

– É possível que uma das piores noites da sua vida também seja uma das melhores? – Olho para ela, esperando por mais, mas ela apenas balança a cabeça, preferindo guardar os detalhes para si. – Uma história muito comprida, fica para outro dia. Vamos apenas dizer que foi uma reunião incrível. Não só Django me ajudou a curar Pé Esquerdo e salvar sua vida, mas também me ajudou a salvar a mim mesma. Estou finalmente pronta,

Daire. Estou finalmente pronta para parar de fugir e dar uma chance de construir algo que pode ou não ser permanente, mas, de qualquer modo, estou perfeitamente bem com isso. – Eu a abraço com força, sabendo que ela se refere ao futuro com Harlan, e não posso estar mais feliz. Torço por eles desde o dia em que o conheci. – Tenho tanto para lhe contar, mas isso pode esperar. Apenas saiba que estou incrivelmente orgulhosa de você. E, embora eu nunca tenha duvidado da sua capacidade, eu temi por você.

– Mas este é o seu trabalho, certo? – Sorrio. – Quer dizer, não é como se estivesse planejando desistir disso só porque salvei os três mundos da devastação completa.

– É claro que não, não seja boba. – Ela passa o dedo embaixo do meu olho, removendo uma mancha de rímel; mais um hábito do que qualquer crença real de que isso pudesse servir de algo. Estou um desastre. Imunda de um jeito que só um longo banho quente poderá remediar. Mesmo assim, o fato de que ela tente consertar isso faz nós duas rirmos.

– Será que você gostaria de retocar meu brilho labial também? Tenho quase certeza de que ele saiu entre a sétima e a oitava matança de demônios.

– Eu nem tentaria. – Ela dá uma gargalhada. – Você parece muito mais radiante do que jamais poderia imaginar. Além disso, provavelmente devia dar uma olhada nos seus amigos. – Ela acena com a cabeça na direção do lugar em que Lita está. – Lita em particular. Ela não está muito bem.

Sem outra palavra, vou em sua direção. Paro brevemente perto de Dace, que está conversando com Pé Esquerdo e Chepi.

– Não – ele diz, o rosto demonstrando o remorso pelos seus atos como besta. – Por favor, não sejam tão indulgentes. Eu não mereço. Quase matei vocês... vocês dois.

– Mas não matou. – Chepi responde. – Eu sabia que você estava lá. Nunca duvidei de você.

– Eu duvidei – Pé Esquerdo comenta, fazendo que Dace afaste o olhar, profundamente envergonhado. – Até que vi a expressão em seus olhos, logo depois que me cortou. No momento em que vi seu arrependimento, soube que era um acidente.

Meus olhos se encontram com os de Dace, e embora Chepi e Pé Esquerdo estejam longe de convencê-lo, pelo menos é um começo.

Sigo na direção de Lita; só alguns passos nos separam quando ela se volta para mim e diz:

– Ele me deixou. Simplesmente... me deixou. *Eu*. Lita Winslow. Pode acreditar nisso?

– Ele deve ter tido um bom motivo. – Digo. – Axel a ama. Ele não partiria a menos que tivesse um bom motivo para isso. – As palavras vêm rapidamente, com facilidade, embora bem lá no fundo eu não tenha tanta certeza. Lembro-me de como Paloma avisou sobre algo assim. Disse que nada de bom viria do relacionamento deles. Acontece que ela estava certa mais uma vez.

– Claro que houve um motivo – Lita passa a mão pelo rosto, pegando um punhado de lágrimas que transfere para o vestido. – Provavelmente tem alguma garota brilhante esperando por ele no Mundo Superior. Alguém que sangre ouro ou talvez até platina, pelo que sei. Difícil competir com alguém assim. Mesmo para mim.

– Duvido. – Coloco a mão em seu ombro, tento afastá-la de pensamentos autodestrutivos. Sei muito bem como é fácil ficar preso a esse tipo de ideia, e que tarefa árdua é encontrar um jeito de sair. – Lita, de verdade. Qualquer um podia ver que o que vocês tinham era real. Afinal, você foi o primeiro amor de Axel e...

– Eu não disse que ele *amava* sua garota brilhante, de sangue platinado. Talvez ele só... – Ela para, balança a cabeça, como se não suportasse continuar por esse caminho. Arrancando a pena do corpete do vestido, ela revira os olhos e diz: – Ele me deixou com isso. Não sei nem porque fiquei com ela. Não que funcionasse.

Ela começa a jogar a pena fora, mas eu a seguro bem antes que alcance o chão.

– Você fez um pedido? – Pergunto.

Ela assente. Passa a mão sobre os olhos.

– Então não jogue fora. Dê tempo suficiente para que o sonho se manifeste. – Coloco a pena de volta em sua mão.

– Eu dei. Acredite em mim, eu dei. Dei todo o tempo que podia desperdiçar e, agora, estou oficialmente fora dessa. Totalmente. Acabou.

– Tem certeza? – Espio por sobre seu ombro, tentando distinguir a forma na distância.

– Você não entendeu a parte em que disse *totalmente*? – Ela suspira, passa um dedo embaixo de cada olho, afofa os cachos e arruma o corpete do vestido para realçar melhor o decote. Algumas vezes Lita usa sua beleza como armadura, uma defesa para manter as pessoas a uma distância segura. Mas, por baixo do verniz brilhante, é uma garota vulnerável, que morre de medo de ser revelada.

– Bem, isso é uma pena. – Dou um olhar compreensivo. – Acho que é verdade o que dizem sobre o *timing* ser tudo. Parece que Axel chegou alguns segundos tarde demais.

Ao som do nome dele, ela dá meia-volta tão rápido que vira um borrão de cabelo emaranhado, rímel escorrendo e um vestido de seda negra com uma tira partida e bainha severamente esfarrapada.

Mas um olhar para o rosto de Axel evidencia que, para ele, ela é o material dos sonhos.

E é exatamente esse olhar de admiração sincera e amor que traz Lita de volta ao jogo.

– Então, acha que pode vir cavalgando no seu cavalo negro como um cavaleiro em armadura brilhante, e eu supostamente vou esquecer que me abandonou e me deixou para cuidar de mim mesma?

– Lita... por favor. – Axel desce das costas do Cavalo, revelando a bela garota de cabelos escuros sentada bem atrás dele.

A visão disso faz Lita arfar, seus olhos se estreitam, as mãos tremem de leve, e ela diz:

– Ah, eu entendo. Eu entendo tudo agora. Bem, isso é ótimo, Axel. É realmente muito bom... muito sincero da sua parte... muito... – Seus olhos se enchem de lágrimas, suas feições desabam, em razão da dor insuportável pela traição dele. – Que seja... – ela murmura, virando as costas, e começa a se afastar, mas não vai muito longe antes que Axel a segure pelo braço e lhe dê um abraço apertado.

– Tinha de ser feito. – A voz dele é contida, a expressão, de dor. – E prometo passar o resto da vida compensando você por isso. Mas, Lita, por favor, tem de acreditar em mim quando digo que não havia escolha. Tinha de acontecer desta maneira.

Lita se mantém firme, recusa-se a ceder:

– Você tem de se esforçar muito mais para se explicar. Eu quase morri lá. Mais de uma vez. – Ela coloca as palmas das mãos no peito dele e o afasta, enquanto Axel olha por sobre o ombro, implorando para que a garota interfira a seu favor.

– Esta é Zahra. – Ele faz um sinal com a cabeça na direção dela, enquanto ela desce das costas do Cavalo e se junta a nós. – Ela é a guia espiritual de Daire – acrescenta, fazendo meus olhos se arregalarem, minha garganta secar, enquanto olho seus cachos escuros, sua brilhante pele marrom, as pupilas sobrenaturais, no mesmo tom prateado/rosado do vestido que usa.

Faz muito sentido, não sei por que não percebi antes. A garota que tentou me impedir de fugir do Mundo Superior é meu guia espiritual.

– Axel nunca deveria ter vindo aqui. – Ela para ao lado dele. Seu rosto estoico e sua estatura régia fazem um grande contraste com a voz que soa suave, melíflua e instantaneamente reconfortante.

Embora isso não funcione com Lita.

– Então, leve-o embora agora. Quero dizer, nem mesmo sei por que se incomodaram em vir até aqui. Claro, é o que ele quer, então por que esfregar no meu nariz? – Lita dá as costas para ambos e cruza os braços sobre o peito. Sua postura de raiva serve como um disfarce fraco para seu estado inegável de coração totalmente partido.

– Temo que seja tarde demais para Axel voltar – Zahra diz para ela, mas Lita se recusa a ceder. – Desde o momento que você fez o pedido para a pena de águia, o acordo foi selado.

– O quê? – Lita para de fingir e se volta para eles. A cabeça balançando para trás e para frente, entre Zahra e Axel. – Do que está falando? O que ela quer dizer? – Ela se volta para mim como se eu pudesse ter a menor ideia do que realmente está acontecendo, mas apenas dou de ombros em resposta. Estou tão no escuro quanto ela.

– Até os portais serem abertos, Axel era incapaz de voltar ao Mundo Superior. Então, no momento em que ele viu uma abertura, aproveitou a oportunidade.

– Não tem de explicar isso para mim. Não é como se eu não tivesse testemunhado em primeira mão.

– Bem, é o que diz, mas acontece que há um pouco mais nisso. Primeiro, todos pensamos que ele estava lá para ajudar. Com os portais escancarados, garantindo acesso aos Richter, levamos um tempo para reunir forças e conseguir dar uma resposta adequada. Aí não demorou muito para que pudéssemos contê-los em seus lugares, o que, para seu crédito, Axel nos ajudou a fazer. Mas, assim que as coisas estavam mais ou menos sob controle, ele confidenciou que o único motivo para retornar ao Mundo Superior era para pedir permissão para ser liberado permanentemente de seus deveres e de sua posição, para que pudesse viver para sempre aqui com você.

Lita pressiona uma mão no peito e olha a ponta de sua bota severamente arranhada.

– Para ser honesta, achei que ele estava sendo muito tolo, assim como quase todo mundo. Eu não podia imaginar por que ele escolheria uma vida no Mundo Mediano com toda a dor inerente e dificuldades, quando poderia desfrutar uma existência muito mais fácil conosco.

– E o que você disse? – Lita levanta o olhar para encontrar o de Axel, sua expressão impassível, ainda que o surto de esperança em sua voz a entregue.

– Eu disse para ela que uma vida que incluía você valia cada dificuldade ou momento de dor que pudesse cruzar meu caminho.

Lita engole em seco, pestaneja várias vezes para conter as lágrimas, mas não adianta.

– E eu disse para ele que estava sendo um completo idiota – Zahra acrescenta e, pela expressão em seu rosto, sua opinião não mudou. – Então, chegamos a um acordo e decidimos mantê-lo por lá até que você usasse a pena para desejar o retorno dele. Tínhamos que ter certeza de que seus sentimentos por ele eram os mesmos que os dele por você.

Lita permanece onde está, o lábio inferior tremendo, o rosto borrado de lágrimas.

– Ele abriu mão de seu dom, de sua mágica para ser humano. Para ficar com você. – Zahra observa impassível, enquanto Lita, incapaz de manter as emoções sob controle, corre até os braços estendidos de Axel. Nem um pouco comovida pelo reencontro, Zahra balança a cabeça e diz: – Por enquanto tudo está bem e lindo, mas o que todos vocês convenientemente esqueceram é que ela tem só dezesseis anos. Não tem ideia do que vai querer em um ano, muito menos pelo resto da vida.

– Dezessete – Lita diz, enterrando o rosto no pescoço de Axel. – Fiz aniversário. Sinto que tenha perdido.

– O fato é que você é jovem. Impressionável. Com a noção romântica do amor dos adolescentes. Há uma boa chance de que não se sinta assim sempre, diante da realidade de uma longa vida juntos.

– Zahra… – Axel se afasta relutante do abraço de Lita. – Acho que já vimos em primeira mão que nenhum de nós é capaz de prever o futuro. Mesmo quando o futuro foi previsto para nós, está sujeito a mudanças. Então, embora eu lhe agradeça por me permitir isso, chegou a hora de deixar que eu aproveite o início da minha nova vida com minha garota.

Ele passa um braço ao redor dos ombros de Lita e se afasta com ela, e é quando noto a mudança mais incrível, que não tinha percebido até agora.

Quero dizer, claro que os olhos de Axel passaram de um suave e sobrenatural lavanda para um tom mais humano e escuro de violeta. E, sim, sua pele é muito menos pálida e translúcida agora que sangue humano de verdade corre por suas veias. Mas antes seus movimentos só lançavam luz, e agora vejo que, enquanto caminham juntos, Axel e Lita lançam sombras individuais.

Zahra se volta para mim, vejo sua desaprovação começando a desaparecer.

– Não estou aqui para levá-la, se é o que está pensando.

– Você não conseguiria, se tentasse. – Cruzo os braços sobre o peito, mas mais por cansaço do que por qualquer outra coisa. Ela pode ser uma cética, pode ser uma das pessoas menos românticas que já conheci, mas a verdade é que não posso deixar de gostar dela. Em grande parte porque ela me lembra do jeito que eu costumava ser antes de vir para Encantamento. Antes de perceber o valor de coisas como amigos, família e amor.

– Acontece que estou feliz que tenha fugido. – Ela me encara com um brilho divertido nos olhos. – No retrospecto, não posso imaginar o que teria sido de nós se não tivesse escapado.

– Mas será que alguma dessas coisas teria acontecido sem minha participação? – É uma pergunta que tenho evitado fazer para mim mesma.

– Talvez sim, talvez não. Embora eu esteja inclinada a pensar que teria acontecido até antes. E é por esse motivo que vim todo o caminho pensando em uma maneira adequada de lhe agradecer.

– Agradecer-me? – Minha voz se levanta com a surpresa. Essa é a última coisa que eu esperava.

– Gratidão é moeda corrente no Mundo Superior, você sabe.

– O que exatamente você é? – digo. – Minha guia ou fada madrinha?

– Hoje, acho que um pouco das duas. – Ela ergue os ombros e sorri de um jeito que curva seus lábios, expande suas bochechas e faz seus olhos reluzirem um prateado/rosado glorioso.

– Está falando sério?

O aceno de cabeça que se segue confirma que sim.

Levo um momento para pensar na longa lista de coisas que eu poderia pedir, então me volto para ela e digo:

– Traga-me o corpo de Chay para que eu possa fazer um enterro adequado.

Ela nega com a cabeça. Seu tom de voz é tão definitivo quanto seu olhar, e ela diz:

– Não. Absolutamente não. Minha intenção é conceder um desejo que sirva para *você*... não para outra pessoa.

– Mas essa é a coisa. *É* para mim. Chay era meu mentor, meu amigo. De várias maneiras, ele foi como um pai para mim, e eu o abandonei. Se conseguir me conceder esse desejo, me sentirei muito melhor, o que me beneficiaria imensuravelmente.

– Antes de mais nada, você não o abandonou. Chay morreu fazendo o que sempre fez de melhor, que é ajudar os outros. Embora eu tenha de admitir que, quando as coisas ficaram agitadas por aqui, perdemos vocês de vista lá embaixo. Mas, depois de um tempo, a Águia conseguiu chegar até nós e nos alertar, e não foi muito depois disso que o guia de Chay desceu para recebê-lo. Ele está em um bom lugar agora, eu prometo. Eles enterraram seu corpo perto daquela fonte de que você tanto gosta lá no Mundo Inferior.

– A Fonte Encantada?

Ela sorri.

– Eu sei que é uma de suas favoritas. E essa é uma das razões pelas quais escolhemos esse lugar. Dessa forma, pode visitá-lo sempre que quiser. Embora, como eu sei que você já sabe, não tenha de ir até lá para encontrá-lo...

– Ele é parte de tudo agora. – Permito a mim mesma um sorriso leve. Outra das lições de Paloma. – Mas, como eu descobri recentemente, você não tem de morrer para conseguir isso... estamos todos conectados a tudo ao nosso redor.

– Você é uma boa aluna – Zahra comenta. – E uma Buscadora ainda melhor. Mesmo assim, ainda há uma última coisa que falta fazer.

Olho fixamente para ela, sem ter ideia do que quer dizer. Os Richter se foram. Os três mundos estão em ordem. O que falta ser feito?

Ela aponta para o anel de turmalina no meu dedo.

– Use isso para libertar os moradores de Encantamento. Nós os guiamos para casa, mas estão perdidos, confusos, correndo no vazio. Como Buscadora, cabe a você devolvê-los às suas antigas naturezas e ajudá-los a encontrar o caminho.

– Como?

– Você vai imaginar um jeito. – Quando ela sorri, todo seu ser se ilumina. – Enquanto isso, por favor, pense na minha oferta. E, quando se decidir por um desejo que seja inteiramente seu, peça a pena de águia para Lita, e prometo que será concedido. Na verdade, à luz de tudo o que realizaram, estou me sentindo generosa. Então, que tal se eu oferecer um desejo para cada um de seus amigos também? Mas, por enquanto... – Olho para ela. – Não quero ser rude, é hora de voltarem para o mundo de vocês. Os portais logo se fecharão, e, se permanecerem muito mais tempo aqui, ficarão definitivamente. Sabe como voltar?

– Seguindo o mesmo caminho pelo qual cheguei?

– Sim. Só que agora você não achará a jornada tão traiçoeira.

Quando ela dá meia-volta para partir, sou tomada por uma estranha sensação de perda. E, antes que possa me controlar, digo:

– Verei você novamente?

– Verei você todos os dias. Estou sempre com você, Daire. Mas fique longe de encrencas porque espero não a ver por esses lados novamente por muito tempo.

Tenho tantas coisas para lhe perguntar, tantos quebra-cabeças para resolver, mas não encontro as palavras, e ela caminha alguns metros até que desaparece em uma maravilhosa explosão de luz branca.

quarenta e oito

Daire

É só quando paramos no Mundo Inferior para prestar nossos respeitos a Chay que penso em um desejo só para mim.

A coisa sobre ser uma Buscadora é que meus dons de cura e discernimento são, em grande parte, voltados para ajudar os outros. No que diz respeito às minhas próprias questões, estou tão no escuro quanto qualquer um, deixada para me basear em um instinto no qual ainda estou aprendendo a confiar.

Mesmo assim é a única coisa na qual posso pensar e, se eu colocar os parâmetros certos, isso pode se provar divertido.

Mas, primeiro, vou deixar meus amigos terem sua chance. Então, depois de pedir a pena para Lita, seguro-a diante de mim e transmito tudo o que Zahra me disse.

– Confiem em mim – Lita diz, alegremente aninhada no abrigo dos braços de Axel –, esta é uma oportunidade que não vão querer desperdiçar. A pena é mágica.

Em sinal de respeito aos anciãos, que deram tanto de si, ofereço primeiro para Pé Esquerdo, mas ele é rápido em declinar. Afirmando que tem tudo o que jamais poderia querer agora que viveu o bastante para ver Encantamento livre do domínio dos Richter, ele passa a pena para Chepi, que a segura com as duas mãos, fecha os olhos e diz:

– Desejo que meu filho encontre paz e seja perdoado pelo que fez. – Seu olhar se volta para Dace, enquanto ele aperta minha mão.

Jennika é a próxima, que deseja nunca perder de vista as coisas que Django lhe ensinou. Então ela passa a pena para Axel, que se volta para Lita e diz:

– Meu desejo está parado bem aqui ao meu lado.

Xotichl vem na sequência, e observamos enquanto ela segura a haste entre os dedos e leva um momento para pousar o olhar em cada um de nós, parando como se tentasse memorizar nossas feições.

– Desejo voltar a ser como eu era antes da primeira visita ao Mundo Inferior – ela diz.

– Xotichl! – Lita arqueja. – Você só tem um pedido... como pôde...

– Está tudo bem. – Xotichl dá de ombros. – De verdade. A maior parte de vocês me conhece a vida toda, o que quer dizer que deveriam saber que não preciso da minha visão para *ver*. Especialmente quando vejo muito melhor sem ela. A visão verdadeira não depende dos olhos. Acho que sempre soube disso na teoria, mas agora sei por experiência própria.

Ela se inclina na direção de Auden, e ele passa um braço ao redor dela, sussurra em seu ouvido. Tão visivelmente comovido pelo desejo dela, que ele precisa de um momento antes que possa expressar o seu.

– Com os Richter mortos, provavelmente estamos livres, mas, só por via das dúvidas, peço que Xotichl e eu sejamos liberados daquele contrato que Luther me fez assinar. Quero voltar a tocar nos clubes locais com o Epitáfio e me tornar um sucesso do jeito antigo... porque fizemos por merecer e porque nossa música tem méritos... não porque troquei minha alma por fortuna e fama.

Xotichl olha fixamente para ele com os olhos cheios de lágrimas, enquanto Auden a abraça apertado e dá um beijo em sua testa, ao mesmo tempo em que nos viramos, permitindo-lhes um momento de privacidade.

Quando chega a vez de Dace, ele simplesmente diz:

– Quero a mesma coisa que disse no dia em que Daire Lyons Santos entrou em minha vida.

E, quando ele devolve a pena para mim, eu a seguro com força e digo:

– Quero um vislumbre do futuro. Quero ver uma coisa boa na qual possa me agarrar se as coisas ficarem ruins de novo.

Dace aperta meu ombro enquanto eu fecho os olhos e espero, acreditando que a visão aparecerá em minha mente, mas, em vez disso, é a gargalhada de Valentina que ouço.

Abra os olhos, ela incentiva, e é o que faço.

Mantenho os olhos abertos e, de repente, estou olhando para uma imagem de mim mesma, mas não estou mais no Mundo Inferior. Estou em um... *leito de enfermaria?*

Mas eu disse uma coisa boa!

Continue olhando, ela me diz.

Estou suada.

Pegajosa.

Pálida em alguns lugares, corada em outros.

Meu cabelo muito mais curto do que está agora mal alcança meus ombros.

Há leves traços de linhas ao redor dos meus olhos, um anel fino de ouro no meu dedo anular esquerdo e pareço estar com algum tipo de problema. Ou talvez esteja apenas exausta, é difícil dizer.

Uma coisa é certa – eu deveria saber.

Jamais deveria ter pedido para espiar o futuro.

Nunca me permiti esse tipo de indulgência antes, então por que arriscar agora? Só porque os Richter estão mortos não significa que isso vai terminar melhor.

Quero dizer, o que vem a seguir? Uma visão da Guardiã de Ossos e sua sinistra saia de serpentes esfolando minha carne e recolhendo sua recompensa?

Daire, por favor, Valentina diz. *Eu já decepcionei você?*

Bem, algumas vezes você não conseguiu me mostrar... mas agora percebo que sempre esteve de prontidão, deixando-me encontrar meu próprio caminho.

E é o que estou fazendo agora. Continue olhando...

Deixo de lado a dúvida e a ansiedade para me concentrar na cena que se desenrola diante de mim, e é quando vejo.

É quando começo a entender o que realmente está acontecendo.

E antes que eu possa fazer qualquer coisa para impedir, meu rosto está coberto de lágrimas com a visão de Dace parado diante de mim, o cabelo cortado curto, o corpo magro e musculoso, as feições um pouco mais angulosas do que são agora, mas ainda está tão devastadoramente bonito quanto sempre, se não mais, por tudo o que passamos juntos. Parada bem ao lado dele está uma jovem mulher que reconheço instintivamente como uma parteira que treinei, colocando um recém-nascido em cada um dos braços dele.

Gêmeos!

E são nossos?

Você é uma médica, de Medicina Holística. Dace é prefeito de Encantamento. E esta é sua família – um menino e uma menina.

Aproveite seu "algo a que se agarrar". Valentina ri, envolvendo os braços em mim e abraçando-me com tal abundância de amor incondicional que quase me dobro sob o peso disso. Nós duas observamos o futuro desaparecer. E, quando não é mais do que uma lembrança, ela desaparece também, deixando-me soluçando diante de minha família e meus amigos.

– Eu realmente espero que sejam lágrimas de felicidade – Lita diz.

Assinto. Passo as costas da mão pelo rosto,e confirmo que são.

– Vai nos dizer o que viu? – Xotichl pergunta.

– E estragar a surpresa? – Fungo, balanço a cabeça, ainda absorta pela maravilha que vi. – Sem chance. – Sorrio. – Mas, algum dia, prometo, vocês verão por si mesmos. – Envolvo os braços na minha cintura, mal capaz de conter a onda de alegria e felicidade fluindo dentro de mim. Incapaz de recordar uma época em que me senti tão contente, volto para o presente, para a minha vida, para as pessoas maravilhosas reunidas ao meu redor, e coloco a pena em cima do túmulo de Chay.

Quando está acabado, Pé Esquerdo olha para todos nós e diz:

– Acho que é hora de voltarmos para casa.

Todos murmuram concordando e começam a segui-lo, exceto Dace e eu, que continuamos a protelar.

– Vocês não vêm? – Jennika olha para mim com os olhos avermelhados, o cabelo caindo em suaves ondas embaraçadas ao redor de suas feições manchadas de sujeira. Suas roupas imundas e rasgadas são uma prova de tudo o que ela arriscou para me apoiar.

– Vá para casa. Descanse um pouco. – Vou até ela para um abraço, esperando transmitir o quanto aprecio tudo o que ela sacrificou por minha causa, não apenas hoje, mas basicamente todos os dias desde que me trouxe ao mundo. – Dace e eu vamos ficar um pouco por aqui. Nós nos vemos mais tarde.

Ela concorda com a cabeça. Passa um dedo sobre minhas bochechas e enfia meu cabelo atrás das orelhas.

– Fique em segurança. – Ela tira a algibeira de camurça do pescoço e o coloca ao redor do meu.

– O Urso de Django. – Abro o cordão, prestes a pegá-lo e dá-lo para ela. – Você quer? Como lembrança?

– Não preciso. – Ela sorri. – Fiz meu pedido. Está quase realizado.

Dace e eu ficamos parados juntos, vendo enquanto Pé Esquerdo leva todos embora. Então ele me puxa para seus braços, beija a ponta do meu nariz e me diz:

– Então, agora que eles se foram, vai me contar?

– Contar o quê? – Inclino a cabeça, levanto os olhos para encontrar os dele, sabendo exatamente ao que ele se refere, mas gostando da provocação.

– Vamos lá, só uma pista? – Ele dá um beijo na minha testa, minha bochecha, antes de alcançar meus lábios.

– E estragar a surpresa? Sem chance! – Meus lábios se misturam aos dele em um beijo que é suave e afetuoso no início, embora não demore muito até que se aprofunde em uma necessidade urgente por mais.

Apesar da minha exaustão, apesar de saber em primeira mão o que querem dizer quando falam *cansada até os ossos*, aqui, nos braços de Dace, estou repleta de uma sensação irresistível de triunfo e vitalidade. Finalmente percebendo – real e verdadeiramente percebendo – a enormidade do que fizemos.

A extensão completa da nossa vitória é muito maior do que deter o Coiote.

Ao trabalhar juntos, nós frustramos a profecia.

Só que, desta vez, de um jeito que inegavelmente erradica o mal e celebra o bem.

O mundo poupado por causa da nossa capacidade de amar, mesmo quando não foi fácil fazer isso.

Dace se afasta, deixando meus lábios frios com sua ausência.

– Vamos? – Ele faz um movimento na direção da fonte. Suas nebulosas águas borbulhantes parecem nos convidar.

– Acho que merecemos, não acha?

Ele sorri, seus olhos azul-gelo encontrando os meus, refletindo minha imagem mil vezes.

– Você parece exatamente como imaginei naquele dia na caverna.

Inclino a cabeça, no início sem ter certeza de aonde ele quer chegar.

– Quando fui até você na sua busca da visão e descrevi a bela e radiante mulher que um dia você se tornaria se pudesse aguentar firme.

– Eu lembro – digo, a voz embargada pela lembrança.

– Você conseguiu, Daire.

– Nós dois conseguimos – respondo.

– É como fechar o círculo. Foi aqui que tudo começou no sonho que nós dois compartilhamos. Só que, dessa vez, sem os Richter, o final é determinado por nós.

Tiramos nossas roupas rapidamente e entramos na fonte. A água alcança nossa cintura, até que damos as mãos e submergimos completamente, só para emergir recém-curados e renovados.

Movo-me na direção dele, prendo minhas mãos em sua nuca e o puxo na minha direção. Meus dedos acariciam o ponto fraco em sua nuca, minha língua busca a dele. No início, pergunto-me o que faz este beijo tão diferente de todos os outros que vieram antes, mas, quando ele coloca as mãos uma de cada lado do meu rosto e me olha profundamente nos olhos, imediatamente percebo que o ingrediente que faltava até agora era a certeza de que Dace e eu temos um futuro juntos.

Um futuro muito mais bonito do que eu jamais me permiti imaginar.

– Estamos felizes?

Inclino meu rosto na direção do dele, sem ter muita certeza do que ele quer dizer.

– No futuro, na visão que teve, nós estamos felizes?

Concordo com a cabeça.

– Tão felizes quanto estamos agora?

Sorrio, deslizando os dedos pela curva de seus ombros, pelo seu peito rijo, onde paro na chave antes de descer pelo vale de seu abdômen e então ainda mais baixo.

– Isso depende – sorrio. – Quão feliz você diria que está agora?

Suas feições suavizam. Seu olhar fica mais embotado.

– Muito – ele suspira. – Extremamente feliz. E você? – Seus dedos fazem sua própria exploração enquanto ele me leva para fora da água, até o leito suave de grama, onde deitamos lado a lado encarando contentes o glorioso céu azul-turquesa sobre nossas cabeças.

– Sabe, eu nunca acreditei em você até agora. – Viro-me, apoio o corpo sobre um cotovelo e descanso a cabeça na mão. – Na primeira vez que me contou, tinha certeza de que era só outra das histórias de Pé Esquerdo. Mas acontece que eu nunca deveria ter duvidado de você. Não era uma fábula no final das contas.

– Do que está falando? – ele passa um dedo pela borda da minha clavícula, então brinca com a pequena chave dourada pendurada entre meus seios.

– Daquilo. – Observo enquanto ele levanta o queixo, segue a ponta do meu dedo até a bola ardente do sol sobre nossas cabeças. – Realmente há um sol no Mundo Inferior. Quem diria?

Ele joga a cabeça para trás e dá uma gargalhada, o som profundo e verdadeiro.

– Eu sabia – ele diz, enroscando sua perna na minha e puxando-me para mais perto. – Nunca duvidei de nenhuma das histórias de Pé Esquerdo, não importa o quão malucas possam ter parecido na época.

Ele desliza a palma da mão pela lateral do meu corpo, traçando as curvas e vales do meu torso. Seu toque tão penetrante que me derreto instantaneamente, embora não seja nada comparado à sensação de seus lábios seguindo o mesmo caminho.

Seguro seu rosto entre minhas mãos e o puxo de volta para mim. O olhar que partilhamos diz mais do que qualquer palavra. O passado ficou para trás, o futuro se abre diante de nós. Mas o que importa mais é este momento. Então mergulhamos em nós mesmos, no presente e na maravilha absoluta de estarmos juntos.

– Então, o que devemos fazer com nossos dons? – Dace pergunta, nós dois recuperando o fôlego depois de outra rodada de amor. Atendendo ao meu olhar de confusão, ele diz: – Sabe, nossa mágica? Parece errado deixá-la de lado só porque conseguimos o que nos propusemos fazer. E, mesmo assim, parece meio preguiçoso usá-la para tarefas rotineiras como arrumar a casa e procurar o controle remoto.

Inclino a cabeça, finjo um olhar de profunda contemplação.

– Era exatamente como planejava usar a minha. Tem ideia de quantas pessoas gostariam de cuidar dos deveres domésticos com tanta facilidade?

Ele planta um beijo no alto da minha cabeça, fica em pé e me ajuda a levantar. Levantando a mão aberta diante de si, ele diz:

– Bem, se você insiste… – Convoca meu vestido vermelho esfarrapado, enquanto pego os restos de seu smoking que, neste ponto, estão reduzidos a uma calça preta elegante sem parte das pernas e uma camiseta manchada e rasgada.

– Não estamos arrebatadores? – Balanço a cabeça diante do espetáculo, enquanto ajeito uma alça quase desfeita sobre o ombro.

– Você sempre está arrebatadora para mim – ele diz. – A questão é: você parece arrebatadora no futuro?

Dou um tapa brincalhão no traseiro dele.

– Vai ter de ficar por perto tempo o bastante para descobrir.

Ajeito o decote do vestido, sentindo-me extremamente exposta sob o sol brilhante, quando o anel de turmalina azul cai do bolso e imediatamente me lembro das instruções de Zahra.

– O que faremos com isso? – Dace se abaixa para pegar o anel e o coloca no meio da minha mão estendida.

– Zahra me disse para usá-lo para libertar todos os outros, embora o que não disse foi como supostamente farei isso.

Dace me dá um olhar preocupado e, no início, começo a ficar preocupada também. Mas, então, lembro-me de como usei o anel antes para, acidentalmente, começar o fogo que, por fim, me salvou de ser atacada pelo Coiote. E pensando que poderia dar certo mais uma vez, aponto-o bem alto na direção do sol, centralizando a pedra, até que ela começa absorver a luz.

– Você pode querer proteger os olhos – aviso. – Só por via das dúvidas. É só um palpite, mas é tudo o que tenho.

No instante seguinte, a pedra e a armação que a cerca estão tão quentes que estou prestes a jogá-las no chão, quando o anel explode em um milhão de lascas brilhantes e pó que se espalham aos nossos pés.

– Bem, acho que é seguro dizer que a pedra está destruída – digo, nós dois olhando a bagunça. – Mesmo assim, não saberemos o que aconteceu com os outros até voltarmos a Encantamento.

– Talvez antes… – Dace enfia a mão no bolso, voltando com a palma cheia de pedaços de turmalina pingando tinta azul. – Isso é o que sobrou da caneta que Luther deu para Auden, depois de assinar o contrato. Auden me deu e pediu para tentar encontrar uma maneira de acabar com isso. Acho que acabo de fazer isso.

– Então isso leva a imaginar que as outras turmalinas foram destruídas também? Quero dizer, havia um monte de turmalinas lá…

– É a conclusão lógica – Dace diz. – E, por enquanto, é tudo o que temos para seguir em frente.

– Desde quando alguma coisa em Encantamento já foi remotamente lógica? – Observo enquanto ele tenta limpar a tinta na perna da calça, mas, em grande parte, é tarde demais. Sua palma da mão ficará azul por uma semana.

– É um novo dia. – Ele desiste da tarefa e segura minha mão com sua mão limpa. – O que quer dizer que há toda uma nova cidade para descobrirmos.

– Você faz parecer tão excitante. – Inclino-me contra ele, tomada por uma relutância inexplicável em partir.

– É porque *é* excitante. Exceto, talvez, para você. – Ele coloca a ponta do dedo sob meu queixo, inclina meu rosto na direção do dele. – O que acontece? Está nervosa por voltar?

– Um pouco. – Dou de ombros. – Acho que fiquei tão acostumada com a Encantamento malvada que não tenho certeza se estou pronta para a versão nova e melhorada. Sem mencionar que o único desafio real que eu vou encarar agora é terminar o Ensino Médio. Como isso pode ser comparado a salvar três mundos? Não acha que cheguei ao auge cedo demais?

– Acho que está apenas começando. – Ele dá um beijo no meu rosto, me ajuda a subir nas costas do Cavalo, e começamos a jornada de volta ao portal, com o Cavalo intuitivamente liderando o caminho, e o Corvo voando alto sobre meu ombro.

É uma cavalgada que fizemos inúmeras vezes, de jeito similar, mas nunca com tanto alarde quanto agora.

Ao nosso redor, animais saem dos arbustos, das cavernas e de túneis elaborados que cavaram profundamente na terra, gritando para nós de várias maneiras enquanto seguimos até o vórtice.

– Está pronta? – Dace desce das costas do Cavalo, e eu faço o mesmo. Parando bem ao lado do lugar em que a vibração é maior, a energia se move mais rapidamente, levo um longo instante para olhar ao redor, sabendo que voltarei várias vezes, mas, mesmo assim, querendo guardar uma lembrança deste lugar do jeito que está agora.

Então, depois que nos despedimos do Corvo e do Cavalo, Dace segura minha mão e entramos juntos. Nós dois rodopiando através da terra, lado a lado, só para descobrir que este portal em particular leva para a Toca do Coelho – embora a antiga paisagem desértica sombria tenha desaparecido.

– É estranho ver este lugar tão vazio. – É a primeira coisa que digo quando entramos no clube deserto. – Com os instrumentos ainda no palco e as mesas cheias de garrafas e copos, parece estranho, quase como se tivesse sido evacuado.

– De certo modo, foi – Dace diz. – Mas, certamente, não é a primeira vez que você vê este lugar deste jeito. – Seus lábios se curvam nos cantos, seus olhos cintilam nos meus, e preciso de um segundo para entender o que ele está falando.

– Então você sabia? – Ele assente. – E mesmo assim me deixou ir embora?

Ele aperta os olhos, passa a mão sob o queixo.

– Não foi fácil. Precisei de toda minha força para não ir atrás de você. Felizmente, ainda havia uma pequena parte de mim que conseguiu se controlar. E era essa parte que insistia em poupar você. Além disso, foi divertido ver o Corvo invadir o covil do Coiote bem debaixo do nariz sem noção de Leandro.

Caminhamos pelas banquetas de veludo, pelo bar extralongo com o balcão reluzente e a serpente brilhante pendendo sobre nossas cabeças. O mosaico de ladrilhos de vidro resplandecendo, piscando, como se a serpente estivesse deslizando, o que imediatamente me lembra a tatuagem de Marliz.

Ela está finalmente livre. Livre de Gabe – livre do domínio dos Richter –, livre para viver sua própria vida, do seu jeito. Talvez ela até consiga sair de Encantamento, encontrar um lugar para se acomodar e reconstruir a vida. Ou, pelo menos, é o que espero.

– O que vai ser de tudo isso? – Volto-me para Dace, afastando meus pensamentos de Marliz e voltando para temas mais práticos. – Você é o último remanescente dos Richter, o que o torna o único herdeiro. O que vai fazer se isso tudo se tornar seu?

Dace olha ao redor.

– Não consigo nem imaginar a possibilidade de ser dono de tudo isso.

– Mas e se você acabar com isso? – Eu o estudo de perto, meus olhos passando por sua testa suave, suas maçãs do rosto perfeitamente cinzeladas, a sombra da barba por fazer cobrindo sua mandíbula.

– É uma pena desperdiçar isso. Tanto dinheiro foi gasto na reconstrução, e tem de admitir que fizeram um bom trabalho... – Há uma expressão tímida em seus olhos, como se pedisse permissão para reivindicar o que é seu por direito. Ambos sabemos que este sempre foi um lugar de energia ruim e feitos ainda piores, e que o ônix negro que usaram garante a permanência de tal energia. Mas e se pudermos mudar isso? Embora seja verdade que a energia nunca morre, ela pode ser transformada. – Além disso – ele continua –, Encantamento precisa muito de um lugar de diversão.

– Tudo bem – digo. – Fique com ele. Não vou tentar impedi-lo. Mas só com uma condição... – Estreito meu olhar no dele. – Você tem de me prometer que vai se livrar de todos os emblemas do Coiote.

– E substituí-los pelo do Corvo? – Sua sobrancelha se levanta, seus lábios puxam para o lado.

– Para mim está ótimo! – Sorrio, inclinando-me em sua direção enquanto ele envolve os braços ao meu redor e me dá um abraço apertado.

– Pronta? – Ele para diante da porta.

– Tão pronta quanto jamais estarei. – Respiro profundamente e protejo os olhos enquanto ele me leva para a luz do dia, onde o sol já está quase a pino. E, embora esteja definitivamente quente, não é nem de perto tão quente quanto antes de tudo isso começar. Com sorte, isso marca o início de uma tendência de resfriamento.

Fazemos um rápido desvio para conferir a cerca de alambrado onde coloquei o pequeno cadeado dourado como símbolo do nosso amor na véspera de Natal – ambos ficamos surpresos e aliviados ao ver que ainda está lá. Com tudo o que aconteceu, com tudo agindo contra nós, nosso amor conseguiu sobreviver.

E quando ele me leva ao seu recém-restaurado Mustang, não posso deixar de arquejar.

– Uau. Lita e Xotichl me falaram sobre isso, mas é totalmente diferente vê-lo ao vivo. Está incrível!

– Um presente de Leandro – Dace diz, ajudando-me a entrar antes de sentar atrás do volante. – Eu provavelmente deveria me livrar disso. Sabe, energia ruim e tudo mais...

Dou de ombros.

– Acho que deveria ficar com ele. E não só porque é lindo, o que é, mas também porque se vamos nos focar em tentar apagar cada traço de Leandro e do Coiote em geral, bem, então não teremos tempo para mais nada. Para o bem ou para o mal, eles fundaram essa cidade. Agora, nossa tarefa é fazer algo para que ela realmente faça jus ao nome que tem.

O motor ruge com a primeira volta da chave, ao contrário das três ou quatro vezes que eram necessárias antes. Preparo-me para o passeio e olho para fora da janela do passageiro. Vejo as estradas de terra profundamente esburacadas, a fila desgrenhada de casas de adobe devastadas, a majestosa cadeia de montanhas Sangre de Cristo se levantando além da cidade. Penso em como tudo parece um pouco melhor, um pouco mais ensolarado, ou talvez seja apenas o jeito que parece para mim, sabendo tudo o que sei.

– É engraçado – viro-me na direção de Dace. – Acho que nunca notei realmente até agora que o horizonte em Encantamento parece tão inacessível quanto nos Mundos Superior e Inferior.

Dace olha para mim, coloca a mão no meu joelho e dá um apertão.

– Essa é questão sobre o horizonte. Cada passo leva você na direção dele, mas você nunca consegue realmente alcançá-lo. Mas talvez essa seja uma coisa boa. Talvez seja o jeito de a natureza nos lembrar de nunca desistir… de sempre continuar nos esforçando.

parentes

epílogo
seis meses depois

Daire

Desperto com o som de batidas na cozinha e com o cheiro de alguma coisa queimando se infiltrando por baixo da porta.

Todos os sinais indicam que é domingo.

Lita está tentando de novo.

– É o que penso? – Dace gira na minha direção, me agarra pela cintura e me dá um abraço apertado, enquanto aninha o queixo na minha nuca. Seu corpo é tão quente e convidativo que estou prestes a virar para encará-lo quando o barulho para, a porta do forno é fechada e começa uma longa série de xingamentos.

Tento reprimir o riso, mas não adianta. Minha risada é tão contagiante que não demora até que Dace comece a rir também e somos forçados a gargalhar nos travesseiros até nos acalmar.

– Ela está determinada a aperfeiçoar os bolinhos – Dace diz. – Não sei quanto a você, mas meu estômago não consegue sobreviver a outro dia fingindo gostar deles. Tenho quase certeza de que os bolinhos não deviam ficar queimados por fora e empapados no meio.

– Diga isso a Axel. Ele afirma que os adora. Diz que são os melhores que já comeu.

– E quantos bolinhos você acha que Axel experimentou no Mundo Superior? Embora eu realmente não tenha tido chance de explorar, lembro que havia uma clara falta de padarias por aqueles lados.

– É um ponto importante. – Esforço-me para manter a expressão séria e um tom de voz que combine, mas os sons de Lita amaldiçoando a forma de bolinhos são impossíveis de ignorar, e tudo o que posso fazer é não cair na gargalhada novamente.

– Além disso, o que Axel adora é Lita, e não os bolinhos. E este é apenas um dos efeitos colaterais do amor. – Os lábios de Dace encontram os meus.

– Então, o que está dizendo é que o amor torna as pessoas delirantes? – Eu o beijo de volta. Um beijo de verdade. Não um desses beijinhos brincalhões, com intenção de provocar.

Ele sorri, movendo meus lábios junto com os dele.

– No caso de Axel, definitivamente. – Seus dedos escorregam pelo comprimento do meu pescoço e pelo meu peito, até chegar no lugar em que está a pequena chave dourada. – O que diz de irmos até a cidade tomar café da manhã? – Ele pega a chave entre o polegar e o indicador. – Por minha conta.

Do jeito que seu corpo se move contra o meu, eu tinha certeza de que ele estava prestes a instigar outra coisa por sua conta. Mas, agora que mencionou, percebo que estou realmente faminta.

– Bem, se é por sua conta... como posso resistir?

– Olhei os números ontem à noite. Parece que a Toca do Coelho está dando um bom lucro. Engraçado como as pessoas são ainda mais liberais com seu tempo e dinheiro quando você lhes paga um salário justo e permite que vivam sua própria cota de felicidade. – Ele me dá um sorriso sardônico, corre a mão pela volta da minha cintura, pela curva do meu quadril.

– Quem teria imaginado? – Dou um beijo em seu rosto, desenrosco-me dos lençóis e saio da cama. Visto um *jeans* e um suéter, enquanto Dace faz o mesmo, e pego a algibeira de camurça suave que deixei na mesa de cabeceira e a coloco em volta do pescoço, enquanto observo o porta-retratos com a foto do casamento de Jennika e Harlan em Malibu, que coloquei ao lado das fotos de Django, Paloma e Chay.

– Pensei que Lita nunca deixaria Los Angeles. – Dace vem para o meu lado.

– Pensei que ela usaria aquele vestido de madrinha todos os dias. – Sorrio com a lembrança. Aquele foi um dia divertido, e estou grata pelo fato de que todos pudemos viajar juntos.

– O que diz se aproveitarmos para reunir a turma? – Dace passa um braço pela minha cintura e me abraça com força. – Já faz um tempo desde que saímos todos juntos.

– Sem contar sexta passada, na escola? – Levanto os olhos para encontrar os dele: ainda lindos, ainda azul-gelo, circundado por respingos de bronze, ainda refletindo minha imagem mil vezes. Engraçado como ainda me pego conferindo isso, ainda que os dias sombrios tenham ficado para trás. Não preciso mais me preocupar que a besta apareça novamente.

– O que acontece na cantina do Colégio Milagro não conta. Além disso, Auden não estava lá. E agora que ele está de volta à cidade, pensei que poderíamos ir até aquele restaurante que tem nossa panqueca de milho azul favorita. Faz décadas desde a última vez que estivemos lá. Pode ser bom ir a um lugar em que ninguém nos conhece.

– Parece-me bom – digo. – Entre o malabarismo de conciliar a escola, o dever de casa e um monte de clientes que precisam de cura, estou começando a me sentir um pouco sobrecarregada. Não lembro nem quando foi a última vez que visitamos o Mundo Inferior.

– Foi na semana passada. – Dace sorri. – E estou mais do que feliz em lhe dar um *replay* exato do que aconteceu ali. – Ele me pega em seus braços e me encaminha em direção à cama, até que coloco a mão em seu peito e o empurro.

– Adiamento. Acredite em mim, pagarei você. Mas, primeiro, tem de cumprir sua promessa de me alimentar.

Vamos para a cozinha, onde encontramos Lita apoiada no balcão, os braços cruzados diante de si, fazendo cara feia para a forma de bolinhos como se fosse o inimigo, enquanto Axel tenta comer um.

– Pare! Abaixe esse bolinho e afaste-se! – Digo, usando minha mágica para arrancar a massa ofensiva da mão de Axel e jogá-la direto no lixo, onde é o lugar dela. – Acontece que vamos dar uma volta. E a melhor parte é que Dace vai pagar a conta.

Depois de uma pequena espera, a garçonete nos leva até uma mesa grande o bastante para acomodar seis pessoas. E, uma vez que já sabemos o que queremos, somos rápidos em fazer os pedidos, o que permite que Dace e Auden voltem para a mesma conversa que estão tendo há semanas. A negociação sem fim sobre quais dias o Epitáfio está livre para agendar um show na Toca do Coelho.

– Eu realmente acredito que eu deveria ter um dia exclusivo – Dace diz.

– Sei que acredita. – Auden ri. – Nunca pensei que teria de me desculpar pelo jeito que o Epitáfio está decolando. – Ele olha para Xotichl e sorri, e pelo jeito como ela devolve o sorriso sei que pode *ver* tão bem como podia quando tinha visão.

– Mas ainda vai tocar na festa de Natal, certo? – Lita olha para os dois. – Vocês sabem que a festa de Natal sempre foi algo importante para mim. E já que é nosso último ano no Ensino Médio e tudo mais, e possivelmente minha última festa de Natal...

– Sua última festa de Natal? Sério? – Xotichl dá uma gargalhada. – Uau, isso é um marco muito maior do que eu imaginava. O amigo secreto não será o mesmo sem você tramando para garantir que vai tirar você mesma.

– Xotichl! – Lita acena com a cabeça na direção de Axel, desliza um dedo de advertência pela garganta, sabendo que Xotichl consegue sentir. – Como se eu pudesse fazer uma coisa dessas. – Ela balança a cabeça, faz o possível para parecer ofendida.

– Ah, você definitivamente faria – Axel diz. – Mas não se preocupe, essa é só mais uma das coisas que amo em você.

– Nojento. – Reviro os olhos, tomo um gole da minha água.

– Eca. – Xotichl franze o cenho.

Enquanto Auden geme em seu guardanapo e diz:

– Acho que estou falando por todos nós quando pergunto se há uma data de validade para o festival de amor de vocês?

– Certamente espero que não. – Lita se inclina para Axel, fazendo um som exagerado de estalos e beijando seu rosto até que estamos todos gargalhando e implorando para ela parar.

– Então, como eu estava dizendo... – Auden limpa a garganta ruidosamente, tentando desviar a atenção para longe um do outro. – Em resposta à sua pergunta, sim. É a tradição. O Epitáfio não sonharia em perder sua festa de Natal.

Lita sorri e, afastando-se de Axel, diz:

– Viu o que fiz aqui? Deixei você desconfortável com minha exposição pública exagerada de afeto, então você concordou em tocar na festa de Natal. Funciona toda vez! – Ela bate as mãos e se volta para Dace e para mim. – Falando em feriados, vão estar por aqui ou vão para Los Angeles visitar Jennika e Harlan?

– Ainda não decidimos. – Dou de ombros. – Honestamente, estou só tentando terminar o semestre. Sem mencionar aquela imensa pilha de inscrições de faculdades que precisa da minha atenção.

– Nem fale – Xotichl diz, passando o dedo na borda de seu copo de suco.

– Ah, por favor – Lita bufa. – O que você saberia sobre nossa angústia e sofrimento? Já foi aceita na primeira faculdade que escolheu.

Xotichl dá de ombros, nem de perto tão impressionada por sua realização quanto o resto de nós.

– Ela está triste por deixar Encantamento bem quando as coisas finalmente estão boas. – Auden aperta a mão dela.

– Bem, você não está partindo ainda – Lita diz. – E não é como se não fosse voltar sempre para nos visitar. E, não vamos esquecer, temos Daire para agradecer por isso. Então, um brinde por erradicar o mal e salvar a cidade! – Ela levanta seu copo de suco de laranja e todos a imitamos. Nossos copos variados e canecas de café batendo uns nos outros. – Embora eu tenha de dizer que não vai parecer Natal sem todo o mal e os demônios, os Coiotes assustadores e o céu queimando fogo. – Lita dá uma gargalhada. E estamos todos tão felizes e sorridentes por estarmos juntos com um longo e promissor futuro se abrindo diante de nós, que brindamos a isso também.

Passamos por uma série de brindes que ficam mais bobos a cada minuto que passa, até que a garçonete traz nossos pratos, e Xotichl exclama:

– Eles parecem ainda melhores do que me lembro. E brilham púrpura! É uma pena que não possam ver do mesmo jeito que eu, porque é realmente glorioso. É claramente uma cozinheira que ama seu trabalho.

– E qual a cor dos bolinhos da Lita? – Dace pergunta, fazendo que todos caiam na gargalhada de novo.

– Da última vez que vi, eram um profundo negro carvão – Auden provoca.

– Talvez para vocês, mas, para mim, brilham na cor do esforço sincero.

– Ah, obrigada, flor. – Lita sorri.

– Mas não significa que eu esteja disposta a comê-los – Xotichl brinca.

– E obrigada por isso também. – Lita espeta o garfo em sua pilha de panquecas, e todos a imitamos.

Nós seis comemos em um silêncio feliz e satisfeito, quando Dace chama a garçonete para trazer mais café, e sigo seu olhar para ver um rabo de cavalo loiro descolorido, com quase dois centímetros de raiz escura balançando sobre um ombro.

O movimento é estranhamente familiar e, mesmo assim, não consigo definir quem é.

Não entendo o sentimento de medo avassalador que ele provoca.

É só quando ela passa uma mão pela frente do avental e segura com mais força a cafeteira que leva na mão que sou capaz de reconhecê-la. A elaborada tatuagem de serpente que sobe pelo seu braço serve para confirmar.

– Marliz – sussurro o nome dela, enquanto ela se vira para mim com olhar gelado. Nem de perto tão surpresa em nos ver quanto estamos em vê-la. – Não vejo você desde…

– Desde que matou meu noivo.

Ela leva a mão livre até o cabelo, afasta a franja do rosto. Revela olhos que parecem cansados, margeados pela fadiga. Embora suas bochechas pareçam mais cheias, sua pele está corada e radiante. E, ainda que eu fique tentada a explicar que, tecnicamente, foi Dace quem matou o noivo dela, o brilho de ódio em seu olhar me diz que não faz sentido argumentar.

– Depois que Gabe se foi, eu não tinha mais motivo para ficar na cidade, então parti. Não cheguei muito longe, não foi como a vez em que fui para Los Angeles com sua mãe. Mesmo assim, consegui ficar fora de Encantamento por cinco meses. – Seus lábios se levantam um pouco, mas o sorriso é tão contido, superficial e frígido quanto sua história.

– Você poderia voltar para Los Angeles. – Digo para ela. – Jennika está lá. Está vivendo em Malibu agora. Casou-se com Harlan. Tenho certeza de que ela estaria disposta a ajudá-la a se estabelecer.

Ela balança a cabeça de modo exagerado, fazendo que seu rabo de cavalo vá de um lado para o outro.

– Não, obrigada. Já tive meu tempo em Los Angeles. Acontece que o Novo México é um lugar muito melhor. Além disso, não sou mais apenas eu. Tenho meu filho para criar. – Ela abaixa uma mão em direção à barriga e, então, é quando vejo. É quando todos vemos a protuberância inconfundível esticando as costuras de seu avental.

– Sete meses – ela diz com um sorriso triunfante, como se estivesse esperando por este dia. – Parece que uma parte de Gabe ainda vive. – Ela leva a mão até a gola de seu avental e revela uma longa corrente de ouro que ajeita diante de si. O anel de noivado de turmalina que Gabe lhe deu agora usado como um pingente, descansando exatamente no lugar em que sua barriga começa a inchar com a criança.

– Então, querem café? – Ela balança a cafeteira enquanto seu olhar perpassa por nós, mas estamos tão surpresos com a visão dela que Dace mal pode dizer *não*, enquanto eu não consigo nem balançar a cabeça.

Meu pulso acelerado, a mente vacilando, a visão borrada, até que todo meu mundo se resume a um fato arrepiante: outro Richter está prestes a chegar ao mundo.

É o tipo de golpe que eu jamais levei em consideração.

Eu tinha tanta certeza de que tínhamos pegado até o último deles – e, mesmo assim, a evidência está bem diante de mim na forma da barriga protuberante de Marliz, juntamente com a única turmalina que conseguiu sobreviver.

Luto para manter o fôlego sob controle. Luto para me conter. Só vagamente ciente de que Dace tateia por baixo da mesa em busca da minha mão, enquanto levanto o olhar para encontrar o de Marliz. O brilho em seus olhos assinala o quanto ela gosta da revelação – tendo o maior prazer em virar nosso mundo de cabeça para baixo.

Ela gira nos calcanhares, começa a se afastar. Então, olhando por sobre o ombro como se tivesse um pensamento tardio, diz:

– Não se esqueça de mandar minhas lembranças para Encantamento. – Seus lábios se inclinam em um sorriso sardônico. – Engraçado como muitas vezes me pego sentindo saudades. Assim que Gabe Júnior tiver idade suficiente para realmente apreciar a cidade, planejo voltar. E não se preocupe: com certeza vou procurá-la quando fizer isso.

Resenhas de *The Soul Seekers*, de Alyson Noël

"Alyson Noël pinta uma paisagem mágica do Novo México." – *New Mexico Style*

"Noël faz um trabalho excelente ao desvendar lentamente os segredos e as motivações, com uma escrita que é ao mesmo tempo carismática e corajosa." – *Los Angeles Times*

"Os leitores sentirão a força da busca de Daire tão vigorosamente quanto a própria personagem.[...]" – *Shelf Awareness, Maximum Shelf*

"Uma leitura rápida e agradável [...] com algumas reviravoltas originais e equilíbrio entre romance, conflito e relações familiares." – *Deseret News*

"Dois garotos, um iluminado, outro sombrio, são o elemento central nesta trama intrigante e cheia de reviravoltas que certamente atrairá numerosos fãs de Noël." – *Booklist*

"Outra série cativante de Alyson Noël. *Sonhos* fez um trabalho excelente ao criar tudo para os próximos livros da série [...] Estou realmente ansiosa para ver o desfecho dessa história!" – *The Story Siren*

"Se você está procurando uma nova série na qual se viciar, *The Soul Seekers* é de outro mundo." – *Dark Readers*

"Fui incapaz de deixar o livro de lado, completamente cativada pela narrativa e pelo universo trabalhado de forma tão bela. É uma obra agradavelmente diferente de fantasia para adolescentes, com elementos que nunca vi antes." – *Love, Literature, Art and Reason*

"Um *thriller* soberbo. A chave desta narrativa cativante é a heroína, que faz os mitos de Noël parecerem genuínos, enquanto entra no submundo, perguntando-se em quem pode confiar." – *Alternative Worlds*

"Este livro tem tudo – magia, estranheza, meninos bonitos, um pouco de romance, perigo, momentos engraçados e de encantar o coração e uma pitada de mistério. Tem até gêmeos bom e mau (além de tudo, gatos!). O que mais pedir? Estou muito intrigada com este universo que Alyson criou." – *Once Upon a Twilight*

"Noël superou todas as minhas expectativas, com um universo cheio de mágica, confiança e amor [...] Fico fascinada pelo jeito que [ela] consegue criar uma narrativa cheia de tramas em ritmo acelerado, de partir o coração, junto com personagens surpreendentes e um universo tão mágico." – *Cover Analysis*

"Amei o livro. Todos os personagens são bem desenvolvidos, incluindo os secundários [...] Eu, por exemplo, tinha uma expectativa elevada em relação a esse livro, por causa de *Para Sempre;* e definitivamente alcançou esse padrão." – *Flamingnet*

"O universo criado é fantástico [...]. A trama é incrível, e a rica história nativo-americana juntamente com os elementos sobrenaturais do livro só tornam tudo ainda melhor [...]É uma história de pura magia, de tirar o fôlego e maravilhosa ao mesmo tempo." – *Kindle & Me*

"Este romance é diferente de tudo o que já encontrei. Tem uma mitologia rica, cheia de espíritos animais, jornadas espirituais, destinos, Buscadores e, é claro, o bem e o mal." – *Thirteen Days Later*

Quer saber mais sobre a LeYa?
Fique por dentro de nossos títulos, autores e lançamentos.

Curta a página da LeYa no Facebook, faça seu cadastro na aba *mailing* e tenha acesso a conteúdo exclusivo de nossos livros, capítulos antecipados, promoções e sorteios.

A LeYa está presente também no Twitter e Google+

www.leya.com.br

facebook.com/leyabrasil

@leyabrasil

google.com/+LeYaBrasilSãoPaulo

Este livro foi composto em Adobe Garamond Pro
para a LeYa em agosto de 2014